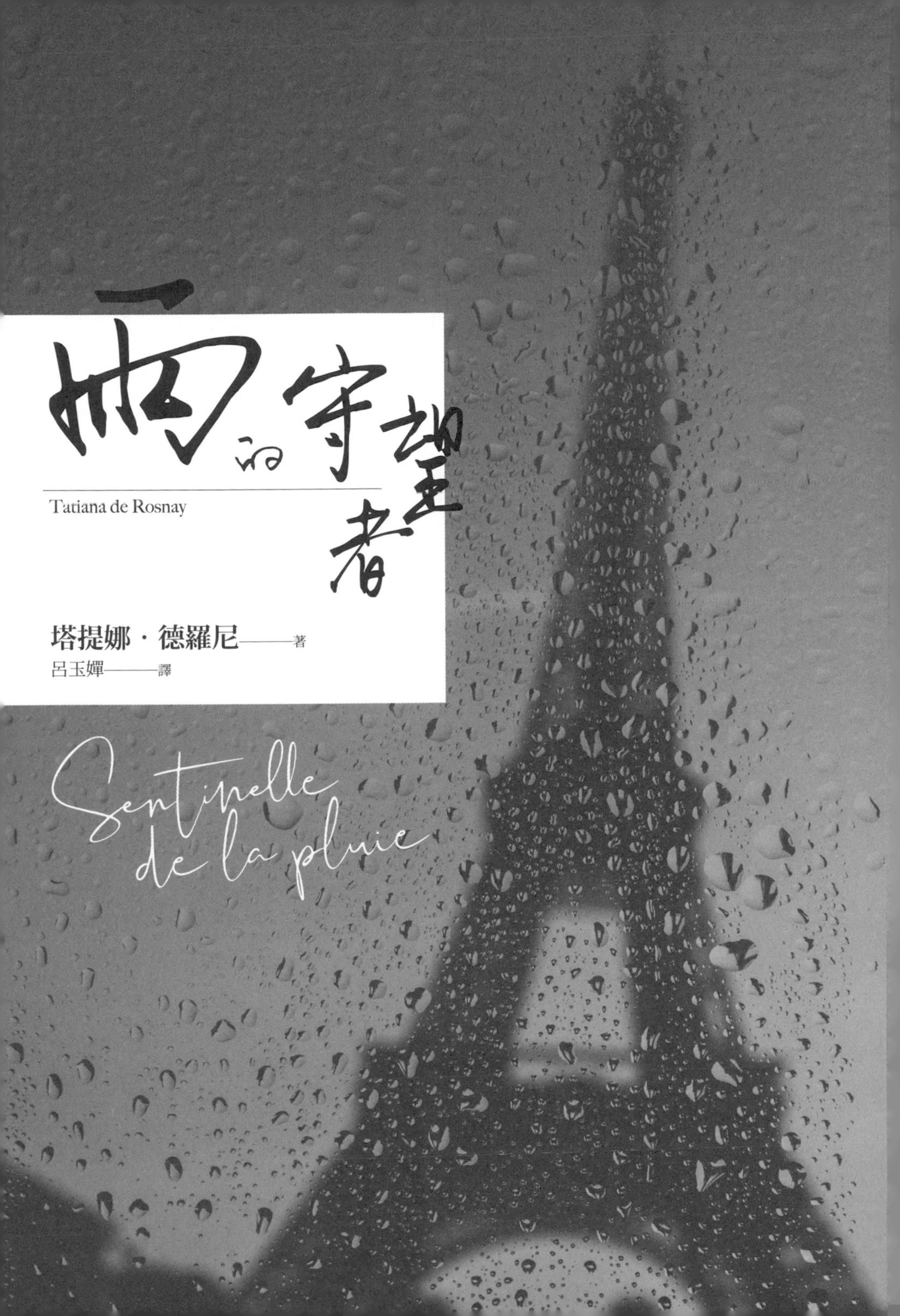

雨的守望者

Tatiana de Rosnay

塔提娜・德羅尼——著

呂玉嬋——譯

Sentinelle de la pluie

獻給我的家人

今天的星星看起來很不一樣。

——大衛・鮑伊

〈太空奇遇〉(Space Oddity),1969

走過塞納河河岸
我臂下挾著舊書
川河一如我的痛
潺潺不息，枯竭無期

——阿波利奈爾（GUILLAUME APOLLINAIRE）

〈瑪莉〉（MARIE）

我要從樹開始講起，因為一切都是從這棵樹開始，從這棵樹結束。這棵樹最高大，比其他樹種得早，我不確定它究竟幾歲了，也許有三、四百年了。它古老強健，承受可怕的大雨，經受狂吹的強風，都不會害怕。

這棵樹不像其他的樹，它有自己的節奏，當其他樹木都開花了，它的春天硬是遲到，直到四月下旬才來。橢圓形的新葉慢慢萌生，只長在樹梢和中間的枝幹，除此之外，看起來就像死了一樣，枝節乾枯，盤曲交錯，而且色澤黯淡。它喜歡裝死，這就是它聰明的地方。接著，冷不防，好像一個大爆炸，所有新芽都開始蓬勃生長，這棵樹就靠著青翠的冠冕獲勝了。

在上面時，沒人能找到我。我不介意寂靜。其實並不寂靜，因為樹上充滿許多細碎的聲音——樹葉的沙沙聲，風的呻吟，蜜蜂嗡嗡叫，蟬鳴唧唧，鳥兒啪啪啪地振翅。如果乾冷的西北風颳起，吹過山谷，成千上萬的樹枝就會窸窣作響，發出大海似的聲音。這就是我玩耍的地方，這就是我的王國。

現在，我要把故事講一遍，這樣就不必再講了。我不擅長言詞，說的寫的都不行。

等我講完了故事，我會把這藏起來，藏在一個不會被找到的地方。沒有人知道，沒有人會知道。我從來沒有說出來過，我要把它寫下來，但不讓人看。這個故事將會像囚犯留在這幾張紙上。

「這兩週都是這樣。」無精打采的計程車司機說。大雨傾盆，宛如一張銀簾，嘩啦嘩啦，擋住全部的陽光。不過上午十點，林登卻感覺身在潮濕閃爍的暮色中。計程車司機說他好想永遠搬離，逃離巴黎，尋找陽光，回到溫暖的故鄉馬提尼克島。計程車駛離戴高樂機場，在擁擠的高速公路與環城公路上徐徐前進。林登不禁同意他的看法，濕漉漉的市郊好淒涼，建築方正密麻，霓虹燈看板點綴其中，在霏霏煙雨中閃動。他請司機轉開收音機，司機對他完美的法語發表評論——「以一個美國人來說。」林登揚嘴一笑，他每次回巴黎都會有這樣的對話，他回答說自己是法裔美國人，在法國出生，父親是法國人，母親是美國人，他兩種語言都說得很流利，一點口音也沒有。聽這一台好嗎，嗯？司機一面大笑，一面轉著收音機。是啊，先生看上去的確像美國人，不是嗎？個子高，體格壯，牛仔褲和運動鞋，不像穿西裝又打花俏領帶的巴黎人。

新聞都與塞納河有關。林登聽著新聞，雨刷嘎吱嘎吱，朝著不住淌下的細流進攻，打著一場永無休止的戰鬥。從一月十五日起，河水連續上漲了五天，淹過了左阿夫士兵的腳踝。林登知道，這尊位於阿爾瑪橋下的殖民時期士兵石像，是河流水位的熱門指標。一九一〇年，這座城市發生大洪水，水一路淹至左阿夫士兵的肩膀。司機呼了口氣，什麼也防止不了河水氾濫，抵抗大自然是白費力氣，人類必須停止干預大自然，因為這些都是她回擊的方式。車子緩緩駛在環城公路上，無情雨水敲打著車頂，林登想起週二旅館寄給他的電子郵件。

親愛的馬勒加赫先生：

我們期待您的蒞臨入住，住房時間為一月十九日（週五）中午至一月二十一日（週日）晚上（應您的要求延後退房時間）。

不過，由於塞納河的水位，巴黎交通狀況可能出現問題，幸好查特頓旅館位於第十四區，不易淹水，因此您無須擔心不便。目前，政府告訴我們不用擔心，不過告知客人最新消息是我們的原則。

如果有任何能夠協助的地方，請不吝告訴我們。致上親切的問候。

林登從洛杉磯要飛往紐約幫《浮華世界》雜誌拍攝一位英國女演員時，在機場讀了這封信，他把信轉寄給在倫敦的姐姐蒂莉婭以及在德龍谷的母親蘿倫，週五她們兩人會在巴黎與他團聚。林登沒有把信轉寄給保羅，因為他的父親只喜歡信件和明信片，不喜歡電子郵件。幾小時後，他在甘迺迪機場降落，收到了姐姐的回覆，呵呵笑了起來。

水災？什麼！又要鬧水災？你記不記得去年十一月巴黎才發生過可怕的水災？二〇一六年六月那次呢？我們那麼多年才安排了一個週末假期，居然碰上這種事！她在信末加了一連串的表情符號。

後來，母親回覆他們兩個：必要的話，搭船也去，要把你爸從他的樹旁拖走！好不容易一家才能團聚！我們絕對不能取消這次的家庭團圓！週五見，親愛的寶貝！

馬勒加赫一家在巴黎聚首，一為保羅過七十大壽，二替蘿倫和保羅慶祝結婚四十週年。

林登沒有把旅館的警語放在心上。週四晚間從紐約飛巴黎時，他非常疲倦，這兩天的工作行程非常緊湊，而那之前他全球跑來跑去，也已經忙了好幾週。他更想飛回舊金山，回到伊莉莎白街，回到薩夏和貓咪的身邊，這一個月來，他沒見過薩夏幾次，也沒看到貓。他精力充沛的經紀人瑞秋．耶蘭替他接了一份又一份的工作，他彷彿墜入令人暈眩的漩渦，從一個城市轉到下一個城市，他疲於奔命，真想好好休息。只能等到這個特別的家庭活動結束，他才能回到諾伊谷那幢藍色的窄屋，再次見到住在屋裡心愛的貓與人。幾個月前，母親預訂旅館餐廳時說：「就我們四個。」他期待這一切嗎？飛機起飛時，他有一種奇怪的感覺，在瑟哈爾長大以來，從他十幾歲以來，他們很少只有四個人在一起。一九九七年，即將年滿十六歲時，他離開了父親家族祖屋薇儂莊後，這種情況就更少了。他每年見父母一兩次，他經常去倫敦，每次去都會找姐姐。為什麼「就我們四個」聽起來既溫馨又不祥？

飛往巴黎的機上，林登翻開《費加洛報》，心中一股恐懼油然生起。他發現原來旅館所說的情況確實叫人不安，蒂莉婭說得沒錯，由於去年夏秋多雨，塞納河十一月就暴漲過一次，更早在二〇一六年六月也發生同樣情形，巴黎人戒慎恐懼留意著左阿夫士兵，那次小波浪打到了他的小腿，幸好河水後來停止增長。《費加洛報》解釋說明，多虧了現代科技，如今我們可以提前三天預測河水的暴漲，讓民眾有充足時間撤離。但是此次真正的問題是絲毫沒有減緩的豪雨，河水再度漲起來，而且速度快得嚇人。

在車陣長龍中又聽了更多不吉利的廣播內容後，計程車從協和廣場越過塞納河。雨下得這麼大，林登幾乎看不清下方的河水，只注意到洶湧水流的泡沫似乎反常地多。計程車沿著積水的聖日爾曼大道與拉斯帕伊大道緩行，最後來到位於瓦文街十字路口的查特頓旅館。在林登從車內跳到大門口的一分鐘內，雨水淋得他暗金色的頭髮都塌了，還順著後頸往下淌流，滲入襪子裡。寒冷的冬季空氣籠罩著他，好像要隨著他走進大廳。迎接他的是一位面帶微笑的接待員，他頭髮滴著水，渾身顫抖，也報以微笑，把他的法國護照（他有兩本護照）交給她。「歡迎光臨，馬勒加赫先生。」他聽了點點頭。沒錯，他姐姐今天稍晚會搭乘歐洲之星到達，他的父母則是坐火車從蒙特利馬爾來。他不太清楚幾點到。他知不知道，由於可能會淹水，他父母的火車會駛往巴黎的蒙帕納斯站，而不是停靠巴黎的里昂車站？不知道，他完全不知道這件事。不過他發現蒙帕納斯站更加方便，因為那個車站離查特頓只有五分鐘的路程。

接待員的名牌上寫著雅嘉特，她把護照和房間鑰匙交給他，又告訴他——語氣不至於過於熱烈——她十分欣賞他的作品，旅館很榮幸能夠接待他。她問他也是來參加時裝週嗎？林登謝謝她，搖了搖頭，說這個週末他們一家團聚，他不工作，在接下來的幾天都沒有拍照行程，他該好好休息一下。他告訴她，他只帶了一台相機，是他心愛的老式萊卡相機；他把器材與經紀人都留在紐約，只準備替父母姐姐拍照。至於時裝週，那絕對不在他的名單上，那些蹬著高跟鞋搖搖晃晃的俗豔傢伙，讓他們待在自己的魅力聯邦與伸展台上吧。接待員笑了，她看電視得知，塞納河如果繼續以這麼驚人的速度上漲，時裝週可能會取消，這下輪到林登從鼻子裡發出冷笑。他心裡暗暗覺得歉疚，而腦子又不禁開始思考，預定明日開始的時裝週若是取消了，那代表什麼？等於許許多多的努力、時間與金錢要白費了。接待員畢恭畢敬提到他的父親，說「樹人先生」下榻旅館，他們感到萬分榮幸。她的熱心讓林登很想笑（她不知道他的父親多麼討厭這個封號，覺得它非常荒謬，也不擅長面對自己的名氣）。她又說，他父親是一個備受尊敬的人物，拯救世界各地重要樹木的努力令人欽佩。林登親切地警告她，他的父親很害羞，不像他這樣隨和健談，不過她一定能和他的母親、姐姐相處愉快，他的母親才是家中真正的大明星，姐姐蒂莉婭·法弗爾也很不簡單。

五樓的客房正對著達拉布街，暖和又舒適，淡紫色與奶油色的裝潢非常漂亮，只是對他四肢修長的身軀來說小了一些。桌上有一籃禮品——新鮮水果、玫瑰、巧克力及一瓶冰鎮香檳——還有飯店主管瑪里安．方魯克夫人親筆所寫的歡迎卡。他記得，兩年前母親決定找個週末慶祝結婚週年與生日時，選擇了查特頓，這家旅館被描述成一間「迷人可愛的左岸精品旅館，恰好位於蒙帕納斯中心」，在TripAdvisor上好評如潮。林登由她去安排，等確定自己的行程——這對一名自由攝影師來說並非易事——才訂自己的機票。蘿倫也選好了明晚用餐的地方，「玫瑰別墅」是米其林一星級餐廳，位於切爾切米迪街，就在魯特西亞旅館後方。

為什麼選了巴黎呢？他一面納悶，一面打開小行李箱，掛起明晚要穿的墨綠色天鵝絨外套。蒂莉婭、女兒及第二任丈夫藝術行家科林．法弗爾住在倫敦，蘿倫和保羅住在德龍谷瑟哈爾附近的薇儂莊，他在舊金山定居，與薩夏同住。是啊，為什麼選了巴黎呢？巴黎對他的父母來說意義不大，還是其實有意義呢？林登一邊想，一邊脫掉衣服，拋開潮濕的衣褲，走到淋浴間享受熱水澡。他知道父母在格里尼昂相識，那是一九七六年夏天，超級熱浪侵襲法國，保羅在小鎮郊區一家雄心勃勃的園林設計公司工作，擔任首席園林設計師。他和蒂莉婭對這個故事瞭若指掌，年僅十九的蘿倫與比她年長兩歲的姐姐坎蒂斯第一次來法國玩，她們在麻州布魯克萊恩出生長大，從沒來過歐洲。她們先去希臘，然後義大利，再從法國的尼斯、亞維儂和奧朗日一路往北。她們不打算在德龍谷停留，只是天氣太熱了，無法繼續趕路，便決定在格里尼昂待一晚，住在一間簡樸但款待熱情的民宿。悶熱的一日快要結束時，姐妹兩人在涼爽廣場的陰涼處，享用著冰鎮的玫瑰紅酒。塞維涅夫人雕像下，廣場噴泉叮噹作響，塞維涅夫人的宏偉城堡就矗立在山頂上。這時，保羅開著貨卡車經過，穿著很有影星史提夫・麥昆味道的褪色白色工作褲，頭戴破破爛爛的遮陽草帽，嘴裡叼著一根捲菸。蘿倫的目光跟著他移動，他把車停下來，將各式各樣的花盆灌木從後車廂搬進附近的店家。他中等身材，但肩膀寬闊，肌肉發達。他摘下帽子，擦拭大汗涔涔的額頭，蘿倫注意到他頭髮稀疏，只剩後腦勺有些許的棕色細毛。雖然幾乎要禿頭了，年紀卻很輕，她猜連三十歲也不到。坎蒂斯問她怎麼盯著那個穿工作褲的男人，蘿倫細聲說：「看看他的手。」坎蒂斯不解地回答說，完全看不出他的手有什麼特別的地方。蘿倫恍恍惚惚地咕噥說，她從來沒有見過有人像那個男人那樣觸碰植物。她們的父親費茲傑羅．溫特頗好園藝，母親瑪莎也一樣，姐妹兩人在布魯克萊恩費雪山附近綠樹成蔭的社區長大，那裡的人花了很多時間打理自家的花園，一手拿著大剪刀，一手提著澆水壺，焦急地判斷玫瑰花叢的生長情形。然而，這男人不一樣，蘿倫的目光無法從他健壯黝黑的手指上移開，她瞧他歪著腦袋盯著每朵花的樣子，觀察他如何撫摸每一盆栽的樹枝花朵，他捧盆栽的那雙手又強壯又溫柔，她看得入迷了。保羅肯定感受了她的凝視，因為他最後抬起頭來，見到兩姐妹坐在稍遠的地方。這部分蒂莉婭與林登也非常熟悉。雖然坎蒂斯也同樣漂亮，他只看到蘿倫，她的雙腿，她的長髮，她眼角上挑的眼眸。他走到她的桌前，不發一語，遞給她一小盆橄欖。她幾乎不懂法語，而他也不會英語，坎蒂斯的法語比妹妹好，可以翻譯，但是對他們來說，坎蒂斯是隱形的，只是一個選擇正確用語的聲音。他叫保羅．馬勒加赫，二十八歲，住在幾公里外通往尼永的路上，離瑟哈爾不遠。對，他很喜歡植物，尤其是樹木，他家薇儂莊有一座美麗的林園，她也許想去瞧一瞧？他可以帶她去，她願意嗎？哦，可是她明天就要和姐姐走了，要去巴黎，然後再去倫敦，最後在夏天結束前回家。她或許可以多待幾天，她非得去瞧一瞧……蘿倫站起來握住他伸出的手，她比他高出許多，但是兩人似乎一點也不介意。她喜歡他那雙敏銳的藍色眼睛，他難得閃現的微笑，他良久的沉默不語。「他沒有傑夫一半好看。」坎蒂斯後來說。傑夫是蘿倫的男友，波士頓人，貴族學校子弟。蘿倫聳了聳肩。後來，她又在噴泉旁和保羅見面，那是一個月圓的晚上，暑氣還沒消退，坎蒂斯沒在那裡當翻譯，但他們並不需要她。談話不多。從貨卡車的卡式錄音座，保羅最喜歡的歌手大衛．鮑伊唱著歌，他們仰望星星，手幾乎要碰到一塊，感覺傑夫．范德哈根遠在千里之外。蘿倫．溫特沒去成巴黎，也沒到倫敦，一九七六年那個炎熱的夏天結束時，她也沒有回波士頓。她去參觀了薇儂莊，最後再也沒有離開過。

林登抓起毛巾，擦乾身子，裹上了浴袍。他記得母親說過，在巴黎團聚對他們四個人來說比較方便。她絕對是對的，她說這是一個「沒有伴侶、沒有孩子的週末」，也就是說沒有科林、沒有米絲朵（蒂莉婭第一段婚姻的女兒）、沒有薩夏，只有他們四人。他拉開窗簾，看著大雨傾瀉到閃閃發光的人行道，幾乎沒有行人在大雨中疾行。

母親安排明天去散步、參觀博物館，雨水和冷空氣無疑妨礙到了她的計劃。陰沉沉的巴黎中午是舊金山的半夜三點，他想到薩夏正睡在頂樓大臥室，蓬亂的黑髮散在枕上，呼吸輕柔有規律。手機響起，他轉身從外套口袋裡拿出來。小帥哥，你到了嗎？蒂莉婭總是叫他「小帥哥」，他則以「小美人」回敬。小美人，我在我的房間，四十六號。

不久，他聽到一聲有力的敲門聲，打開了門。姐姐站在門外，渾身濕透，塌扁的頭髮滴著水，眉睫還布滿著搖晃不定的水珠。她翻了個白眼，伸出雙臂，像殭屍一樣踉踉蹌蹌向前走，逗得林登哈哈大笑。姐弟兩人擁抱。與他相比，她仍舊顯得很嬌小，儘管嬌小，但她很結實，體格與他們的父親一模一樣，同樣寬闊的肩膀，同樣有稜有角的下巴，同樣充滿好奇的藍眼睛。

每回在一起時，林登和蒂莉婭都不知道該選擇哪一種語言。他們從小到大同時學習兩種語言，對母親說英語，對父親說法語，兩人之間則是兩種語言並用，英語中快速混雜了法語，充滿俚語與親密的暱稱，旁人聽了不只一頭霧水，還要覺得頭疼。蒂莉婭拿了條毛巾擦頭髮，再用吹風機吹乾，林登注意到她的體重比上次見面——快夏天時，他路過倫敦——增加了，不過現在這種豐滿適合她，讓她多了她偶爾欠缺的女人味。她一向很男孩子氣，喜歡爬樹，跟村裡的男人玩法式滾球，把手指放入口中吹口哨，還會像海盜一樣破口大罵。她不喜歡時尚、化妝和珠寶，但是林登察覺她今天的裝束——海軍藍褲子，配上成套的外套——雖然濕透了，但剪裁很講究。她還穿著漂亮的黑靴子，戴著金項鍊。他誇讚她的外表，在吹風機的疾風中，她不出聲說：「米絲朵。」米絲朵是蒂莉婭的女兒，十八歲，個性沉著穩重，正在學時裝設計，她的父親是巴斯克人（某知名大廚）。米絲朵是蒂莉婭的時尚監督，她的努力似乎開始有了斬獲。頭髮乾了後，蒂莉婭走到房間另一頭打開電視，說想看看關於河的新聞。林登注意到她腿跛得比平常更厲害。

　　他們從來不談二〇〇四年她二十五歲時所發生的車禍，她拒絕提起那件事。林登知道她險些喪命，左腿左髖都換了，動了大手術，住院六個月。事故發生在阿爾康蓋附近，當時她與一群密友離開派對，準備返回比亞里茨，其中一個女孩隔週要結婚。

為了安心喝酒，她們租了一輛附帶駕駛的車子，半夜三點，一個爛醉如泥的司機在蜿蜒小路上超速駕駛，撞上了她們的廂型車，四個女孩當場死亡，司機和另一名司機也是。這場車禍成了頭條新聞，蒂莉婭是唯一的生還者，花了數年時間才克服精神與身體障礙。幾年後，在二〇〇八年，她結束與艾瑞克．埃茲里的婚姻，拿到了他們獨生女的撫養權。有時林登會好奇，姐姐是否已經走出這場悲劇，她是否察覺自己付出了什麼代價，她的生命彷彿少了一大塊。

「科林好嗎？」蒂莉婭轉到新聞頻道，林登小心翼翼地問。她那優雅的英國丈夫是專精佳士得古老名畫的知名藝術專家，戴著一副眼鏡，皮膚光滑，而且風度翩翩。他們兩人都知道——全家都知道——這個丈夫講話幽默，經常露齒微笑，但卻是個酒鬼。不是那種喜愛交際的酒鬼，抓著微溫的香檳酒杯，醉醺醺又喜孜孜地在聚會上搖搖晃晃，愜意地躲在無傷大雅的胡言亂語的陰霾中。而是那種給你帶來噩耗的成癮型酒鬼，從早晨十點鐘猛灌松子酒展開一天，一天結束時，蜷縮成一團，不省人事，倒在克拉倫登路自家門前，躺在自己的一灘小便中。蒂莉婭坐在床角，不慌不忙地回答，眼睛還盯著電視，螢幕正放著一九一〇年巴黎淹大水的黑白照片。她用平板的語氣回答說，老樣子，科林答應他會戒，他會（第三度）再去就醫，只是情況並沒有好轉，在工作上越來越成問題。他瞞了一段時間，但快瞞不住了。她受夠了，科林也知道，他說他愛她，她知道他愛她，但是她快沒了耐心。林登第一次從姐姐的臉上瞥見藐視的情緒，她看起來很痛苦，心裡十分怨懟。二〇一〇年嫁給科林．法弗爾時，她不知道他是酒鬼，他巧妙地隱瞞了。他英俊瀟灑，比她年長十九歲？那又怎樣！看不出來。他外表帥氣十足，笑容像搖滾巨星傑格一樣迷人。他也結過一次婚，有兩個成年的兒子。他們是在一場倫敦拍賣會上認識的，當時蒂莉婭與一個朋友去了那裡。米絲朵也喜歡他——一開始的時候。漸漸地，婚禮過後很久很久，真相曝光了，酗酒，撒謊，殘暴的性情。他從來不打她，也不打米絲朵，但他的侮辱是一把殘暴的匕首。

明年蒂莉婭就四十了，她嘿嘿笑著提醒弟弟，好討厭的年齡，好可怕的數字，她的婚姻是一場災難，她的丈夫也是個災難。她沒有工作靠他養，這同樣也是災難。但是她這輩子還未真正有過一份工作，又這年紀了，沒有任何文憑或經驗，誰會雇用她呢？林登打斷她。她的畫呢？她嘲笑弟弟，她的畫嗎？另一個災難啊！林登不禁笑了，她也禁不住失聲笑出來。對，她當然還在畫畫，她喜歡畫畫，畫畫救了她，只是沒人在乎她的畫，沒人會想買，起碼她丈夫在藝術圈那些勢利朋友都不想買，舉凡不是林布蘭的作品，他們都不屑一顧。除了她的女兒以外，她身邊的一切都是災難。一九九九年十二月，她的女兒在暴風雨中誕生，蒂莉婭以童年時咆哮不斷的強烈西北風（Mistral）為她取名字，她是她的掌上明珠。

抱怨結束後，蒂莉婭轉向林登，愉快地說：「薩夏好嗎？」薩夏很好，新創公司有很多事要忙，壓力也不小，不過他懂得如何面對壓力。唯一的問題是，他們現在難得見面，林登老是飛來飛去，婚禮日期不停為了他出遠門而往後延。是啊，他們必須想想辦法解決。蒂莉婭問他們的父親見過薩夏了嗎，林登說還沒見過。蘿倫和薩夏是二〇一四年在紐約經人介紹相識，彼此很投緣，後來在巴黎又見面，關係發展非常順利。林登冷冷補了一句說，父親只會為了拯救了不起的大樹木離開薇儂莊，才不會為了探望家人出門，蒂莉婭難道不知道嗎？蒂莉婭把玩著項鍊。林登認為父親也許不想見薩夏？林登就知道她會提出這個問題，姐姐素來有話就說，所以他不覺訝異。不過他發現自己沒有答案，他朝電視看了一眼，電視螢幕出現了塞納河的地圖，紅箭頭在各處發出警告，標誌出可能的氾濫地點。他謹慎地說他不知道，他從來沒有直接問過父親，也沒有與薩夏討論過這個問題，只知道他和薩夏交往快五年了，兩人打算結婚，而薩夏還沒有見過保羅。蒂莉婭說舊金山離薇儂莊並不近。林登同意，不過也提醒她，不久前，父親飛去加州聖羅莎附近，阻止一片罕有紅杉樹因為鐵路擴建而遭到砍除的命運。保羅用了一週時間，帶領一群信徒對抗當局，他的信徒中有樹藝師、樹木學家、科學家、植物學系學生、社會活動人士、歷史學家、自然愛好者和生態學家。最後，他成功拯救了那片樹林，卻沒有去探望兒子、見見薩夏，他們離他只有一個小時的車程。總有藉口：太忙了，太累了，或者還有一棵寶貴的樹需要拯救。

林登轉移話題，把注意力集中在新聞上。由於一九四九年至一九九〇年間，塞納河上游多了四座大湖，去年十一月的河水氾濫才勉強避開了災難。無人機飛到離巴黎約兩百公里的茹瓦尼和特魯瓦，從上空拍攝附近的湖泊，水位太高時，湖泊就成了臨時水庫，去年十一月的水位起碼因為湖泊而降低了半公尺。記者繼續說，不過眼前的問題是，湖泊仍然滿盈著之前的大水，無法自行排空，雨水這幾週又沒有停過，因此地表已經完全濕透，無法再吸收水分。

「媽的，看來很嚴重。」蒂莉婭低聲說。如果大雨能停止就好了，雨下得這麼大，他們連出門也不能。真的會氾濫嗎？政府還是什麼單位一定會阻止災難，絕對不會有什麼壞事發生。他們繼續看電視，各個頻道談論著同樣話題：塞納河上漲，連日豪雨，民眾越來越焦急。哎呀，怎麼不把電視關了，蒂莉婭抱怨。於是林登伸手拿了遙控器，只剩下外頭嘩啦啦的雨聲。他們談論給父母的禮物，林登弄到一張保羅唯一缺少的鮑伊黑膠唱片《一站接一站》，保羅多年前不知怎麼亂放，後來就找不到了。蒂莉婭買了最新的鮑伊傳記法語版。至於他們的母親，為了慶祝她的結婚週年紀念，他們決定合送一份禮物，蒂莉婭去老龐德街，買了一把鑲滿鑽石的蒂芬妮鑰匙，禮物裝在松石色盒子裡。

「我想睡一下。」林登婉轉地對姐姐說。他的時差並不嚴重——他常常旅行，沒時差問題——但想在父母抵達前獨自待一會兒。蒂莉婭聽懂了暗示，起身準備離開。她往外走時，語帶諷刺喃喃地說，他看起來確實很疲憊，但是他越老越好看，她卻看起來像個巫婆，太不公平了。他愉快地朝她扔了一個枕頭，她砰一聲把門關上。

這幾週來，疲憊一層接著一層累積，他感覺到它們緊緊抓住他的肩脖。他想念薩夏溫暖又柔軟的雙手，它們會撫平他的疲憊。他發現他想念薩夏好多事情，他躺到床上，打算來數一數這些事：幽默，笑臉，絕妙的廚藝，笑聲。茶色的眼睛有時偏褐色，有時偏綠色，根據光線而定。頷骨底下那股令人欣喜的香氣。薩夏熱愛歌劇，尤其是《茶花女》。薩夏熱情敏感，富有創造力，而且魅力十足。薩夏很少和他一塊在巴黎，他們的故事是從二〇一三年的紐約開始的。

然而，對林登私下來說，巴黎是一個特別的地方，他和這座城市維持著一種私密的聯繫，他在這裡有一段關於愛、悲傷和快樂的個人歷史，這段歷史像一個甜蜜又苦澀的祕密深埋在心底。他經常憶起自己在這裡度過的十二年時光，從一九九七年至二〇〇九年。他看到那個笨拙瘦削的自己，由於清楚知道自己的性格而痛苦不堪，背著背包，懷著離開瑟哈爾、父母和薇儂莊的喜悅，出現在坎蒂斯的家門口。他要離開家，這究竟是什麼意思，母親大吼，要去哪裡，要做什麼？林登成績不怎麼好，英語老師甚至寫信說林登「傲慢」。聽著母親訓誡，林登明白了他永遠無法解釋，永遠無法描述自己各個方面與別人不一樣的感受。是的，即使在他出生的鎮上，他也是一個陌生人，因為他的母親是一位始終還有口音的美國人，所以他是半個美國人，即使他的父親來自瑟哈爾的古老家族，即使他的曾祖父莫里斯．馬勒加赫靠賺錢的紙箱包裝工廠發了大財，蓋了薇儂莊——一棟仿照托斯卡尼別墅打造的二十世紀怪異豪宅——給世世代代留下一抹輝煌，每天在課堂上他還是會被提醒：他是半個美國人。至於脾氣暴躁的英語老師嘉佐女士，他怎麼能向父母解釋，他完美的英語恰好凸顯了她的古怪發音，導致她惱羞成怒呢？不能，他說不出他在學校裡多麼不自在，沒有人可以說話，沒有人可以傾訴。他簡直像是來自另一個星球，別人憑直覺就能感覺到他的不同，他們排擠他，他適應不了，所以非常痛苦。邁入青春期後，情況變得更糟糕，他一下子抽高，其他人感覺受到低貶。他差點就告訴母親，他們不懷好意給他取了個

「美國佬」的綽號，加重他的痛苦，他覺得這種行為很可鄙，因為他和他們大多數人一樣，都是在瑟哈爾診所出生的。這還不是他們對他唯一的稱呼與侮辱，他感到不受歡迎，他不快樂，他很孤單。最糟糕的是，母親有時會開著老舊的貨卡車來接他，穿著牛仔短裙，戴著牛仔帽，不論男孩女孩都會癡迷地看著她，怎麼不呢？她是他們所見過最漂亮的女人，蜜金色的頭髮，玲瓏的曲線，看起來是如此的動人。只有蒂莉婭知道他每天承受的痛苦，他下定了決心後，她立刻高調站在他這一邊，勇敢面對他們的父母，氣鼓鼓地說：「林登到底為什麼不能去和坎蒂斯住在一起，讀巴黎的中學，和阿姨一塊生活幾年呢？」老天？他們是有什麼問題？為什麼這麼保守？真是一群老古董。林登五月就滿十六歲，學期中轉學也不複雜，這些事都做過，以前都有人做過！林登要離開，他需要去看看這個世界，去探索其他地方，難道他們不明白嗎？一陣沉默之後，父母互看了一眼，又回過頭來看著他。然後，保羅聳了聳肩，如果這是林登內心深處想要的，那麼他不會阻止兒子。蘿倫也說，她馬上打電話給坎蒂斯，安排轉校。林登看著姐姐，露出明顯的讚賞。她也眨了眨眼睛，得意揚揚對他比出一個V形勝利手勢。有一件事倒是想到就覺得有趣，這些年來，許多在瑟哈爾中學輕蔑他、讓人難以忍受的同學湧入他的臉書，給他每一篇貼文按讚。他甚至見到有人來看他的展，拍著他的背，說他們早知道他會成為明星。

坎蒂斯阿姨住在不起眼的第十五區，教堂街一號位於聖查理斯街轉角。這條長路熙熙攘攘，從聯邦街往南延伸到巴拉德廣場。這區不算新潮，但是他並不在乎。一九九七年那個冷颼颼的三月天，林登來到這裡，生平頭一次感到自在無拘。他站在坎蒂斯陽光燦爛的七樓公寓陽台上，雙手抓住欄杆，興高采烈望著外面。他記得多麼清楚，站在那裡，他彷彿是掌舵的船長，迷人的巴黎在腳下展現，下方的車流轟鳴聲在他耳邊聽起來如同音樂，把洋溢著田園風情的薇儂莊與父母推得越來越遠。不舒服的沙發床，坎蒂斯複雜的愛情生活，巴斯德大道那家中學的新面孔——他都不介意。他也不想念薇儂莊的春天——櫻花樹會率先綻放，當無情的風一吹，清新空氣和薰衣草花香就會撲鼻而來。他不想念鳥兒啁啾，臥室窗外血紅玫瑰的高雅花香，無花果樹、墨綠色柏樹和銀色橄欖樹遍布薰衣草園的景象。他不想念薇儂莊的任何事物，連小時候他喜歡的父親的林園也不懷念。他欣然接受了巴黎人的新生活，融入學校生活，生平第一次受人歡迎。沒人想到他是鄉下男孩，在農村出生，不怕昆蟲，甚至不會畏懼潛伏在石牆上的黑蠍子。他知道狂風的力量，暴雨的威力，樹的拉丁名稱，誰也看不出他是在鷹、鹿、野豬、黃蜂和螢火蟲的陪伴下長大的。別人反而認為他很「酷」，能講流利的雙語，精通美國髒話，還有淡淡的南方口音。他們沒有取笑他的名字，他們不在乎他的父親是誰。他受邀參加聚會，女孩子迷戀他，癡癡望著他的藍眼睛與燦爛的笑容，甚至有人認為他長得很帥。在這裡，沒有人認為他與別人不一樣。

床頭櫃上的電話響起，嚇了他一跳。是接待員，宣布他的父母親抵達了，馬勒加赫先生要下來嗎？他說他立刻下去。他匆匆脫下浴袍，在壁櫥裡摸索著衣服。一會兒，他穿好衣服離開房間，從樓梯下去，因為這樣更快。到大廳時，他首先注意到的是父親看起來好疲憊，心頭猛然一驚。保羅癱坐在扶手椅上，一手托著臉，皮膚浮現皺紋，臉色蒼白得很不自然。他穿著黑色連帽防風外套，使他顯得更加沒有血色。他看起來也很瘦，簡直是枯瘦。

「哦，親愛的，你來了！」母親的聲音沙啞又溫暖。她擁抱他，又退後幾步瞧他。接著，輪到他端詳母親，他令人驚豔的母親，都六十一歲了，仍然是個美人，身材高䠷，雙腿筆直。她穿著靴子和短外套，銀髮往後梳。不知不覺中，她的臉龐泛起皺紋，也鬆垮了，但沒有影響她對稱的五官、他所遺傳到的優雅鼻尖、豐滿嘴唇、眼角上挑的藍色杏眼，以及濃密的深色眉毛。像往常一樣，她沒化妝，也像往常一樣，她引人注目。他俯身擁抱沉默不語的父親，疑惑地轉身面對蘿倫。對，保羅不太舒服，母親壓著嗓子告訴他，一定是感冒了，只需要休息，洗個熱水澡，不會有事的。蒂莉婭也下來了，又是一陣擁抱。姐姐立刻留意到父親的狀況，擔心地蹲下來和他說話，他撐開沉重眼皮，咕噥說頭疼。哦，那不如上去休息一會兒吧？雨下得這麼大，沒辦法出去，反正也沒人想出門，何不好好利用呢？蘿倫向接待員打了招呼，請他們把行李送到樓上房間。林登聽見母親告訴雅嘉特，她的丈夫累了，他們能否喝杯茶、吃點東西？

這麼多年了，她的法語仍然遲疑緩慢，但這反而增添了她的魅力，他已經發現接待員被吸引住了。父母一上樓，他就轉向姐姐。

「爸爸的臉色！好可怕，好蒼……」他低聲說。她擔心地點點頭，保羅總是煥發著健康的光彩，即使是隆冬也不例外。

這是第一次，他們精力充沛又吃苦耐勞的父親像個乾癟的老人，這個念頭讓他們變得嚴肅。他們噤口不語半晌，並肩坐在旅館大廳，而大雨淋透了整座城市。

一天結束時，林登去看父母。他輕輕敲了敲三十七號房的房門，母親把門打開。她戴著老花眼鏡，手裡拿著手機，林登從她的肩膀上方看見父親躺在床上。蘿倫低聲說他正在好好休息，她取消當晚的晚餐計劃，以保羅目前的情況來說，不適合去蒙帕納斯大道熱鬧的圓亭咖啡館用餐。她稍晚會自己叫客房服務，也就是說，蒂莉婭和林登可以去做自己想做的事。林登考慮要不要和姐姐一起用餐，他有興趣，和蒂莉婭在一起很快樂，她的故事也都很有趣。但是，這是一個闔家團圓的週末，他們將整整三天在一起，他也許應該好好利用這個意外的自由，去探望一個老友。他告訴母親他要去找老朋友，蒂莉婭不會介意的。

林登躡手躡腳繞過床，看了父親的臉一眼，他仍然面色蒼白，臉上布滿皺紋。

「他沒事吧？」他不安地問母親。他們不用請醫師來嗎？蘿倫俯身看著手機，手指在鍵盤上飛舞。她承認，保羅的模樣很嚇人，但他會沒事的，她並不擔心。她一面把眼鏡推到頭頂，一面補充說，保羅像平常一樣，最近又太過操勞了，他永遠不會對一棵也需要拯救的大樹說不，即使那棵樹在這個國家的另一頭。自從去年夏天，他就沒有好好休息過，在家時也同樣忙個不停，在莊園每一寸土地上走來走去，照顧心愛的椴樹。要讓他來巴黎是多麼困難，她壓著嗓子繼續說。他們都知道他多麼不喜歡這個城市。

對於父親，林登沒有任何與城市有關的記憶，與保羅．馬勒加赫有關的一切都有著濃厚的大自然氣息。對父親最早的記憶，是看著他邁開準確穩定的步伐，走在薇儂莊崎嶇不平的土地，後頭除了有忠實的園丁范戴勒，還有一兩隻狗尾隨。保羅的雙手似乎永遠是髒兮兮的，不過林登很快就明白，他手掌上的不是汙垢，而是沙礫與樹皮上灰塵般的細粉。父親經常撫摸樹木，彷彿它們是全宇宙中最可愛的生物。保羅抱起年幼的兒子，讓他也摸一摸粗糙不平的表面。他告訴幼子，樹和他們同樣擁有生命。一棵樹必須為生存而奮鬥，父親告訴他，每一秒鐘都必須奮鬥，它必須努力尋找水、光與空間，它必須抵禦炎熱、乾旱、寒冷和捕食者，它必須學會抵抗風暴，樹越大就越容易受到風的襲擊。保羅告訴他，樹木要活似乎很容易，只要站在太陽下，把根扎入濕土。但其實沒有那簡單。樹有預測能力，會感知季節、陽光與溫度的變化，輸送大量的水分，引導落下的雨水。樹擁有人類必須學會尊重的力量。父親還說，沒有樹，人類什麼都不是。他可以滔滔不絕講下去，林登永遠都聽不膩，在孩提時代，就連樹木的植物學名稱，他也能聽得津津有味。Quercus、Prunus、Ficus carica、Olea、Platanus，他記得很清楚，分別是櫟樹、李子樹、無花果樹、橄欖樹和懸鈴木。父親最喜歡的樹名是Tilia，也就是椴樹（Linden），他與姐姐的名字就是這樣來的。林園位於薇儂莊的高處，園裡有五十棵高大的椴樹，種植於兩百多年前，遠遠早於保羅的祖父莫里斯．馬勒加赫一九〇八年建造大宅之前。林登知道，在一九七六年那場的熱浪時，保羅帶蘿倫去了林園，她為之深深迷住，她怎麼能不呢？椴樹枝葉交織，構成一張天鵝絨般的樹冠，又茂密又寬闊。六月或七月時，站在壯闊的森林底下，宛如沐浴在瀰漫著蜂蜜香的綠光之中，嗡嗡叫的蜜蜂在四周打轉，從一個花蕾飛到另一個花蕾。

低頭望著父親時，林登想起了他從來沒有帶薩夏回去薇儂莊，薩夏從來沒有見過盛開的椴樹，幾乎不清楚他這一部分的人生，因為林登把它推到了身後。在交往的近五年，林登從來沒有提議過要帶薩夏去德龍谷，為什麼？因為父親從來沒有正式開口邀請過他們嗎？因為林登無法鼓起足夠的勇氣回去嗎？這些問號不是第一次出現，他心煩意亂，又像往常一樣把它們甩掉。

過了一會兒，林登從房間用FaceTime打電話給薩夏。此時是加州的上午十點，薩夏人在帕羅奧圖的新創公司，心愛的臉孔出現在螢幕上，淺褐色的眼睛，迷人的微笑。林登告訴薩夏他的一天——大雨，大河，父親憔悴的氣色。薩夏談到新創公司、貓咪、天氣，那裡天氣如此之好，很難想像巴黎正下著傾盆大雨。和薩夏說再見後，林登開始想接下來的晚上要怎麼度過，滑著手機裡的通訊錄。當然，有一個名字根本不用看通訊錄就會躍入腦海中，一個甚至已經不在他通訊錄上的名字。哈德里安。他記得的電話號碼也已經不再使用，但他仍然牢記在心。地址也記得：75007，巴黎舒爾庫夫街二十號，四樓，門在右邊。悲傷，心痛，為什麼有些記憶永遠不會褪色呢？

他選擇的下一個名字是奧瑞爾．孟納德。電話響了幾聲後，進入了語音信箱。二〇〇三年，他就讀巴黎著名視覺傳達學院戈柏林影像學院時，就認識了奧瑞爾．孟納德，她是攝影師，比他大個幾歲，當時已經獨當一面了。林登開始自己接案時，她給了他一些有用的建議。現在奧瑞爾在一家法國攝影公司工作，專為知名出版商拍攝作者肖像。他正在留言時，她就回電了，很高興聽到他到城裡參加家庭聚會。兩人約好，半個小時之後，在達拉布街與蒙帕納斯大道轉角的圓頂咖啡館見面。林登撐著旅館的雨傘，脖子圍著暖和的圍巾，冒著冷冰冰的豪雨，一邊在街道上奔走，一邊避開大水坑。穿雨衣的行人匆匆而過，駛過的汽車輪子發出橡膠般的嘎吱聲。到了圓頂咖啡館，裡面幾乎空無一人，只有一對夫婦。臉色陰沉的侍者告訴他，從來沒有這麼嚴重過，連綿不斷的大雨，生意冷清得很，他還不如遞了辭呈，趁著大災難降臨前，趁著大河把大家淹沒前，趕快離開巴黎。林登問他是否真的相信塞納河會氾濫。那男人盯著他，語氣有禮但略帶譏諷，問他是否住在另一個星球上。「我住在舊金山。」林登不好意思地承認。

他又說，那裡人人都害怕的是地震，但惡名昭彰的「大地震」並沒有阻止民眾繼續過日子。侍者點點頭，這裡也一樣，巴黎人繼續過他們的日子，可是雨沒有停歇，天氣預報也不太樂觀，塞納河恐怕會像一九一〇年那樣氾濫。然後呢？城市會癱瘓，成千上萬的人無家可歸，經濟活動凍結。他認為，政府應該更嚴肅對待這個問題，就像去年十一月一樣，他們還在等什麼？他們為什麼這樣謹謹慎慎？他們必須趕緊行動，動作要快，因為河水已經淹到了左阿夫士兵的腳踝，再不做就來不及了。幸好，奧瑞爾來了，打斷侍者的謾罵，林登鬆了一口氣。林登有一段時間沒見過奧瑞爾，她完全沒變，同樣粗硬的棕髮、櫻桃小嘴和灰色眼睛。她長得很漂亮，身材嬌小，總是一身黑衣。他們用法語交談。用父親的語言表達感覺很好，起初他覺得自己的法語生疏了，不時迸出了美國腔。他努力克服，重新調整，幾分鐘後就恢復一貫的流暢。他們點了夏多內白酒，碰杯時，奧瑞爾忽然一陣大笑。

「我剛想到一件事！」她說。記不記得二〇〇三年他們第一次見面時發生什麼事？林登感染到了她的喜悅，說他不記得了。哦，不堪回首的記憶，她喝著酒說。他當時二十二歲，她二十四，兩人到巴士底廣場附近閣樓參加替戈柏林畢業生舉辦的派對，她想挑逗他，結果出了醜。這下他確實想起來了，她堅持躲在黑暗的角落，把嘴唇貼上他的嘴唇，他友善地吻了她一下，當她想再進一步時，他則是禮貌將她推開。可是她沒有明白暗示，又吻了他一次，手爬上他的大腿，還鑽入襯衫底下遊移。她低聲說他不用害羞，一切交給她，他儘管放鬆閉上眼睛就好。最後，他直截了當地說他對女孩沒興趣。她回望著他，把灰色眼眸睜得大大的，沉默了幾秒鐘，喃喃自語：他是說他是……他替她把話說完：同性戀，對，他是同性戀。她看起來非常沮喪，他覺得過意不去，摸摸她的臉，說沒關係。然後，她說——這部分他記得很清楚——他看起來根本不像同性戀，所以她哪知道呢？不公平，他長得那麼英俊，那麼高大，那麼有男子氣概，她哪知道呢？他露出邪惡的笑容，低聲問她能否描述一下怎樣才看起來像同性戀？她掩住嘴，喃喃說了聲對不起。此時，她問他有沒有發現他們已經做了十五年的朋友，很不簡單吧？再來杯夏多內白酒慶祝吧？林登向侍者打了手勢。奧瑞爾繼續堅持說這實在很不簡單，尤其因為他現在已經成了了不起的人物——林登．馬勒加赫（她用迷人的法國口音，誇張地說出他的名字），以觸動人心的人像聞名於世。最了不起的一點是，他絲毫沒有改變，這番輝煌的成就足以讓他成為自負的傢伙，但他沒有，仍然是一個好人。她熱烈地拍了拍他的背部。這種閒聊讓林登感到不舒服，懷疑對方是否對自己的名氣懷有任何隱藏的怨恨。她繼續說下去，他則盯著自己的酒，聆聽雨水落在玻璃屋頂上。奧瑞爾說她可以把她知道的統統告訴全世界。他以前老穿著同一件黑皮夾克與黑色牛仔褲，頭髮又長又捲，像前拉斐爾派嬉皮（他很尷尬），與美國阿姨住在十五區，阿姨常常整晚等著她已婚的法國情人的來電。林登嚴肅地告訴她，坎蒂斯阿姨六年前去世了，他錯過她的葬禮，心裡非常內疚。住在坎蒂斯公寓的那幾年，坎蒂斯對他非常重要。他沒有告訴奧瑞爾坎蒂斯是怎麼死的，也沒說她走後的慘況及這事給他留下的傷痕。

悶悶不樂的侍者送上第二輪酒，他走開以後，林登低聲說，在她來之前，那傢伙為了塞納河可能會氾濫的事沮喪不已。奧瑞爾的表情變得認真，她低聲說侍者是對的，很可能會發生洪水，情況到時會很嚴重。林登笑她，她是怎麼了？聽起來好像那些悲觀的記者，把新聞描述成萬分淒涼的情景，嚇壞每一個人。

「你要知道，這可能不是一個待在巴黎的理想週末。」奧瑞爾平淡地說。她的意思是因為下雨？她又盯著他看，好像他是個白癡。對，暴雨和洪水，他知道在巴黎這樣的城市會發生什麼事嗎？他不知道，對吧？她的語氣真叫人氣惱。唔，政府並沒有發出任何的警告吧？沒有人被告知不要來巴黎，她是不是有點誇張？完全沒有，她反駁說，她有一個在市政廳工作的好朋友，他們都非常緊張。她說，奧斯特利茨橋的水位已經達到三點八公尺，她的朋友說，如果水位繼續上漲，他們會停止所有的河道交通，這是第一步。雨要是下個不停，他們就有麻煩了，水位暴漲得太快了。林登不解地說，他以為一個世紀只會發生一回的百年洪水，這座城市在一九一〇年已經吸取了教訓，巴黎早做好了準備。大家都這麼想，奧瑞爾挖苦地說，大家都以為已經馴服了塞納河，不會再發生洪水，但是巴黎並不安全。她的朋友馬修說，災害可能很快就會發生，比任何人想像的都要快得多，明天他們會更清楚，也許今天晚上就知道了。馬修告訴她，塞納河的流量一直在監控之中，最難的部分是預測水位維持高漲的時間長短，如果沒有像去年十一月那樣兩三天內就消退，那麼洪災即將到來。上一次，水位還沒升到六公尺，未及左阿夫士兵的腰部，市府就發出嚴重警告，撤離十二區、七區與十五區某些地方的居民，還派出軍隊，關閉了幾個地鐵站、羅浮宮和奧賽美術館，不過河水終究是退了。結果政府飽受批評，說他們害巴黎人無端焦慮不安。兩個月後的現在，市府團隊當心他們的一舉一動，不想再出差錯。

「我來是幫我爸爸過生日，還有慶祝我爸媽的結婚週年紀念日。」林登告訴奧瑞爾，這不是他能輕易取消的活動，他一定會避開淹水的地區。奧瑞爾的表情又嚴肅起來，如果她從馬修那裡聽到任何消息，會傳簡訊通知他。他們很肯定，塞納河將登上頭條新聞，不是好消息，就是壞消息，壞消息的機率比較高。林登打斷她，這很不吉利，他聽了心情很差。吃點東西吧？她的工作情況？還在替作家拍照嗎？他們不是很討人厭嗎？他最近拍了幾個作家，暢銷書作家，那些人自以為是世界之王，因為他們的書賣出了數百萬本。他們點了海鮮，又叫了酒，奧瑞爾愉快地談論她的工作。幾個小時後他們分手時，雨仍然下著。

午夜，林登回到旅館，發現門底下有一張母親留下的字條。**爸爸看起來好多了，喝過蔬菜湯，已經睡熟了。明天見。**蒂莉婭傳簡訊，說她和一位老朋友喝了一杯，也早早上床睡了。林登沒有打開電視，而是從套子抽出iPad，連上旅館的Wi-Fi。薩夏給他傳了幾則訊息，他立刻回覆。經紀人瑞秋知道他接下來幾天不工作，發電子郵件寄了幾個案子給他參考，他之後再研究。

林登查了一下塞納河（Seine）的由來，原來這個名字源自高盧人和羅馬人的塞卡納（*Sequana*）女神。高盧人和羅馬人沿河航行，在軟濕的河岸定居，建立了盧泰西亞，也就是巴黎的前身。在第戎附近的河流源頭，人民崇拜古凱爾特女神塞卡納，她有治病療疾的能力，多以乘坐小船的形象出現，優雅的手臂高高舉起。林登繼續往下讀，心頭一驚，原來這條河常常摧毀它所養育的城市，從六世紀最早的氾濫紀錄以來，起碼發生過六十次嚴重水患。一六五八年二月，塞納河暴漲，托內爾橋的水位有八點九六公尺高，創下史上最高水位，大水沖走瑪莉橋上的房舍，數十人淹死。

睡意漸漸湧來，林登最後想到的不是薩夏，不是塞卡納和她的裝飾髮帶，也不是外頭仍舊淅淅瀝瀝下著的雨，而是與母親一塊睡在樓下房間裡的父親。他深愛著父親，但是他無法與他溝通，總有什麼東西阻止著他，可能是膽怯，可能是恐懼，不管是什麼，反正他們就是無法好好交談，他們也從來沒有好好交談過。更糟的是，保羅沉默寡言，除了他最喜歡的兩個話題——樹木和大衛．鮑伊——以外，他幾乎不愛說話。林登納悶，蘿倫特地安排了這個闔家團圓的週末，是否是期待他們父子能夠開始互動。不安的感覺揮之不去，如果保羅不想多瞭解他的兒子，不想知道他愛的是誰，那該怎麼辦？

2

照片是一則關於祕密的祕密，
它告訴你的越多，
你知道的就越少。

——攝影師黛安．阿布絲（DIANE ARBUS）

我記得她的名字，只是事情發生後，再也沒有人提起她的名字。我也記得她的臉蛋，又軟又圓的臉蛋，臉頰粉紅柔嫩。還記得她的聲音，她淺褐色的髮絲，她檸檬般的氣味。她很年輕，大概十七歲，也許還不到。她住在附近的鄉村，她的爸爸是松露獵人。家裡請她來照顧我，每週兩個下午，因為媽媽懷孕了。我四歲，不認識字，也不會寫字。我年紀還小，不能上學。她來了，總是面帶笑容，我們常常在爺爺的房子四周散步。

可以觀察的東西可多了，尤其是在夏天。在山隘附近的樹叢間有一個黑色池塘，裡面的癩蛤蟆呱呱叫，我們一拿石子丟牠們，牠們就會游走，我們哈哈大笑。山谷盡頭的柏樹高聳入雲，像勇士一樣耀武揚威，她叫它們「摩希根印地安人」。小心，摩希根人來抓你了，她開玩笑想嚇唬我。有時，它們確實好像高大的印地安人，頭帶上插著大片羽毛，邁開大步走下山坡。我們經常靜靜坐在薰衣草田裡，她把小雛菊串起來戴在頭頂上，哦，她的模樣好美。我們唱民謠《清泉畔》，我們數蝴蝶，我們哄毛毛蟲爬進舊火柴盒，觀察牠們扭動的樣子，我們七月時從結實纍纍的樹上摘下杏子，我們到鄰近的農場拿回牛奶和雞蛋，農場的羊兒從前頭跑出來，白色牧羊犬又把牠們趕進去。我是一個快樂的小傢伙，馬蠅叮我，她知道怎樣讓傷口沒那麼難受，她對著醜陋的粉紅咬痕吹氣，低聲哼著小曲給我聽。

二月時，有幾回西北風颳得很猛，天冷得不得了，她帶我去她爸爸嚴加保護的松露地，看他從橡樹底下挖出稀有的野生真菌。他的母狗受過訓練，靠鼻子在石灰岩和樹根下找到它們。我喜歡看狗把鼻子貼在地上，用爪子耙地。接著，女孩的爸爸用特製的鏟子，戰戰兢兢把松露挖出來。在我的眼中，那些真菌沒什麼特別，又黑又小，形狀是不規則的圓形，有時是塊狀，可是女孩的爸爸說它們非常珍貴。他老是叫我聞一聞，好濃的黴味，我不知道我喜不喜歡。不過我小心翼翼把松露包在布裡帶回家，爸爸媽媽總會非常高興。

現在，我必須選擇正確的言詞，我必須準確說明發生的事以及我幼時的感受。

回到那個孩子的心智，回到那雙孩子般的眼睛，不要像一個成年人那樣回頭看。好好地說，如實地說，即使這件事讓我充滿了恐懼。

薇儂莊大門位於瑟哈爾東側通往尼永的道路上，最近的村落是以橄欖油和松露聞名的雷昂德維涅。從路上看不見大宅，一條淺灰色鵝卵石小徑蜿蜒而上，宛如長長的緞帶，穿過杏樹、葡萄園與薰衣草田。這裡十分寧靜，只有附近拖拉機偶爾傳來隆隆聲響打破寂靜。遊客不敢走來這裡，擔心崎嶇不平的路面會磨壞了車輪，但是健行的旅客有時會拄著手杖出現。道路曲折陡峭，開車需要換檔，因此不管是走路來還是騎單車來的人，都會有點喘不過氣來。現在，可以瞥見大宅了，初次見到的人往往肅然起敬，薇儂莊看起來像文藝復興時期建築，事實上是在一九〇八年竣工，林登的曾祖父莫里斯・馬勒加赫希望這棟樓仿照梅迪奇家族的托斯卡尼狩獵小屋。莫里斯從來沒去過義大利，更沒見過梅迪奇家族的狩獵小屋；他出身貧寒農家，在瑟哈爾附近農舍出生，但是賺錢的包材工廠為他賺進了鉅富，他三十五歲開始自命不凡，沒什麼是他與未來妻子——同樣也出身低微的伊薇特——所配不上的。紙箱工廠一間接著一間開下去，生意興隆。有史以來，活蠶首次能夠送往世界各地，因為紙箱兩側巧妙開了小孔，脆弱的幼蟲不會在長途旅行中窒息。絲綢工業迅速發展，香水和化妝品公司也接著流行起來，馬勒加赫製造的紙箱成為熱銷商品，不僅裝飾漂亮，又方便好組裝，同時也製造了就業機會。在世紀之交，大量生產的紙箱改善了瑟哈爾與這一帶民眾的生活，不只因為率先建立工廠的莫里斯．馬勒加赫，也因為見好跟風的那些人，每天有兩列載滿了紙箱的火車從瑟哈爾車站出發，前往馬賽、巴黎和里昂。

莫里斯．馬勒加赫決定要自己蓋房子後，就四處尋找理想的地點，沒多久找到了薇儂莊這片廣闊的土地。薇儂莊位於農耕地區，離雷昂德維涅不遠。在莫里斯．馬勒加赫的時代以前，一個農夫靈光乍現，在這塊地的高處種了一片椴樹，林中有一株大樹，看起來比其他樹都要歷史悠久，無疑就是它的美吸引了那位熱愛大自然的農夫到這裡，讓他萌生在四周種上同種樹木的念頭。取得這片土地需要巧妙的牽線，塞著鈔票的肥厚信封在檯面下換了手，接著莫里斯找了一個崇尚義大利藝術與十五世紀時尚巴黎的建築師。兩年後，大宅院蓋好了，一座乳白石材打造的堅固堡壘，面朝山谷，屋頂有雉堞，上方是林園，流露出一種飽經風霜的倦意，猶如在那裡已經矗立了幾世紀。大宅兩側由一棵橡樹、一棵楓樹、一棵榆樹和兩棵梧桐妝點，西北風無力地吹著堅不可摧的後牆。

蓄鬍的莫里斯·馬勒加赫熱愛交際應酬，與美麗的伊薇特攜手舉辦奢華派對，這些派對總能成為該地區話題標的。客人從四面八方趕來參加，薇儂莊成了人人嚮往之境。莫里斯頂著大禮帽，站在門階上迎接賓客，一副神氣活現的模樣；外聘的樂團演奏華爾滋，侍者端上香檳。十年後，他把地名加入自己的名字，捏造了一個假頭銜，在名片與厚顏釀造了幾年的白酒酒標上招搖印上「馬勒加赫——薇儂莊男爵」。一九五二年，喜歡擺闊的莫里斯心臟病發過世，享年七十九歲。莫里斯的兒子弗朗索瓦在一九〇八年與大宅院一塊誕生，他沒有繼承到父親的派頭，天性安靜害羞，在父親的廣闊天地裡始終無法自在。他的妻子米蕾耶是蒙特利馬爾人，在這樣的田園環境裡覺得索然無味，懷念她繁忙的故鄉小鎮，她覺得這裡什麼事也沒有，一點也不有趣，只有樹木、薰衣草和風。生下兩個孩子後——保羅在一九四八年出生，瑪莉在一九五二年出生——她自認完成了職責。米蕾耶在薇儂莊撫養孩子，待了好一段時間，直到一九六〇年，兒子保羅十二歲，她開始與維桑附近的一個農民偷偷交往，五年後，弗朗索瓦平靜地同意離婚。米蕾耶再婚後就搬走了，弗朗索瓦認識一位叫碧姬的孀居教師，兩人相處融洽。弗朗索瓦不敢使用他父親捏造的頭銜，只是狡詐的莫里斯已經把假頭銜摻入了產業與家族文件中。

在弗朗索瓦．馬勒加赫猶豫不決的經營下，往後的二十年裡，薇儂莊失去了原有的輝煌，衰落褪色。弗朗索瓦沒有他父親點石成金的本領，也沒有靠工廠拚命撈錢的果敢決斷。紙箱包裝的朝代已經過了全盛時期，正慢慢走向滅亡。弗朗索瓦發現大宅院不易管理維護。這裡有巨大的壁爐，卻沒有中央供暖系統；大房間在冬日仍舊冷颼颼，每年十二月這一帶都會下雪，薇儂莊又位在村子的高處，使得供暖問題加劇。莫里斯十分引以為豪的花園由於疏於照顧，讓荊棘雜草給占據了。大宅潮濕，無人打理，有的天花板還會漏水。

一九七〇年，弗朗索瓦．馬勒加赫死於肝癌，享年六十二歲。他的兒子保羅當時二十歲出頭，住在附近的比伊萊巴羅涅，擔任園林設計師。保羅和妹妹瑪莉繼承了大宅，但是不久就決定交由保羅來負責。瑪莉和一個叫馬歇爾的粗暴農家子弟訂婚，馬歇爾是雷昂德維涅人，無意為薇儂莊花上一毛錢。

一九七〇年冬，保羅搬回來，面對一項艱巨的任務：靠有限資源照料花園、林園和大房子。此事不用急，但是他把全副精力都放在上頭，日日夜夜赤手幹活。他有一群朋友幫助，他們是當地人，和他一樣熟悉且熱愛這片土地，至於仿效祖父的奢侈作風，舉辦奢靡的雞尾酒會，那是絕對沒有的事。

六年後保羅邂逅蘿倫時，已經順利把土地改造成今日的模樣——一處人間小天堂。

林登醒來時，窗外的銀色雨幕仍舊唰唰落下。剛過九點，他給母親傳了簡訊，想知道保羅好不好。蘿倫很快回答：很好！正在吃早餐，不如你也一塊來吃吧？沖澡後，他到樓下大廳旁的餐廳，察覺父親臉色仍然蒼白，而且出奇地臃腫。他正彎腰吃早餐麥片，每一個動作似乎都是慢動作。蘿倫一副快活的樣子，笑容有點太過燦爛。

要是下雨怎麼辦?他們還是可以去博物館——她上網預訂了所有門票——要是有人累了,他們可以休息,她說,博物館有很多地方可以歇腿。蒂莉婭呢?老樣子,還在睡覺。林登輕聲和父親說話,問他感覺如何,畢竟今天是他的生日,他們晚上要慶祝。保羅用虛弱沙啞的聲音回答,眼睛淌著眼油,眼眶也紅紅的,看起來很不像他。林登不明白他為什麼沒去看醫生。

「我不用看醫生。」父親用同樣微弱的聲音告訴他。「我很好。」

林登好奇他這樣子和這種聲音多久了。他想問母親,但知道她現在不會回答他,起碼不會當著保羅的面回答。她已巧妙轉移了話題,伸手再替丈夫倒了一杯咖啡。林登覺得詫異,她竟然表現得如此自然,好像保羅身體一點狀況也沒有。林登看過新聞了嗎,她問。還沒,他直接就下樓來。蘿倫繼續閒聊,保羅不發一語,大口咀嚼著麥片,更叫人感到意外的是,他以極其緩慢的速度移動湯匙,但是他平日通常狼吞虎嚥,別人還沒開始,他已經把他盤裡的東西吃得一乾二淨。林登也注意到母親今早的嗓門大得很不尋常。天曉得這些人要怎麼處理,她一面大聲說,一面在半空中揮舞著牛角麵包。沒錯，市政府太過分了，最後一刻才取消一切，叫所有人收拾東西，所有的模特兒、美髮師、化妝師、攝影師……林登聽懂了，她正在說時裝週，所有的設計師看來都暴跳如雷，可以想像他們氣炸了。林登拿起手機查看Twitter。時裝週原本預定今天開始，下週四結束，果真在市政府一聲令下取消了。塞納河繼續上漲，如今正拍打著左阿夫士兵的小腿，遠遠超過了四公尺，奧瑞爾說得沒錯，政府採取行動了。這樣一個關鍵時刻，政府正在決定採取何種因應行動的時候，哪裡都不可能辦時裝秀。他也從Twitter得知所有河道的航行都停止，今天有幾家博物館也會閉館，比如奧賽美術館、布朗利碼頭博物館，肯定還有羅浮宮（他把這一段話念給母親聽，她一聽發出哀號）。幾個地鐵站四周正在搭建防洪保護設施，塞納河進入巴黎附近的德拉加雷河堤已經淹滅了。據報導，由於溢水，下水道出現問題，情況很可能在幾小時內惡化。

他瀏覽一連串令人擔憂的消息時，蒂莉婭進來打斷了他。她的頭髮隨意挽成一個髻，身上是寬鬆的毛衣與寬大的牛仔褲。當蘿倫的女兒絕對不是容易的，林登暗自想著（不是第一次），沒遺傳到五官長相就算了，還老是被拿去與母親做不利的比較，蒂莉婭會在意嗎？她從來沒有表現出來，但林登想她以前一定很痛苦，現在絕對還是如此。十九歲時，蒂莉婭也離開了薇儂莊，到巴斯克地區與艾瑞克·埃茲里一起生活，他們的女兒出生後不久，他們才結婚。但是林登知道蒂莉婭與父母的關係非常緊密，她對他們十分溫柔貼心，正如他現在所看到的：姐姐拉著保羅的手，他那張浮腫疲憊的臉龐讓她擔心。保羅對女兒喃喃說出相同的回答：他很好，不用醫師，他們能不能不要擔心了？欸，他們要擔心的應該是河，蒂莉婭伸手拿起巧克力麵包說。住在一間不會淹水的旅館不是很幸運嗎？蘿倫真聰明，兩年前訂房時就想到了！蘿倫回答說，她不知道達拉布街不會淹水。然後，她又想到了，他們今晚要去的餐廳也不會淹水，她上網查過了地圖。母女像往常一樣閒話家常，父子則是閉上了嘴，這是他們家的慣例。不過林登離家到巴黎定居後，就不再沉默寡言。在瑟哈爾時，他走到學校就感到尷尬，承受著批評的目光，這些到了巴黎都沒了。這與坎蒂斯有很大關係，阿姨與母親很像，也是一名身材高大的金髮碧眼女子，不過她有一個母親所欠缺的特質：她非常擅長聆聽。林登住進教堂街那間公寓後，她沒問過任何問題。她性情平和，慈藹親切，林登一去就覺得自己受到歡迎。他發現，無論是外表（時髦的鮑伯頭、鉛筆裙與細跟高跟鞋）還是日常生活，阿姨都比母親更老練。公寓每間房的牆上都擺滿了書，多次他回到家發現她全神貫注坐在沙發上看書，貓咪「小鬆餅」蜷縮在她的膝上。坎蒂斯的法語非常好，只有淡淡的美國口音，但是他們用英語交談。她在巴黎住了十五年多，有一個法國人，名字很怪，林登從來沒有見過他，這人說過要與坎蒂斯結婚，但終究沒有。坎蒂斯等著等著，逐漸失去了丰采。她在一所法國大學教授英語，交了很多朋友。只是時光終究荏苒，一九九七年林登搬進來時，她已四十歲出頭，套用一句她挖苦自己的話，「風華不再」。她從來不提問題，林登也不提，這正合他們的意。起初，他們什麼都談，就是不談自己。林登很快明白她並不快樂，儘管她從來沒這麼說過。她仍舊與那個娶了另一個女人的法國人交往，對外甥完全不多說一字，不過林登很快明白了她的處境。有的夜晚，她臉頰泛紅，興高采烈，換上漂亮的絲綢連身裙，踩著輕快的步伐出門。結果，午夜回來時，衣服皺了，頭髮也亂了，她低著頭，身後拖著悲傷。林登一直都不知道那法國人的名字，只知他的名字縮寫：J．G．。

不知為什麼，坎蒂斯比任何人都更能理解林登，也許是因為她富有同情心，個性又謹慎。在她的面前，林登覺得很自在。她到薇儂莊和他們一家過夏天，會把林登追到花園的盡頭再跑回來，在她的面前，林登始終都覺得閒適自得。她不喜歡被稱作坎蒂斯阿姨，對林登和蒂莉婭來說，她永遠是「糖糖」。

「小帥哥，在想什麼？看起來好傷心。」

姐姐的聲音把他拉回到現實，林登說：「糖糖。」母親流下了眼淚，他好後悔把話說了出口，喃喃說出抱歉。在巴黎難免會想起她。沒辦法，他很想念她。母親什麼也沒說，拿起餐巾輕輕擦拭了眼皮，但林登清楚聽到了她的聲音，彷彿她把心裡的話說出來：你當然想念她，林登，可是你連她的火葬儀式都沒趕來，你去拍一場你認為無法取消的攝影，你讓我和蒂莉婭處理糖糖的死和這件恐怖的事。良久沒人說話，林登只聽見嘩啦嘩啦的雨聲，保羅的湯匙敲到了瓷器，大廳傳來的說話聲。他也沉默不語，他很不願意提起阿姨在二〇一二年去世這個痛苦的話題，他當時在另一個大陸、另一個時區，然後收到令人震驚的簡訊，他永遠忘不了上頭的內容：打電話回來，很急，糖糖死了。母親眼底的怨是不公平的，他確實想儘快飛回來，但那次是替一個香水品牌拍攝，事情關乎巨額預算與一位著名的美國演員，延後不得。他到巴黎時，坎蒂斯的屍體已經火化了。她留下了一封寫得清清楚楚的信：不要彌撒，不要儀式，不要立墳，也不要鮮花，骨灰由父母與妹妹按照他們認為合適的方式處理。有很長的一段時間，小小的骨灰甕留在薇儂莊，收在蘿倫的更衣間，最後她鼓起了勇氣，將它們撒在糖糖深愛的野玫瑰叢附近。

頂著傾盆大雨，他們在傘下蜷縮成一團，沿著拉斯帕伊大道艱難前進。蘿倫和蒂莉婭大步走在前頭，林登則是放慢步子，配合父親出奇緩慢的腳步，他習慣保羅輕快的步伐，這種新節奏叫他感到不安。不過他注意到父親的氣色好多了，沒有那麼蒼白，也沒有那麼浮腫。羅浮宮、布朗利碼頭博物館和奧賽美術館都關了，蘿倫於是改進行B計劃——到聖日爾曼德佩區購物。季風般的豪雨讓行人望而卻步，交通也似乎變得流暢。到達樂蓬馬歇百貨時，林登的腳又濕又冷，他猜想其他人也正在承受相同的折磨，只是沒有人出聲抱怨，他也就沒有抱怨了。貴婦百貨公司開著暖氣，陣陣芳香的暖流拂過身邊，店內滿是渾身淋濕的顧客，欣然躲在暖和的避風港。父親依舊緊緊挽著他的手臂。

「一切都好嗎？」他朝保羅俯身，用法語問他。他和蒂莉婭從來不用英語與父親交談，就像他們不會用法語跟母親說話。保羅點了點頭，似乎很滿足，神色有點茫然，臉頰通紅，有兩抹像是畫上去的小紅暈。林登問父親想不想坐下，保羅點了點頭。蒂莉婭說三樓有個喝咖啡的地方。人很多，他們還是設法找到了一張桌子。林登端詳父親端著咖啡杯的手，那雙迷人的雙手原本既有力又優雅，林登現在卻注意到上頭的皮膚布滿了褶皺與斑點，不再是年輕人的手了。他拿出萊卡相機拍父親的手，家人習以為常，不以為意。

林登從十二歲開始在薇儂莊給家人拍照。暑假時，他在瑟哈爾的婚禮攝影師馮索法吉老先生那裡打工，一開始覺得是苦差事，不過很快就感觸到攝影的魅力。他喜歡暗房的氛圍，他觀察老攝影師從印樣選擇合適的圖片——他把眼鏡往上推過乾癟癟的額頭，俯身把眼睛貼近放大鏡。馮索法吉先生對最後的選擇總是百般挑剔，不願讓客戶失望，婚禮畢竟是他們一生中最重要的一日，不是嗎？在全黑的環境中工作是沖洗照片的竅門，不過開燈時馮索法吉先生會煞費苦心教他利用殘餘的底片。林登看著那雙老邁的手小心翼翼地扭開底片盒的蓋子，粗糙的食指和中指夾著引片器，熟練地插入，然後抽出底片剪下。林登邊練習邊學，老先生很滿意小學徒的進步與熱情，送他一架老舊但堪用的柏卡L2相機。對初學者來說，要掌握這款在一九七九年生產的相機並不容易，林登卻立刻就沉醉在自己的天賦中。父母姐姐是他最喜歡的模特兒，他不停把鏡頭推到他們的面前，他們覺得受到打擾，不過林登馬上學會不要這麼莽撞，他們也學會了忽略他，或是大方擺個姿勢。他拍母親曬太陽，拍父親觀察他的大樹，拍姐姐扮醜臉，對他比手指。他也拍朋友——屈指可數的那幾個朋友。他喜歡黑白照多一點，然後在卡斯柏．馮索法吉的指導下自己沖洗照片。他反反覆覆做實驗，領略了光影美學。他本來沒打算做一個攝影師，這只是嗜好，沒有意識到空間攝影在他的生命中比重有多大。十五歲時，全家去威尼斯玩了一週，保羅、蘿倫和蒂莉婭帶了立可拍相機，林登堅持用他的柏卡。回家後，照片全部收集在同一本相冊，有三組相片一模一樣，最後一組完全不同，是林登拍的。他沒有拍攝歎息橋、雷亞托橋和聖馬可廣場那些想當然耳的景點，他更想化為永恆的瞬間剎那，是長椅上看著盲從遊客吃力移動的黑衣老嫗，是多爾索杜羅區潮濕小巷裡嬉戲的流浪貓，是威尼斯特有的銅門鈴，是哈利斯酒吧吧檯後方的侍者，他一面猛抽菸，一面用手往後耙梳油膩的頭髮。

林登把萊卡轉向母親和妹妹，喀嚓一聲，按下了快門。他喜歡底片相機發出的各種豐富聲音，底片轉動時還有特有的機器旋轉聲。他目前拿到的大多數工作都需要使用數位設備，這一點他習慣了，只是對老相機永遠情有獨鍾。一九九八年五月，在十七歲生日那天，他到巴黎聖旺跳蚤市場，買了一架二手加拿大產的萊卡M4-P，全家人都出了點錢，連遠在波士頓的外祖父母也一樣。價格比預期更便宜，因為賣家指出一個瑕疵：前簾快門有點問題，會影響拍照，修理要花更多的錢。林登一拿起有著「萊卡」標籤的黑相機，就感受到了它的分量，結實的機身壓著手掌，他知道他一定要擁有它，這正是他夢寐以求的經典相機。一九四五年，阿爾弗雷德．艾森施泰特用萊卡相機，捕捉下傳奇的時代廣場之吻；一九七二年，黃公崴捕捉到汽油彈灼燒的恐怖；阿爾貝托．科爾達讓切．格瓦拉戴著貝雷帽的形象永垂不朽。林登日後會設法修好它。起初，一縷縷怪異的陰影破壞了相片，幽靈般的影子掠過影像，他發現，快門速度越快，暗影就越多。拖了很久，還是沒錢修相機，所以他學會與那些陰影打交道，培養出自己的技巧。這架萊卡見證他大部分的人生，他就是用它拍下父親那張令人過目難忘的照片，讓他在十八歲還跟坎蒂斯住在教堂街時就贏得了矚目。

他常常講那張照片的故事。一九九九年十二月二十六日週日，一大早糖糖家的電話就響起，蘿倫喜孜孜宣布，蒂莉婭夜裡在比亞里茨診所生下了寶寶，一個女嬰。那年，薇儂莊沒有舉辦傳統的耶誕慶祝活動，因為蒂莉婭在二十四日開始陣痛，蘿倫趕去了比亞里茨陪伴女兒。林登留在巴黎的阿姨家，保羅也北上和他們團聚，住在菲利福爾廣場附近旅館。大風颳了巴黎一整夜，林登打開百葉窗後，才明白出了什麼事。

路邊公共花園像被炸彈擊中，栗樹壓垮了會舉辦夏季音樂會的亭閣，整條街都是敗葉亂枝。林登打開電視，得知一場夾帶颶風威力的大風暴襲擊法國，一夜之間，從西到東，從布列塔尼到亞爾薩斯，肆虐了巴黎與其他的地區，沿途留下掠奪的痕跡。上百人罹難，逾三百戶人家停電，損失慘重。林登出神看著電視時，父親打來了電話，聲音哽咽，難以分辨他正在說什麼。林登起先還以為是蒂莉婭的嬰兒有狀況。父親需要用糖糖的車子，現在，現在就要，他得去凡爾賽宮，越快越好。凡爾賽宮？為什麼要去凡爾賽宮？林登不明白。他向坎蒂斯拿了車鑰匙，穿好衣服，衝下樓去接父親。前往凡爾賽宮的路上，父親一言不發，林登見到了大量倒地的樹木，開始明白發生了什麼事。由於暴風雨所造成的破壞，高速公路封閉，去城堡只能走小路。來到大門前，員警的路障攔住他們的去路，父親說出自己的名字和正在等著他們的人的名字，員警就點了點頭，放他們過去。林登看到城堡有幾十扇破窗，在花園附近等候的人轉過身來，對父親發出歡呼，彷彿見到了救星。一個身材矮小蓄著鬍子的中年男人一臉絕望，原來是凡爾賽宮的園藝長，他勾著保羅的胳膊，喃喃說情況慘重，痛不堪忍。他們轉向廣闊的花園時，林登驚覺他並沒有誇大其詞。

印入眼簾的是混亂的荒涼景象，一棵又一棵的樹遭暴風連根拔起，拋在高低起伏的大地上，像火柴棒，也像倒地的哨兵，盤根錯節的樹根如四肢，痛苦地向上伸展。猛烈的狂風像斧頭襲擊，甚至將樹木劈成兩半。林登一邊拍照，一邊聽著帶領他們穿過淒慘廢墟迷宮的大鬍子男人說話。在暴風雨持續的兩個多小時，他站在窗前，眼睜睜看著這一切發生，又驚恐又無能為力。這裡有二十萬株樹，一萬棵毀了，橘園也夷為了平地。雷諾特設計的法式花園、樹叢、樹籬和花壇原本井然有序，而今只剩一堆堆令人沮喪的斷木枯枝。園藝長又說，最可惜的是稀有古木毀了，比如瑪莉・安托瓦內特種在翠安儂宮的鬱金香樹，以及這個地區最古老的樹：路易十四統治時期種下的老橡樹。林登走在父親後方，看不見父親的臉，但父親出於本能往前跑，在亂枝密葉中摸索著前進。

「我們失去了三百年的歷史。」大鬍子男人喃喃地說。最後，走到了大運河前，他們停在一個利於觀察的位置，只見草木盡毀的慘景，一望無際，樹幹像死屍一般遍地散落。林登看著他的父親，他從來沒有見過父親這麼僵硬，這麼沉默。保羅雙手插在口袋，闊步朝城堡的方向走去，又停了下來，蹲下觸摸一棵倒地的樹。他仍然一語不發，林登也不知道該說些什麼才好，拿起萊卡給父親拍了三張照片。透過鏡頭，他看到父親正默默流著眼淚，痛苦得五官都挪了位。他收起相機，走到保羅身邊坐下，緊抱住他，感覺他的後背隨著抽泣顫動。

幾天後，坎蒂斯看到這張黑白照片，倒抽了一口氣。保羅蒼白的臉仰向天空，痛苦皺著眉頭，兩手貼著濕漉漉的臉頰。在他的後方，變形的百葉窗投射出幽靈般的暗影，落在死去的樹木上，樹皮染成了木炭色，殘株餘茬宛如血淋淋的灰燼。她沒見過如此有力、這麼扣人心弦的照片，能不能拿給她在巴黎的一位記者朋友看？林登同意了，以為不會有什麼結果。六月時，他通過了高中畢業會考，還不太確定下一步要做什麼，目前在巴士底廣場附近的攝影工作室工作，在櫃檯處理訂單和出貨。在巴黎住了將近三年後，他不打算回瑟哈爾和薇儂莊，但認為做出決定之前應該繼續工作賺錢。住在糖糖那裡三年，儘管非常輕鬆，他還是渴望嘗試獨立生活。

結果，在二〇〇〇年一月初，《國際先驅論壇報》刊出了那張照片，找林登・馬勒加赫的電話也開始響起，他能不能來一趟讓我們看看他的作品集？那幀引人注目的「樹人先生」黑白照（他捧著頭，眼睜睜看凡爾賽花園毀於一旦，淚水順著臉頰淌流）並沒有受到忽視，只是林登沒有作品集得以展示，只有那些私密的作品，那些他不願讓人看到的照片。他很開心作品受到矚目，但認為自己還沒有向人展示作品的能力。他的父母很不高興，認為他應該繼續努力，以攝影師一職維生。「他還沒有準備好！」蒂莉婭在電話中大喊。她從比亞里茨打來，懷裡抱著還是嬰兒的米絲朵。「他還不到十九歲，行行好，給他時間吧！」於是，他繼續留在攝影工作室，幾個月後進入戈柏林影像學院就讀。他沒想到會被錄取，在口試那天他展示了個人的作品，也拿出了他為凡爾賽宮和父親所拍攝的照片，在場的一名教授說，她一月時就注意到那幅照片，永遠忘不了。父母和阿姨資助他從二〇〇〇年到二〇〇三年的三年學費，林登一邊讀書，一邊繼續在其他攝影工作室工作，為形形色色的客戶拍攝派對、婚禮和研討會。工作讓他有能力自己租下一個小房間，而二〇〇五年拿到第一份正式合約後，又得以在布羅卡街租了一間更舒適的公寓。

「這一次讓我來給你拍張照吧。」母親從他手中搶下相機。「啊，是複雜的老相機？需要調整光圈快門什麼？」

林登揚唇一笑，拿回萊卡，兩三下替蘿倫調好了焦距。他伸出手臂摟住蒂莉婭，將她拉到身邊，蒂莉婭做了個鬼臉。母親警告她別胡鬧，她想要給兒女拍一張漂亮的照片。保羅在一旁看著，紅撲撲的臉上掛著親切的微笑。他為什麼現在還是一副茫茫然的樣子？林登覺得奇怪。他習慣父親的緘默，但不習慣此時在他的眼中所看到的空洞，那是以前沒有過的。沒有感情，猶如什麼都不重要，猶如他半睡半醒，或者醉了。蘿倫埋怨天氣打亂了她今天下午替他們安排的所有計劃，她本來要去布朗利碼頭博物館、奧賽美術館和羅浮宮，然後沿著塞納河走一小段路，最後找間舒服的飲料店稍作停留。

「總能去看電影吧。」蒂莉婭跟平常一樣務實。「裡面沒雨！」

蘿倫拍手，真是個好主意，他們就這麼做吧，現在一定有什麼好電影上映中。在接下來的十五分鐘，母女兩人認真滑著手機，尋找適合的電影。保羅坐在那裡一聲不響，不是無聊，也不是不耐煩，而是心不在焉。林登好想伸出手拍拍他的肩膀，把他搖回到此時此地。不過這一點他從來就辦不到，保羅永遠站在另一個世界，一個林登進入不了的世界。他曾經嘗試進入那另一個世界嗎？薩夏這麼問過。沒有，沒嘗試過。為什麼？因為他不知道要怎麼做，他不知道該說什麼，他不知道要怎麼開始。薩夏說很容易，比方說，回薇儂莊，邀請保羅外出用餐，然後陪父親在那片土地走一走，從那裡——從大自然的中心開始，說出能夠建立兩人連結的話。

有一天，在他們位於伊莉莎白街的住家，林登吃過晚餐後傷心地告訴薩夏，一切都太遲了，他的父親將近七旬，自己也快要三十七歲，已經來不及溝通了。況且，不是因為他和保羅吵過架，沒有，他們從來沒有吵過架，父子從來沒有發生過衝突。如果曾經發生過衝突，事情或許還比較容易。是的，他們之間有愛，只是沒有表達出來，而是隱藏起來，藏在遙遠的地方。

那天晚上，一隻貓咪坐在林登的腿上，他坦白說他認為父親或許對他失望，他不是保羅所夢想的那種兒子。薩夏盯著他；他是瘋了，還是怎麼了？林登是一個很棒的兒子，一個完美的兒子，只需要好好看他一眼就知道，他怎麼會說這樣愚蠢的話？就算是那些只見過他一兩次面的人，也會折服於他的個性、善良、才華和幽默感，更別說他在攝影方面的成就。最後還有一點，這一點也很重要，那就是他的外貌。林登靦腆地咧嘴一笑，但他知道薩夏懂，他發覺薩夏明白他的意思，他握住薩夏的手，緊緊握著。在薩夏的眼裡，他也看到轉瞬即逝的溫柔悲傷，那悲傷喚起一種可怕的、原始的、被埋藏的感覺，一種格格不入、遭人忽略的感受。那悲傷也喚起了瑟哈爾的孩子在他背後竊竊私語的侮辱記憶。

林登很好奇保羅與他自己的父親弗朗索瓦之間的關係。他知道保羅的父親在一九七〇年去世，保羅那時才二十二歲。薇儂莊的樓梯牆上有許許多多的相框，林登總是看到入迷。冒牌男爵莫里斯．馬勒加赫高舉香檳杯，撚著鬍鬚，摟著一個豐滿的女人（無疑是曾祖母伊薇特），他一定很有個性。他完全不認識的祖父弗朗索瓦坐在露台，戴著草帽讀報，他有一張和藹又親切的臉。林登也完全不認識祖母，她叫米蕾耶，蒙特利馬爾人，後來再婚，在他出生之前去世了。弗朗索瓦和保羅的關係融洽嗎？他好想知道。他發現父親與他住在瑟哈爾的親妹妹瑪莉沒有特別親近，父親都和誰說話呢？蘿倫？蒂莉婭？認識多年的園丁范戴勒？還是另一個和他一起照顧土地的那個壯漢？那人操南方口音，保羅很喜歡和他在一塊。保羅在青少年時期是什麼模樣呢？除了對樹木的熱愛以外，林登只知道他是大衛·鮑伊的歌迷。林登隔著桌子看著父親，同時感覺到蒂莉婭的目光落在自己身上，帶著疑問。保羅·馬勒加赫對他的獨子而言仍然是個謎。

看完電影後（一齣普通的美國喜劇），他們回到旅館，林登的手機立刻震動起來，奧瑞爾傳來簡訊：情況看來不妙，雨還是下個不停，塞納河水流速度太快，他們封閉所有水路交通。注意安全，也許離開吧？O

也許離開？林登嗤之以鼻。她那個悲觀的河道專家朋友一定是加油添醋，讓她誇張了整個事件。接著，他收到薩夏發來的簡訊：一切都好嗎？你那邊傳來的新聞令人很擔心。他打開電視，奧賽附近有幾段地鐵淹水了，專家在各個頻道上搶鏡頭，好似人人都懂得怎麼解釋這種情況（林登開始會背了：去年夏天降雨量特別多，暖冬導致霜雪提早融化，表層土壤飽和，加上降雨不斷），但沒人知道如何預防。

兩年前，巴黎市進行過一場大型演練，讓市民知道水位若超過四公尺（警戒線）會發生什麼事，幫助大家做好防範與心理準備。目前情況迫在眉睫，似乎反而沒有人已準備好處理真正的問題。專家一個接一個發表意見，林登聽得一頭霧水。有個四十多歲的女人，紅頭髮，戴眼鏡，聲音低沉，堅稱現代科技、工程、預測技術、築高河堤控制塞納河河道、掘深河床統統無效，沒有任何人、任何事能阻止水位漲到一九一〇年的高度，「將會有一場大混亂。」她興味盎然地說。驚慌失措的對手痛斥她，認為局勢目前已經在控制中，軍隊將介入，居民會疏散，情況不會像一九一〇年那樣嚴重。紅髮女人面不改色，「你們就等著瞧吧。」她平靜地回答。「錯不了的，巴黎難逃一劫，一定會再次淹沒，就像一九一〇年那樣，看來就快要發生，甚至會更嚴重。」她冷靜堅持著這個論點（林登不禁細聽她的每一個字），又說民眾必須明白一件事：與一九一〇年相比，巴黎的地形有了巨大的改變，城市發展用水泥掩蓋了地球，建造深入地層的停車場，打造無數的道路與住宅區，從屋頂上落下來的雨水不再滲入土壤，而是直接匯流入河。

林登抱著矛盾的心情關掉電視。女人的預言讓他失去了勇氣，也許是時候離開了，雖然水還沒淹到左阿夫士兵的膝蓋，也許他們應該離開了。可惜了保羅的生日，可惜了餐廳。他也許應該接受奧瑞爾的建議趕緊離開，他把擔憂傳給蒂莉婭，她立刻回答：小帥哥！離開？搞什麼鬼？

他提議先決定明天頭一件要處理的事，明天是週日，動作必須要快。首要任務是讓父母安全返回德龍谷，買車票會是噩夢一場，但是他們一定要設法弄到。至於他們自己，就只好就各自想辦法回倫敦、回舊金山。蒂莉婭同意，不過他這樣會不會太消極了？打開電視，他簡短地回答。幾分鐘後，她送來一個哭泣的表情符號，還有一句擔心的「天啊！」。

林登原本沒有小睡的打算，所以醒來時嚇了一跳，有人正在敲門，外面天色變得很暗。他替女服務員開門，服務員問能不能進來替他鋪床。他看了一眼錶，快八點了，怎麼睡了這麼久？只有幾分鐘時間準備。他從衣櫥裡拿出綠色天鵝絨外套和乾淨的白襯衫，鞋子還濕著，他苦著臉穿上。到了樓下，蒂莉婭、蘿倫和保羅已經等著了，林登卻又得跑上樓去，因為他忘了父親的禮物：鮑伊的黑膠唱片。

他們請計程車送他們前往附近切爾切米迪街的玫瑰別墅餐廳，如果不是下雨，他們就走路去了，但是沒人想再一次渾身濕透。林登察覺保羅似乎更有生氣，臉沒那麼紅，眼神也更有精神。這會是一個美好的家庭之夜，那麼林登為什麼有一絲不安呢？他在擔心什麼呢？擔心蒂莉婭和他可能會吵架？他們很久沒吵架了，但是她的火爆脾氣不可捉摸，他的反擊也是一樣。有時他真討厭她什麼都要罵，而且還是痛毀極詆，這麼做是為了引起別人的關注、震驚和憤怒嗎？他想不出答案，只能竭力把焦慮拋到一旁。餐廳生意很好，也很溫暖，又是一個躲避冷冽雨絲的避難所。他們坐下來點了香檳，餐廳裡高朋滿座，不過他們聽得到彼此說話的聲音。林登環顧四周，裝飾很高雅，奶油色搭配淡粉的色調，照明設計也非常時尚。年輕的女侍過來幫他們點菜。保羅穿上深色西裝和白色襯衫，還打了領帶，一身時髦的裝束似乎讓他很不舒服，他使勁扯著衣領，好像領口太緊了。蘿倫一襲藍絲綢洋裝，頭髮束在腦後。她不停地打噴嚏，她今天下午在雨中散步時著了涼，對此覺得煩躁，氣呼呼地擤著已經變紅的鼻子，聲音也變得很低沉。林登不禁注意到她花了很多時間查看手機。

聚餐很愉快，談話不緊張，也沒有誤入危險地帶，比如科林的酗酒問題。他們四人輕鬆聊天，欣然自得，不時迸出大笑。菜餚美味，酒也好極了，蛋糕上的蠟燭在鄰桌的歡呼聲中吹熄了。禮物打開後，保羅簡短說了幾句話。他要感謝大家到這裡慶祝他的生日與他們的結婚紀念日，他好久沒來巴黎了，真高興能來，但願雨能停一停，這麼一來，在這裡的剩餘時間，他們可以去曬曬太陽。他的聲音又聽起來很古怪，氣喘吁吁，而且音調很高。他時不時就得停下來，用顫抖的手拿起水杯。他的話語含混不清，他們聽不懂他想說什麼。林登和蒂莉婭交換不安的眼神。突然間，保羅的臉似乎歪向一邊，很滑稽可笑，好像一張令人不安的面具。是他，但看起來不再像他，彷彿有人把他一側的臉往上拉。他安靜下來，蒂莉婭問他還好嗎，他深深歎了一口氣。

在接下來的一分鐘，事情發生了。在那一分鐘，他們剛好沒有看著他，而是向侍者打招呼，請他再送水來。一個幾乎聽不見的喘氣聲，接著保羅猝然向前一滑，癱倒在椅子裡，他低著頭，下巴靠著胸口。蘿倫驚恐地呼喊他的名字，保羅卻又是一沉，這次額頭撞上盤子，打翻了一瓶酒。接著，他翻了個身，砰一聲倒在地上。其後是一團混亂，有人開始尖叫，一張張面孔朝他們逼近。林登雙膝跪下，雙手抱住父親光禿的頭顱。保羅的眼睛半閉半睜，只露出眼白，皮膚失去了血色。蒂莉婭和蘿倫滿臉的驚悸。林登手忙腳亂解開父親的衣領，顫抖的手指搭上他的頸靜脈，他覺得摸到了脈搏，但無法確定。他靠得更近，詢問保羅能否聽到他的聲音，告訴保羅不要擔心，他們會照顧他，他會沒事的。林登不知道這句話是否為真，但在這個可怕又恐慌的時刻，他想不出別的話說。他甚至不知道保羅是否能聽到他，保羅是否還活著。他無力地環顧四周，見到一堆陌生人盯著他。接著，蒂莉婭大喊一聲，宏亮的聲音有著確定是她的活力，他真想為了這句話給她一個吻。「媽的，就沒有人要叫救護車？」

旁人一聽到她的話，嚇了一跳，開始採取行動。餐館老闆說她馬上就叫，便快步走開了。一個手裡還拿著餐巾的矮個子男人，向出事的馬勒加赫一家介紹自己是醫師，他能不能評估一下狀況？他蹲到林登的旁邊，拉起保羅的手腕，查看他的眼睛。蘿倫含淚問她的丈夫是不是要死了。幾分鐘後，醫師說保羅還沒死，但是必須馬上送醫院，一分鐘也不能耽擱。

救護車似乎慢得要命。蒂莉婭和蘿倫坐在一起，默默流著眼淚。林登在地板上陪著保羅，咬牙等待。父親近看像是已經斷氣了，但他不能相信，也不會相信。父親不可能死了，這是不可能發生的事，但是他眼前面臨著嚴峻的現實。他聞到合成地毯氣味，感覺臉頰下面粗粗的。他聽到母親在擤鼻涕，低沉的細語，旁人用餐時餐具敲出的叮噹聲。終於，緊急醫療隊進入一片死寂的餐廳，接下來情況發展得很快。回答問題的人是他，因為母親及姐姐似乎無法應答。保羅．馬勒加赫，七十歲，目前沒有接受任何治療，對，最近幾天似乎很累。對，講話突然變得含糊不清。對，有一邊的臉好像垮下來。沒有，以前沒有發生過，沒有，他沒有什麼重大的健康問題。

救護車裡只容得下一個近親，林登叫母親及姐姐先回旅館，他一有消息就會打電話給她們或傳簡訊，他來處理，她們必須信任他。蘿倫點點頭，面紙摀著流鼻涕的鼻子和含淚的眼睛。她向兒子示意，指著保羅夾克的口袋，他摸了幾下，掏出父親的錢包，拿出他的身分證和社保卡。

「等一下！」蘿倫大喊。她翻找自己的皮包，拿出一張證明給他，他知道那是他們的醫療保險卡。他們把失去知覺的保羅綁到擔架上，將氧氣面罩固定在他的口鼻上，又插上點滴。林登覺得很奇怪，他怎麼都不恐慌，他怎麼能這麼鎮定地控制局面，向緊急醫療隊點頭致意，還手腳俐落登上救護車。白色廂型車呼嘯衝上潮濕的街道，兩名醫師繼續照顧父親，林登這才發現自己的心臟跳得好快、好劇烈，唯一顯示他痛苦的跡象。他想問這些人，父親是否能夠撐過去，可是他們看起來很忙，他不敢開口。他想知道他們要被送去哪裡，於是設法問了其中一位醫師。

回答是「喬治龐畢度醫院」。

林登知道那是一間新醫院，位於第十五區，聲譽良好。前方車輛閃到路邊讓救護車通行，到了醫院，保羅被送去接受緊急治療，林登無法跟去，必須到一樓掛號處，辦理父親的入院手續。他看著父親被推走，另外兩名醫師向急救小組打了招呼，低頭看著擔架。然後，門關上了，剩下他一個人。他走去住院櫃檯，醫院很大，很現代化，白得驚心，四處都是綠色塑膠植物。有股氣味揮之不去，是一種陳腐的空氣、煮過頭的食物加上消毒劑的特殊氣味。有一行人在排隊，他也站到隊伍裡。他給母親及姐姐傳簡訊，告訴她們目前情況。等待漫長無比，他突然覺得好累，看了一眼手機，發現快午夜了。他多希望薩夏在他身邊，現在打電話過去？不，得等到他知道保羅的情況。他看著四周的人，他們都有相同疲倦呆滯的表情，他好想知道他們的故事、他們在這裡的理由。

終於輪到他了。他坐到櫃檯前的椅子，另一側是個疲憊不堪的女人，根本不瞧他一眼。他交出父親的身分證、社保卡與醫療保險卡，女人粉紅色的長指甲啰嗟啰嗟敲著電腦。她的目光總算落在他身上，她四十多歲，北非人，穿著褪色的黃衣，黑捲髮紮在後腦勺。她看著林登，林登很驚訝，因為她露出了笑容，一個和善的笑容，讓她的臉龐都亮了起來。

「是你爸爸嗎？」她一邊問，一邊把證件還給他。他點點頭，喉嚨發緊。她詢問詳細情況，把他的名字與電話號碼建檔，接著要他上四樓的加護病房區等待。他起身要離開時，她溫柔地說：「祝你好運，先生。」

坐在冷硬的加護病房等候區，林登讀著堆積如山的電子郵件。經紀人瑞秋之前請他打電話，他沒打。他遲早還是得讓她知道出了什麼事。接下來排了幾個重要的工作，她需要和他確認一些事，讓林登從一個城市飛到下一個城市從來就不是一件容易的事，他的團隊必須一塊去，包括他的兩個助手馬籑和戴伯，還有不可少的數位技術員史戴凡。更別說他似乎一年比一年笨重的設備了：三台佳能相機、哈蘇相機、鏡頭、三腳架、筆記型電腦、相機的必要接線、備份資料、閃光燈、照明設備、燈架、傘頭、反光板、延長線、轉接插頭、各式尺寸的夾子、魔鬼氈束線帶、背景架、折疊式布幕、記憶卡、相機和閃光燈的備用電池、電池充電器。輕裝上陣，只帶一架相機、幾卷底片就飛的日子，一去不復返。瑞秋．耶蘭不是他的第一個經紀人，在她之前是碧翠斯．馬澤特。二〇〇五年，林登從戈柏林畢業兩年，正在擔任法國攝影師馬克．克萊格的助理時，馬澤特頭一個看中了林登的作品。碧翠斯替他接簡單又直接的工作，他喜歡那些工作，只是不覺得興奮。他不喜歡在攝影棚內工作，也不喜歡標準的廣告拍攝，接受這些工作只是為了掙錢。兩年後，也就是二〇〇七年，他最新作品在聖日爾曼德佩區的藝廊展出，首度獲得外界的讚賞。一如往常，他沒有使用他所不喜歡的人工照明，而是鎖定在反射光上，利用紋理和自然光讓臉部與輪廓重疊，拍出有趣、獨特又感性的照片，與媒體上經常看到的造作修圖照片大不相同。瑞秋．耶蘭是著名美國經紀人，恰巧在藝廊網站上看到那些人像，又上網看了看他的其他作品，包括一九九九年他那張出了名的「樹人在凡爾賽宮哭泣」照片，接著就聯絡了林登。她再次到巴黎時，兩人碰了面。林登起初被她的幹勁嚇著，後來決定信賴她。機會開始上門時，工作大多在美國，林登顯然應該搬去紐約。二〇〇九年，他二十八歲那年，他果然搬過去了，他其實有美國護照，因此搬去也沒那麼困難。除了對美國不太熟悉之外，搬到美國簡直跟回家無異。瑞秋在蘇活區的春天街替他找了暫時的落腳處，在一棟翻修過的樓房，他與一位畫家、另一位攝影師合租公寓，樓下是雜貨店。他以前去波士頓探望過外公、外婆許多次，也曾和母親來過紐約幾次，不過還是花了一段時間，才在曼哈頓有安頓之感，覺得過得輕鬆又自在。他完全沒有想到的是，一到這裡，他立刻覺得自己是法國人！他甚至相信別人在他的英語中聽到口音。在紐約生活又是另一件事了，他這輩子沒聽過這樣的噪音，覺得耳朵都快聾了：隆隆不絕的車流，建築工地的轟鳴，警笛，沒完沒了的喇叭，震天價響的聚會聲響。雜貨店徹夜營業，他的房間就在上頭，顧客三更半夜在人行道上閒聊，好像大白天一樣。其他合租人不以為意，他們是土生土長的紐約人。一段時間後，他也習慣了，就像習慣了滔滔不絕的鄰居。在巴黎時，他跟鄰居交談不會多過三個字，他非常驚訝，在街道上或商店裡，完全不認識的人也能熱絡交際往來，打開話匣子，對他來自巴黎一事感到好奇有趣。六個月後，他搬到上西區阿姆斯特丹大道與哥倫布大道之間的八十街，住進一棟小小的連棟住宅。四層的樓梯都非常陡峭，但他並不介意，八十街比其他街道安靜，因為街尾就是自然歷史博物館後方那座漂亮公園。他喜歡坐在屋頂平台上，看著太陽從中央公園升起，從哈德遜河和新澤西州落下。樓下鄰居艾米麗是巴黎人，她是美食廚師，熱愛畫家愛德華·霍普的作品。他喜歡用現在很少說的法語和她交談，她帶他到札巴超市買東西，他跟在她的後面，眼花繚亂的食品讓他看得都入迷了。她也介紹他去百老匯大道和阿姆斯特丹大道之間那家著名的拉羅咖啡，他喜歡在咖啡館看紐約人裡有遊客，遊客裡有紐約人。林登漸漸發現自己適應了，只是始終無法百分之百融入。他交了男性朋友，發掘新團體，日子過得很愉快。即便餐館人滿為患，他認為總有另一個令人興奮的新地方值得探索。紐約友好熱情，但他開始明白，要能夠完全欣賞這座城市，就必須在這裡出生。他住的新社區讓他想起他成長的巴黎——第十五區，想那裡醜宅美廈兼有的特殊風景，想那裡混合的種族，那裡的人家，那裡的純樸風氣。瑞秋讓他忙得幾乎沒有時間想家。一開始，工作並不令人興奮：一大堆模特兒檔案照片；報酬豐厚又穩定的廣告工作。他以一貫熱情接下每一份工作，讓瑞秋滿意的是，這份努力也得到回報，沒幾年林登．馬勒加赫已是各家雜誌或品牌爭相聘請的年輕法裔美國攝影師。他拍出的人像與眾不同，令人耳目一新，一眼就能認出。關鍵在於光影、顯影顆粒與色譜，在於他拍出了拍攝對象某種原本藏於內心的東西，在於他如何讓他們擺姿勢。他未必要他們面帶微笑，他發現微笑要不是顯得有點假，就是顯得平淡無奇。他更喜歡尋找隱藏起來的情感。對他來說，為一個人或一個地方拍照，像是在勾勒看不見的輪廓，帶出黑暗中看不見的區域，賦予它們另一個次元，為它們注入新空氣。他不是健談的攝影師，但學會了怎麼能讓拍攝對象感到舒適輕鬆。他知道大多數人都需要某種引導，他最喜歡拍攝在鏡頭前非常自在的名人，他們已經會擺姿勢、捕捉光線，不過他會慢慢讓他們放下戒心，對他流露出內心的一面，一些不曾透露過的東西，不為人知的脆弱、幽默感、一抹新穎。

今晚，在龐畢度醫院，林登有種從工作抽離的新奇感受，一種前所未有的感覺。縱然如此，他一向對工作十分認真，熱情、守時又有禮，即便面對喜怒無常的影星和女主角，即使面對想要操縱他、引誘他或欺騙他的媒體大亨，也保持同樣的態度。只是，此時此刻，除了父親，什麼都無關緊要。他獨自在長長的等候室，盯著前頭的兩扇門，不再回覆姐姐接二連三的簡訊。他跟她說明了，一旦有任何消息，他會打電話給她。他也擔心蘿倫，她頭痛又發高燒，感冒似乎加劇了，蒂莉婭讓母親上床睡覺，她最後睡著了，只是花了很長時間才平靜下來，因為她們兩人也非常擔心保羅。林登不時起身，在沉悶的走廊踱來踱去，最後又坐回去，恐懼嚙咬著他的心。他們怎麼這麼久？父親怎麼了？他們為什麼不能來告訴他？再這樣下去，他會發瘋的。角落的靜音電視閃爍著，千篇一律播放著塞納河氾濫的畫面，他沒理會螢幕，心裡斟酌著是否該去找人探探消息。

半夜兩點鐘，林登坐在一張不舒服的椅子上打瞌睡，一名穿白襯衫的醫師進來，問他是否是來陪伴保羅・馬勒加赫。他站起來，覺得一陣頭暈目眩。女醫師身材嬌小，金髮碧眼，與他年齡相當，像極了影星茱蒂・佛斯特，她身上的名牌上寫著海蓮娜・伊馮醫師。她把他帶到後方的小辦公室，請他坐下。他緊張得說不出話來，只能盯著她，做好心理準備，迎接她將要說的話。她一定是感覺到了他的緊張，因為她伸出纖細的小手，摸了摸他的手腕。

「你的父親仍舊與我們同在。」

她的嘴形，甚至是她的植牙，都和茱蒂·佛斯特的一模一樣。林登好氣自己，她正在告訴他這麼重要的好消息，他卻注意到這一點。她接下來解釋說，保羅中風了，很嚴重，大腦因此受傷了，如果控制語言的區域受損，可能會引發溝通問題。有的中風患者發現他們無法說話，因為嘴唇、舌頭或嘴部肌肉受到了影響。他們還不清楚保羅的情況，現在判斷還太早，必須做幾回檢查和掃描才能評估，這需要時間。他可能需要動手術移除血栓。林登需要知道的是，保羅會在這裡待一段時間，多久不知道。林登一邊聽，一邊頷首，非常希望蒂莉婭也在這裡，她知道該問什麼、該說什麼。他覺得虛軟無力，連話都說不出來。

伊馮醫師敏銳的眼睛看到了這一切，她站起來，把瓶裝水倒進紙杯遞給他。口乾舌燥的林登咕嚕咕嚕喝下，然後問能否見他父親一面。醫師回答說，白天可以，他可以下午兩三點再來醫院，目前他能做的最好的事就是去睡一會兒，等他回來時，她再跟他說，這樣可以嗎？林登點點頭。他們握了握手，林登就離開了。這時給姐姐傳簡訊太晚了，如果她還在等他，他回旅館就會見到她。走到外面時，與院裡悶熱的空氣相比，冰冷的空氣反而是令人愉快的改變。雨輕輕地、無聲地落下，但是他感覺到雨水淋濕了後頸。街道空無一人，這裡是住宅區，住著許多巴黎人，但他們不會在這裡聚會，沒有人來這裡享受夜生活。林登穿過巴拉德廣場，沿著同樣荒涼的樂庫貝街往前走，經由寬闊的大會街，拐入比較熱鬧的沃吉哈赫街。他有一段時間沒有回到巴黎的這個地方，他忍不住就是要喜歡這裡，這裡就是他少年時代的巴黎，樸實無華的第十五區，因為塞納河岸區的醜陋大樓，一個永遠不會有人認為有吸引力的地區。七〇年代某城市計劃案在這裡蓋了二十座摩天大樓，破壞這座城市的古典之美，他以前常笑言自己住在「醜格勒納勒」，但他也知道近年的大規模翻修後，「美格勒納勒」已成了熱鬧的購物商城。這一區林登瞭若指掌：住家街道安詳寧靜，現代建築與古老奧斯曼風格建築櫛比鱗次。一九九七年他剛到巴黎時，還不懂這一區的微妙之處，不過馬上就知道夜間娛樂集中在蒙帕納斯、拉丁區、巴士底廣場、瑪黑區。然而他並不介意回到坎蒂斯居住的靜謐街道，把煩囂喧鬧的夜生活拋在腦後。他總是凌晨徒步回家，享受與城市的寧靜交流。今夜，林登朝達拉布街走去時，看見了十七歲的自己深夜從聚會歸來，他高大的身材和寬闊的肩膀阻攔了攻擊者，偶爾有酩酊大醉的路人向他討支菸。他沒有遇過麻煩，坎蒂斯也不規定他必須在幾點前回來，她信任他，他的成績還算不差，不是頂尖，但是在平均之上。

他怎麼忘得了一九九八年十二月他清晨四點才回來的那個晚上呢？他沒有提醒糖糖，也沒有想到給她打電話，當他想到了，已經很晚了，打了會吵醒她。他記得空氣中的寒氣，與今晚的有點像，鞋子在結冰人行道上打滑。他把鑰匙插入鎖裡，躡手躡腳走進公寓，卻驚覺燈還開著，她正在客廳等他。她穿著粉紅色睡袍坐在那裡，雙手捧著花草茶。

「我好擔心，還以為你出事了。」她說。

他慚愧地把目光移開，咕噥說應該要打電話才對，說他很抱歉，然後脫了夾克，走去坐在她的對面。小鬆餅對他眨著好奇的黃眼睛，舒服躺在沙發上睡了。二十年前的事，林登卻時時刻刻都會想起。糖糖從來不過問他的事，她不會刺探，也不會問他和誰在一起，去了哪裡，玩得開不開心。但是他覺得他非說不可，他的內心裡彷彿有一個巨大的泡泡逐漸脹大，他看著糖糖捧著杯子的手，那雙手比母親的更修長、更白皙。他說他不是去參加聚會，而是和一個朋友在一起。她保持鎮定又同情的眼神，目光沒有從他的身上移開，只是那眼神終究令人不安。他們之間的沉默越來越沉重，然而林登不覺得痛苦，只是還在找尋合適的字眼。她給了他時間。最後，他說朋友叫菲力浦，是中學的同班同學，他晚上和他在一起，沒有注意時間。說到這裡，他再也說不下去，一種恐懼攫住了他，害怕她會批評自己，害怕她覺得厭惡或生氣。然後，她說話了。他一字不差記住這句話，從來沒有忘記過。「林登，不要害怕，有什麼話儘管跟我說。」

在她的眼眸，他只看到溫柔。他站起身望向窗外，望著空蕩蕩的聖查理斯街，街上懸吊著光閃閃的聖誕飾品。他想，如果不是直接看著她，也許會容易一些。他覺得自己一絲不掛，暴露無遺，活著這十七年來，從來沒有如此脆弱。在那片刻中，短短的幾秒鐘裡，他想也許事情應該埋在心裡，什麼也別說出來，永遠別說，閉上嘴，永遠不提。只是他內心的泡泡已經開始膨脹，渴望釋放。他緩緩地說，菲力浦是他日夜思念的人，菲力浦又帥又特別，和他在一起很舒服、很自在。他可以和他聊天，說出他從來沒有告訴任何人的事。泡泡往上飄起，推擠著喉嚨和嘴巴，他無法將它憋住。他說總是感覺自己不一樣，很久以前在瑟哈爾就有這種感覺。學校同學察覺了，他不知道他們怎麼注意到的，因為他沒有想到會流露出來，但他們就是猜到了，於是讓他日子過得很痛苦。大家在十三、十四歲時開始交女朋友，迷戀女孩子，著迷於女孩的身體、大腿和胸脯，他覺得自己受到了排擠，因為他始終沒有這種迷戀。他們非但沒有不理他，反而還不停奚落他：哎呀，他的女朋友呢？難道美國人是不交女朋友的嗎？他有沒有這樣或那樣摸過女孩子？他親過女孩子嗎？所以他是徹頭徹尾的同性戀嘍？下課時，他們喜歡不斷唾罵他，他唯一能做的就是打起精神。有一回，一個女孩悄悄對他說，其他男孩都嫉妒他長得好看，他怎麼沒女朋友呢？她問，他想要誰做女朋友都行，就從她開始吧。他沒有回答她。去年到巴黎後，他覺得如釋重負，班上沒有人說過他和別人不一樣，也沒有人關心他有沒有女朋友，而且他人緣還很好。後來有一天菲力浦出現了，菲力浦和他的捲髮，他歡欣的眼睛。菲力浦瀟灑自在，很滿意自己是誰，不必假裝成別人。有一天，上完最後一節課，菲力浦帶林登去他的房間，怎麼可能這麼簡單？就是這麼簡單。公寓只有他們兩人，菲力浦吻了他，事情就展開了。不久之前，三個同班同學在樓梯攔住他和菲力浦，四周的聲音越來越響亮，有人譏笑，有人在辱罵，齒縫間迸出的髒話永遠是同樣駭人的字眼。林登嚇得往後退縮，好像被拋回了瑟哈爾，拋回了那些嘲笑蔑視。他畏懼地閉上了眼，結果聽到了菲力浦的聲音響起，又冷靜又幽默（菲力浦究竟怎麼能夠保持這樣的冷靜呢？他很想知道），語氣鎮定，毫不畏縮。林登睜開眼睛見到菲力浦站在那裡，穿著他那件黑色長大衣，揚起下巴，嘴角掛著微笑，神氣十足。同性戀？對，他是同性戀，有問題嗎？他會被捕嗎？他會被圍攻嗎？捆起來，處以私刑，扔到獅群中嗎？他應該哭著回家找媽媽嗎？他應該要因為自己是同性戀而憎恨自己嗎？這是他們想告訴他的嗎？哦，他倒是有訊息要告訴他們，他十七歲了，他一點也不害怕，不怕做同性戀，也不以做同性戀為恥。這些人還有什麼想補充的嗎？也許要說他是死同性戀？一陣沉默之後，那三個學生拖著腳步走了，菲力浦抓住他的手，林登感覺到他的手在顫抖。

林登又停頓了大半天，呼出的氣息在冰冷的窗玻璃上凝成蓬鬆的白雲。坎蒂斯等待著。泡泡飄出了他的身體，越飄越高，越飄越遠。他說：「妳可能不愛聽這個。」又是停頓，接著他說：「我是同性戀，妳失望嗎？」

他覺得恐懼、可憐又孤獨，但說來奇妙，他也覺得輕鬆。他轉身面向著阿姨，她在微笑，她的微笑與她每一天給他的微笑沒有什麼不同。她站起來向他走來，用雙臂抱住他。她說：「我沒有失望，我跟以前一樣愛你。」

他多麼珍惜這句話，我沒有失望，我跟以前一樣愛你。在他覺得還沒準備好告訴他人的那段漫長歲月，這句話陪著他；當他想起在瑟哈爾的那些年、那些凌辱、那些孤獨時，這句話陪著他；當他打算告訴父親、母親和姐姐時，這句話陪著他。他等待著，糖糖這句珍貴的話暫且保護他，讓他不受所有的恐懼的威脅。

林登向左轉，走上蒙帕納斯大道。即使是這個時間，這裡的交通還是非常擁擠。儘管天氣很冷，雷恩街十字路口的人行道上還是人群洶湧。林登察覺他好懷念散步，他的工作不許他經常信步而行，但在家、在舊金山時，他天天要走一個多小時，享受陡峭的大街小巷。

大道上，許多酒吧及咖啡館仍在營業，顧客紛紛跑到人行道上吞雲吐霧。回到旅館時，房門上有張姐姐寫的便條，她要他去找她，就算很晚了也沒關係。她臉色泛白，兩眼發紅，他把知道的都告訴了她，她反覆詢問父親是否會好起來。他一度惱了，叫她和他一起回醫院，這樣就可以自己問醫師。

「小帥哥，我不能和你去醫院。」

他注視著她，她究竟是什麼意思？蒂莉婭為難地垂下頭，他等著她的解釋。半晌的沉默後，她清了清嗓子，吞吞吐吐地說，二〇〇四年那場意外後，她就無法再走進醫院一步。他可以不要那樣看著她嗎？拜託！她就是辦不到，她不行。對，她知道那已經是很久以前的事，她那時才二十五歲，但她就是辦不到。她試過了，每一次走進醫院都會頭暈，想起所有的恐懼。林登指出，她從來不談論這件事，又怎麼會有人知道那些恐怖呢？她交叉雙臂，擺出他很熟悉的固執面孔。她不能去，就是不能去，她照顧母親，母親身體不適，還在發高燒。既然她不能去，他也只能配合了。

林登疲憊地回到自己的房間，發現姐姐有許多事是他不知道的，他在她的身邊生活了快十六年，自以為對她無所不知，但他確實有不知道的部分，仍有撲朔迷離之處。他不知意外發生的當晚發生了什麼，只知道僅有她一人逃過一劫。沒錯，他們很親，但多親呢？一個人和自己的姐妹能多親呢？他覺得疑惑。什麼叫親呢？曉得彼此的祕密？彼此的過去，甚至現在？姐姐大概不知道他成了知名攝影師後的生活是什麼樣，肯定以為一切都非常棒，根本不懂得緊張、競爭與工作幹勁。他可以想像她這麼說，欸，沒錯，林登．馬勒加赫是我弟弟，還帶著半譏諷半微笑的表情。她嫉妒嗎？他現在才想到這一層，也許她妒忌，嫉妒他的成就，嫉妒她沒有遺傳到的好看外表？該給加州的薩夏打電話，薩夏知道該說些什麼，知道如何安慰他。

林登後來輾轉難眠，在黑暗中平躺著睜開眼睛。當他下床看向窗外時，突如其來的寂靜讓他吃了一驚。他看到雨變成了雪，雪花在燈柱四周盤旋飛舞，好似一群尋覓燈火的昆蟲。他把暖氣稍微開大，又躺回床上。不，他不要打開電視，上漲的塞納河太叫人擔憂了，他想將注意力放在父親的身上，而那則是更加叫人擔憂。為了父親，為了母親，也為了姐姐，他必須堅強。不知何故，他明白他將是要處理這一切的那個人，他是領導奮戰的人選，他準備好了嗎？他務必準備好，他沒有太多的選擇。在此之前，他以為專橫的姐姐蒂莉婭擅長處理事情，然而狂妄自大和惡言惡語的背後潛伏著另一個人，一個比他的想像脆弱多的人。薩夏得知蒂莉婭不能靠近醫院很驚訝，問林登失望嗎。為了表現對蒂莉婭的義氣，林登說他不失望，其實，在內心深處，他是失望的。

他想到了在加護病房的父親。保羅恢復知覺了嗎？他知道發生了什麼事嗎？他會痛嗎？這些想法驚嚇了他，他不得安眠。他想起有次在飛機上遇到一個女人，兩人展開一場有趣的對話。女人建議，如果感覺到害怕和緊張，只要回憶一個正面的印象，描述能夠安撫他的東西、地方或是一個人。他從來沒試過她的建議。他閉上眼睛，第一個出現的畫面是他的父親，父親在薇儂莊，戴著破草帽，穿著工作褲，俯身查看他的花草樹木。林登還小時，經常跟著保羅，在這片土地上走來走去。父親話不多，林登習以為常，不說話的時候，他還是覺得和保羅很親近，懂得不要為了不交談而心煩。他跪在保羅旁邊，膝蓋抵著石灰岩，揮著他的玩具耙子、玩具鏟子，從旁觀察。父親的手到處亂伸，拔除雜草，拉直莖幹。他最早的記憶之一，就是替父親指出不同的顏色。「藍色。」他用法語得意洋洋地說，好多藍色可以選擇！還有這些奇妙的植物！他敬畏地伸出手指觸摸柔軟的藍靛色小球，摸起來像毛茸茸的葉子，彷彿是魔法蜘蛛精心製作的。「硬葉藍刺頭。」父親粗聲粗氣回答。林登指著另一種藍色：細細長長的銀色魔杖上有錯綜複雜的管狀花朵，答案是「俄羅斯鼠尾草」。他繞著一堆一堆密密麻麻的針葉打轉，不敢去碰鮮豔的藍色尖頭。「羊茅。」父親回答。那些吸引貪婪蜜蜂的濃密藍色星狀花呢？「琉璃苣。」他喜歡和父親玩顏色遊戲，用的永遠是法語。「黃色！」林登興奮大喊，挑出所有的黃色。金雀花像融化奶油般閃閃發光，一種上頭有檸檬般小絨球的植物也是黃色的，父親說那叫棉杉菊，聽起好像女孩的名字。父親有時會玩翻轉遊戲，換他來說出花名，拉丁學名對林登來說很難，不過他總是能夠記起這些珍貴的花名。碩大的雛菊，花瓣有橙色與金色的條紋，「勳章花？」他口齒不清回答，得意地揮舞小鏟子。保羅用髒兮兮的手掌撫摸他的頭頂，父親最喜歡的園丁范戴勒在一旁看著拍手。林登喜歡有紅髮和雀斑的范戴勒，他嚴重曬傷，但好像不以為意。據說范戴勒有英國血統，但他一句英語也不會說，蘿倫偶爾還會取笑他。保羅的花園一年四季都充滿了魅力，在較短的冬季也是一樣，林登知道哪些植物會在秋天開花，哪些植物經年保持常綠，哪些植物在耶誕節時聞起來像香噴噴的糖果盒，令人心情好愉快。暴風雨來時電力中斷，烏雲匆匆離去後，留下了珍珠般的霧氣，林登迫不及待又到外頭去，因為此時花園香氣芬馥撲鼻，雨讓醉人的香氣更加濃郁，林登貪婪吸著花香，感覺一股平和的氣氛籠罩全身。此刻，他也聞到了那些新鮮的氣味，他在腦海中看到了林園，見到父親站在最高、最老的那棵椴樹旁，父親好像在樹葉之洋上航行的船長。林登腳下長著車葉草，甜美的車葉草有鮮綠色的葉子、淺灰色的尖芽。他看到一叢叢的長生花，鋸齒邊緣的粉色厚葉就像玫瑰花瓣，他小的時候，對長生花十分著迷，這植物讓他想起朝鮮薊。他伸手向下撫摸多汁的深紅色景天，蝴蝶在紫色紫菀花上盤旋，跟小時候一樣，有隻飛來停駐在他張開的手掌上，徐徐拍著精緻的翅膀。飛機上的女人說得沒錯，這個法子有效。他清楚看到了蝴蝶，毛茸茸的小腦袋，圓圓的眼睛，纖細的觸鬚。他辨認出斑爛翅膀上的紋理，還發現他的手掌不是一個成年人的手掌，他是一個小男孩，在父親的花園裡，感覺安全又平靜。如果走向屋子，他會看到母親在露台上靠近夾竹桃和蜀葵那邊曬太陽。他聽到清潔女工勒克雷爾太太在廚房洗鍋碗瓢盆。蒂莉婭在草地上翻筋斗，一次又一次，彷彿慢動作。這是他終於入睡前看到的最後一個畫面。

3

他們養成了在離房子幾碼遠的
大椴樹下過夜的習慣。

——司湯達（STENDHAL）
《紅與黑》（LE ROUGE ET LE NOIR）

大樹旁是我最喜歡的地方，在夏天，那裡是我的領地。女孩也愛到那裡去，她在樹蔭下看書，我則用大大小小樹枝蓋樹屋，她有時也會幫我蓋。爸爸從來沒有來過，我很快明白了他寧可去鎮上。至於媽媽，她懷孕了，很疲憊，不想上來。好像只有我覺得到上頭的大樹旁很好玩，我那些朋友更喜歡去可以扔球或打架的牧場或草地。妹妹還沒有出生，她出生以後，我也是很少跟她玩。

我的樹屋隨風搖擺，發出吱吱嘎嘎的聲音，好像一艘船。女孩把我需要的東西裝在柳條籃，我一拉繩子，籃子就上來了。雖然我只是個小男孩，她總是鼓勵我，讓我覺得自己強壯，有男子氣概。女孩鋪開方格桌布，我們坐在上面。她小心翼翼在籃子裡裝了無花果、桃子、野草莓，全是從花園裡摘來的。還有一小塊一小塊的黑巧克力（天氣很熱時得趕快吃）。還有幾塊長棍麵包。

我和大樹玩耍。對我來說，樹是活生生的東西，和人類一樣具有生命，它們好像低聲述說祕密，也許只有我聽得到它們的聲音。樹是萬物核心，我才四歲，但已經領會了這一點。

那些緩慢的晴朗午後，我記得清清楚楚，四周一切似乎都很平靜。在樹上，我觀察各種各樣昆蟲在樹幹上爬上爬下：甲蟲、飛蛾、螞蟻、毛蟲，還有我最喜歡的螢火蟲。牠們不會傷人，也會爬上我的手指頭。牠們成群聚在一起，形成一個紅色斑塊。我觀察蜜蜂採集花粉，小黃囊越變越大，我看得都迷住了。在七月，這棵樹會吸引了成群的蜜蜂，即使這樣，我也從來沒有被螫過。

她模樣很美，皮膚是我見過最白的，白得像牛奶一樣。她告訴我，她必須躲開陽光。她穿著帆布鞋，我們坐在桌布上時，她把鞋子踢開，連腳趾都像奶油一樣白皙。她是我的初戀。和她一起度過的每一個下午，我都會站在二樓的窗前等著，看著她朝房子走來。她爸爸開藍色貨車送她過來，她總是穿洋裝，在西北風吹拂的日子，裙子飛到她的大腿上方。她叫蘇珊娜，每一回我聽到這個名字，內心就有某種東西會裂開。

週日早上八點，奧瑞爾發來的簡訊喚醒了林登。你們都還在巴黎嗎？塞納河漲得太快了，很久沒有這麼快過。他睡意朦朧揉著眼睛，打開電視，全是新聞。一夕之間，塞納河暴漲了一公尺，水位到達了左阿夫士兵的大腿。一個又一個頻道播放相同的畫面：褐色的河水越積越高。林登得知洪水開始淹沒更多的地下室和停車場，緩慢但毫無疑問地自下方湧入建築。他不知道原來淹水是從地下淹上來的，是從泡水的泥土中冒出來的，而非自河岸兩側漫出來的。屋外，雪仍舊下著，達拉布街路面變得泥濘，不過看來隨即又會回到下雨。

塞納河讓他擔心，但等待父親的消息讓他更加擔心。醫院那邊無消無息，如果有什麼嚴重的情況發生，伊馮醫師會打電話來，起碼林登這麼以為。他還為另一件事發愁：取消他們今天下午離城的機票和火車票，看看旅館能否讓他們再住幾天。他沖了澡，儘快穿好衣服。到了樓下的櫃檯，沒見到雅嘉特的影子，只有一個漫不經心的年輕人，他似乎無法理解林登必須儘快和旅館經理方魯克夫人說話。林登得知方魯克夫人週日不會來，竭力掩飾怒氣，問他們能不能把房間再保留幾天。他父母的房間沒問題，但不幸的是，今明兩晚只剩姐姐的房間還空著。林登把兩個房間都訂下，他必須睡在蒂莉婭的房間，不知道蒂莉婭對此會有什麼反應。

他輕輕敲了敲母親的房門，沒人應答，於是又更大聲敲了一回。蒂莉婭打開門，臉色難看，頭髮一團糟，林登看得出來她幾乎沒有睡。她問醫院有沒有消息，他搖搖頭。

「媽在發高燒。」她悄聲說，聲音壓得很低。「乾咳，咳得很厲害！」

看到母親的臉色，林登判斷這不是單純的感冒，她臉頰緋紅，兩眼深陷，他們需要找醫師，立刻。蒂莉婭同意他的看法，打電話下去櫃檯，對方告訴她醫師一個小時就到。蒂莉婭開了個玩笑，說他們闔家團圓成了噩夢一場，林登敷衍笑了幾聲，建議姐姐去洗個澡，休息一下，她看起來累壞了，需要歇一歇，母親他來照顧，醫師來了後，他會讓蒂莉婭知道醫師怎麼說。姐姐懷著感激和疲倦離開了。

林登坐到小沙發。母親閉著眼睛，但不時咳嗽，一咳就露出痛苦的表情。他柔聲詢問她要不要水，她搖了搖頭，虛弱地對他露出笑容，他也笑了。他看了看房間四下，他願意做任何事，任何事，只求讓父親回來。一想到醫院，他的胃就要翻騰，他不打算對母親說什麼，他要把煩惱留給自己。在床頭櫃上，他看到父親的老花鏡和一本書，是讓．紀沃諾所寫的《種樹的男人》。他覺得很有趣，據他所知，父親幾乎是不看書的。書很薄，只有四十頁長，法國知名加利瑪出版社出版。他在扉頁上發現陌生的筆跡：向現代艾爾哲阿．布非耶——保羅．馬勒加赫——致以我最高的敬意。

林登分辨不出這頁底下的潦草名字，可能是父親諸多追隨者之中某人送的禮物，他們都密切關注他拯救樹木的事蹟。他翻開一讀，故事的主角原來是一個來自普羅旺斯的牧羊人，沉默寡言的艾爾哲阿．布非耶用四十年的時間獨力種出了一大片森林，替荒蕪山谷乾涸生態注入了活力。許多人同樣將父親視為英雄，對那群人來說，樹木與人類同樣重要，甚至比人類更為重要。他看過到許多小團體為了聽保羅說話跑來薇儂莊，他和蒂莉婭在背後取笑他們，譏諷他們的熱情和敬意，不過父親對他們的影響力讓他由衷感到敬畏。大自然專家和科學家從四面八方遠道趕來拜訪樹人先生，林登很快習慣了放學回家時看到車道上停著車，母親說父親又要開始忙了。父親平日不多話，但在陌生人面前口若懸河，那些人陶醉在他所說的字字句句裡，猶如他是上帝，這一幅景象總是讓他感到奇怪。有時就為了聽聽父親說話，林登拿了零食，躲在矮叢、椅子或樹木後方，不讓人發現。記者老是想知道保羅對樹木的熱愛是如何開始的，一遍又一遍提出這個問題，保羅從不厭煩，和藹地解釋說，他的父母不把大自然放在心上，兩人也不會待在花園，他卻不一樣，很小就學會了觀察樹木，觀察它們怎麼生長，它們有多麼不同，它們需要什麼，又害怕什麼。就是在這裡，在薇儂莊，在他出生很久以前就種下的林園，他慢慢習慣了大自然的世界。他的父親允許他獨自耕種一小塊花園，儘管年紀很小，不知道他所喜歡的花木名稱，他對觀察植物生長興趣盎然。他一個人帶著鏟子、耙子，播種、除草幾個小時。他漸漸體會到一件事，任何與花園有關的事，任何與樹木有關的事，都是緩慢的，一夜之間不會有任何改變，除非是暴風暴雨造成的破壞。他的父親任由花園亂成一團，而他十八、九歲煞費苦心重新整理心愛的花園後，就明白自己這一輩子都要照顧樹木——不是園林設計師，那只是他的第一份工作，而是一名保護樹木的樹藝家。保羅一定會告訴記者和信眾，他還不到十五歲就救了第一棵樹，故事林登很熟，但百聽不厭。在迪耶於萊菲特附近，有個築有堡壘的小鎮叫勒波厄拉瓦，保羅到小鎮整理灌木叢。一位巴黎富商買了一座有圍牆花園的古宅，找人重新裝修整棟房子，品味或許不大好。他說服鎮長砍掉大宅邊上一株有三百年歷史的梧桐，因為大樹給泳池投下太多樹蔭。那棵樹至少有十五公尺高，非常美麗，葉片厚而堅韌，橄欖灰樹皮一大片一大片剝落，露出底下光滑的乳白色表面。一聽到莫雷爾先生的打算，保羅氣得直跳腳，但好像沒有人覺得震驚，沒有人在意就要發生的事。

鎮長有更重要的事要忙，無暇操心一棵老樹，更沒有人要聽那男孩子的話，他越來越生氣。一個春天傍晚，太陽下山以後，保羅跑去敲打小村莊的每扇門，介紹自己，也解釋了情況。他告訴他們，村民不能什麼都不做，眼睜睜看著大樹被毀，樹和他們一樣，也是村子的一部分。它一定是這一帶最古老的樹木，務必要拯救它，務必要保護它，只能可惜了莫雷爾先生的泳池。漸漸地，村民願意聽保羅說話，他很年輕，講話很有說服力，他是他們的人，說他們的語言，有他們的口音，他來自鄰近的瑟哈爾，不像那個來村裡時幾乎不瞧他們一眼的傲慢巴黎人。請願書開始傳遞下去，簽名的人越來越多。保羅把請願書放在口袋，騎著自行車，飛快奔向當地每個村莊。請願書變得皺巴巴，讓雨水、咖啡和玫瑰弄髒了，可是最後有四百多個村民在上面簽名。儘管如此，村長仍舊不屑一顧，顯然和莫雷爾先生站在同一邊，流露出保羅所厭惡的阿諛奉承。現在只剩下一件事要做了——保羅對著豎耳聆聽他每一句話的記者說——把自己用鎖鏈拴在樹上。還有兩名公民陪同他執行這個反抗任務，一個是八十八歲無牙的維奧萊特．塞德隆，另一個是同齡也同為自然愛好者的羅傑．杜蘭。這個行動引起相當大的轟動，伐木工人用卡車載著鏈鋸來了，卻發現樹上綁著三個人，叫員警到現場後，更多村民加入了保羅、維奧萊特與羅傑的行列。不久，有上百個人激烈守著這棵樹。當地報社拍了照片，其他村民為抗議民眾帶來吃的喝的，人人都在高呼：拯救我們的樹！拯救我們的樹！保羅容光煥發回憶道，那是一個神妙奇特的時刻，尤其是莫雷爾先生同意修剪枝椏，永遠不會把大樹砍掉的時候。

在床頭櫃上，蘿倫的手機發出一陣嗡嗡聲，林登嚇了一跳。蘿倫沒有朝手機移動。過了一會兒，手機又震動了，林登伸手去拿，也許跟保羅有關。螢幕上閃爍的名字似曾相識：傑—VDH。然後，他想起來了。傑夫．范德哈根，母親與父親相識之前的未婚夫。幾年前有個夏天，傑夫帶著妻女到薇儂莊，愉快的微笑，整齊的頭髮，人很無趣，但客客氣氣。林登正在考慮要不要接電話時，有人敲門，是醫師。他放下手機，起身去開門。

醫師檢查後，冷漠宣布蘿倫得了嚴重的流感，可能要一週才會好，除了吃藥退燒和多休息，沒有其他方法可治。醫師離開後，林登打電話給蒂莉婭，他們之中要有人去替蘿倫買藥。蒂莉婭說馬上過來，她剛洗好澡。林登利用手機取消他們今天的火車票和飛機票，花了點時間處理好這件事後，又心想該不該打個電話給瑪莉，也就是他的姑姑。父親與他唯一的妹妹不親，所以他決定等聽了伊馮醫師的話再做打算。他看了看手錶，等待能夠再去醫院的時間來臨。他有點想立刻就去，不過知道去了也見不到保羅，他必須保持耐心。他把蘿倫交給蒂莉婭照顧，處方藥她也會處理。他回自己的房間，發了電子郵件給瑞秋．耶蘭，簡明扼要解釋了情況。他記得他週二有一個重要的工作，是替某政治人物（一位參議員）拍照，參議員終於同意了與家人在麻州自宅與家人合影，但是這項工作只得延後了，不行的話，瑞秋必須另外找攝影師。林登不在乎，一點也不在乎，多麼奇怪，工作對他曾經代表著一切，每一次都排在第一順位。現在不是了。

他得離開旅館，他不可能坐在電視機前，一邊等著能夠去醫院的時間，一邊從螢幕看著塞納河時時刻刻在上漲。他抓起外套出門了。一踏出去，冷風便刺痛了皮膚，雪化為泥漿，雨又開始下個不停，彷彿從未停止。沒傘，沒帽子，頭髮一下子就濕了。他沿著愛德格基內大道往前走，再從拉斯帕伊大道走到丹費爾羅什洛廣場。他發現巨大坐獅雕像四周出奇地空曠，接著提醒自己現在是週日早上。他選了達蓋爾街轉角的咖啡館坐下，點了熱巧克力。這個地方人不多，他就喜歡安靜。他向侍者要了Wi-Fi密碼，將手機接上牆壁插座，用Google搜索**中風**，然後希望他沒有這麼做。他越讀越著急，父親怎麼才能康復呢？他讀到許多人中風後生理心理都受到影響，而且永久失能，他光是用想就受不了了。等等去看父親時，父親會是什麼狀況？他發覺他害怕走進病房，他會是獨自一個人，沒有母親、姐姐的支持，沒有薩夏。他必須獨自面對，他必須向父親隱瞞他的恐懼。

這不是父母應該做的事嗎？他們保護自己的孩子，從來不讓孩子意識他們的恐懼，如今他必須為父親這樣做。林登記得，父親有一回在薇儂莊露台用鐵鍬劈死一條正要溜進屋裡的毒蛇，保羅表面上鎮定自若，但是林登看到了他的手在顫抖，他後來知道父親不僅討厭蛇，也怕蛇，只是完全沒有表現出來。今天，在父親的病榻前，他也必須那樣表現。鎮定自若。

他上Twitter瀏覽新聞。到目前為止，第十二區似乎是淹水最嚴重的地區，源自東部的塞納河就是從這裡進入這座城市。貝爾西附近有些街道電力中斷，又有挨近河流的地鐵站關閉，四周架起水泥防洪牆。巴黎植物園（園區內除了植物園和博物館，還有巴黎唯一一間動物園）正在撤離。毫無疑問，政府週一將展開為了應對極端緊急情況而制定的「海王星計劃」。林登發現巴黎正在成為世界各地的頭條新聞，塞納河會漲得更高嗎？人人口中都是這個問題。

不過現在只有一件事對林登很重要，他的父親。只有父親，其他的都不重要。

一過中午，他就去龐畢度醫院，到加護病房醫務人員辦公室找伊馮醫師。一個看來很忙的護士告訴他，伊馮醫師要到週二早上才會再進來。他很失望，不知如何是好，看來醫師也需要休息，只是他一直相信他再來時她會在這裡。他問護士能不能探望他的父親保羅・馬勒加赫。護士聳了聳肩，當然可以，他在二十四號房。她是那麼漫不經心，是那麼不感興趣，因此他以為這是一個希望滿滿的跡象，一個父親康復了的跡象，一個他很好、他們能比他以為更早離開這個地方的跡象。

他走在鋪著亞麻地板的長廊，房間一間連著一間，他不想朝著患者躺在床上的房間裡面瞧。醫師、護士匆匆從身邊經過，林登對醫院不熟，他從不生病，也沒有斷過一條腿。他最後一次到醫療院所是二〇〇四年姐姐出事後去探望她，他那時擔任時裝攝影師的助理，意外發生在八月初，林登還記得貝雲的醫院的酷熱、父母的痛苦、蒂莉婭纏著繃帶的身軀和烏青腫脹的臉龐所帶來的衝擊。

二十四號病房的門關著，林登輕輕開了門，首先見到一個近四十歲的陌生女人，她肩膀後面有個皮膚黝黑毛髮濃密的陌生人，精巧的裝置支撐著一條胖乎乎的腿。房裡有一股酸臭，是腸胃氣脹加上汗水的臭味。

「不好意思。」林登喃喃說。「我想我走錯房間了。」

「你沒走錯。」女人一邊回答說，一邊挪開身子，他看到床邊拉起了簾子。她朝房間後面打了手勢，林登不明就裡走進去，接著明白了簾子後方還有一張床。父親平躺在床墊上，前臂鼻孔都插了管子。他的眼睛是閉著的，五官扭曲成一種讓人難以忍受的滑稽表情，簡直像是聽了一個下流笑話在眨眼或傻笑。他後方的機器單調地嗶嗶作響，監測著他的心跳。保羅看起來出奇羸弱，肌肉似乎萎縮了。林登熟悉的他強壯而結實，那樣的身影在哪裡呢？他感覺喘不過氣，頭昏眼花，不知該對父親說什麼，而父親又能聽懂或聽到什麼。他小心翼翼走近，把手放在父親的小腿上。保羅的眼睛仍然閉著。

「爸爸，是我。」林登用法語說。「我來了。」

他坐到床邊的椅子上。父親昏迷嗎？醫師沒那麼說。簾子另一側的患者開始呻吟，不住地哼哼唧唧，林登希望他能停下來。女人低聲咕噥了幾句，男人總算安靜下來。這裡充滿臭味。

林登湊近父親的耳朵，低聲說蘿倫得了流感，蒂莉婭正在照顧她。但他真正想知道的是父親的感受。保羅沒有出聲，眼皮抽了幾下，這是否代表保羅再也不會說話了？林登輕聲問保羅，他能不能聽見他的話，他能不能睜開眼睛。還是沒有回應。另一方面，毛茸茸的男人像驚慌失措的孩子，又嗚嗚咽咽起來。

喀嚓一聲，門開了，一個醫師和一個護士走進來，先去照料另一個病人。林登無意間聽到，毛茸茸的胖子叫巴斯卡．博蒙特，幾天前中風。醫師想向博蒙特太太解釋她的丈夫要動手術，但一句話也插不進去，因為博蒙特太太近乎歇斯底里，不住地發問：她的丈夫什麼時候才能恢復正常？他為什麼還沒有動手術？丈夫為什麼不能住單人房？她尖銳的聲音刺耳，令人生厭，她要是閉嘴就好了。醫師終於將注意力轉向保羅時，林登看得出來他已經沒有多少耐心，他也有一連串問題想問醫師，但是忍住沒開口。醫師與他年紀相當，高高瘦瘦，表情豐富，一對褐色眼睛炯炯有神。即使是這樣緊急關頭，林登還是不禁用攝影鑑賞角度審視一個人或一個地方。弗雷德里克·布魯內爾醫師會是一個非常有趣的模特兒，他眼瞼慵懶，膚色如象牙般蒼白，下垂嘴角有一串的細紋。

「馬勒加赫……」醫師說。「你是那位攝影師？」

林登點點頭。這種情況偶爾發生，只是他沒有料到會在這裡或此刻發生，似乎不合適，不恰當。布魯內爾醫師從床腳拿起保羅的病歷表查看，然後要護士替他量血壓體溫。博蒙特太太在簾子後方偷窺一切。醫師接著說他非常喜歡林登的作品，林登越來越不安，不想聽到醫師對他作品的看法，他一點也不在乎。他想知道的是保羅怎麼樣了，能不能活下來，以後會變成什麼樣。終於，布魯內爾醫師停止說話，俯身拉開保羅的眼皮，用一小束光照他的眼睛。保羅眨了眨眼，醫師似乎很滿意，在病歷表上草草記下幾件事。接著他轉向林登。保羅需要密切監測，得在病房再住一週，目前尚且無法確認他的大腦受到什麼影響，不過他的情況穩定，不會惡化，這顯然是好事。他們還不知道是否需要動手術，這一點大約下週就會知道。林登想知道父親能看到什麼、聽到什麼、理解什麼，他在昏迷狀態中嗎？他意識到自己的語氣急切苛求，祈禱自己不會聽起來像處處干涉的博蒙特太太，但是他一定要知道答案，現在一定要知道。醫師走向窗戶，遠離博蒙特太太那雙偷聽的耳朵。他看向濕漉漉的屋頂、灰沉沉的天空，似乎沒有讓林登的問題激怒，而是希望花點時間來回答這些問題。又一次，林登注意到這個男人的側影非常引人注目，鼻樑高挺，下巴線條鮮明好看。他的父親正處於中風之後的無人地帶，非常不舒服，布魯內爾醫師解釋道。他不能說話，不能動，但肯定看得到也聽得見，這不是昏迷狀態，他就像一個依賴別人的嬰兒，再也不能自己做任何事，他必須重新學習。林登能做的最好的事是慢慢和他說話，而最重要的是保持耐心。

醫師護士離開後，林登決定試一試。他又坐下來低聲對保羅說，一切都會好起來的，保羅不必擔心，他必須試著放輕鬆，保羅沒有過過這麼奇怪的生日吧？即使在他自己聽來，他的語氣也顯得古怪不真誠。他猶豫了，接著停止說話。坐在這裡很尷尬，有兩個陌生人，在一張輕薄隔簾後面聽著每一個字。他要怎麼做呢？平常與父親說話就很難了。林登不出聲，把手放在父親的手臂上，靠過去親了父親禿了的腦袋，父親的皮膚又乾又燙。林登要走時，博蒙特太太遲疑地說了聲再見，他也客氣地回答，他們畢竟在同一條船上，要照顧他們受傷的親人，試著將恐懼馴服成他們能夠控制的某樣東西。

林登回到外頭的雨中。在返回旅館的路上，手機響起，是一個區號04開頭的法國號碼，他知道這是德龍省的區號。他接起電話，認出了姑姑瑪莉——也就是保羅的妹妹——的聲音。一定是蒂莉婭把他的電話給了她，他已經多年沒見到她，也沒和她說過話。瑪莉是個六十多歲的寡婦，骨瘦如柴，不苟言笑，她的丈夫馬歇爾二〇〇九年在托利尼昂附近獵熊時意外身亡。他們的女兒佛羅倫斯三十出頭，是美髮師，與孩子以及丈夫住在瑟哈爾；馬歇爾去世後，瑪莉搬去和女兒同住。她想知道哥哥怎麼樣了，她很擔心。她本來想祝他生日快樂，結果他都沒有接電話，所以最後打給了蒂莉婭，蒂莉婭告訴她這個噩耗。林登把知道的都告訴了她。他講電話時，想像著她坐在凌亂的客廳，那裡的百葉窗總是拉上，即使在冬天也是一樣。瑪莉和佛羅倫斯住在瑟哈爾鎮中心，離他的母校不遠，靠近環繞小鎮的曲折梧桐大道。他回答她的問題時，想起自己最後一次回薇儂莊和瑟哈爾已經是四年前的事了，那也是他最後一次見到姑姑和表妹，他們在一間小酒館吃午餐，就在停用的舊火車站附近。餐後，林登拿著相機，獨自在鎮上散步。他十幾歲時，這裡似乎比較熱鬧。他知道，曾祖父莫里斯的時代正好是紙箱製造業的黃金時代，瑟哈爾人來人往，非常繁忙。到了八〇年代，由於中國製造的紙箱越來越便宜，這裡的生產速度放緩了，全盛時期在九〇年代畫下句點，二〇〇〇年，小鎮的喪鐘響起，景氣從此不曾恢復。即使是在盛夏，老城區蜿蜒狹窄的街道依然冷清蕭條。

瑟哈爾成了鬼城，再沒有人來參觀建於十五世紀的教堂，教堂門上釘了告示牌，潦草寫著「只於週二上午開放」。豪華飯店看來荒廢了，沒人訂房。唯一看得到人群的地方是市郊的大型超市，通道總是充塞推著整車日常用品閒逛的人。由於超市進駐，小商店統統關門大吉。美麗的老宅關起窗板，好像沒人住了，沒有人住得起。唯一的書店空了，待售。電影院和劇院破產。他記得以前有喧鬧的老人家會在鎮公所前頭玩法式滾球，上附近的咖啡館喝茴香酒。也不見孩童玩耍，這一帶荒涼得令人覺得恐怖，只有流浪貓在塵土飛揚的人行道上蹦來跳去，戴著伊斯蘭頭巾的婦女疾步走過。家家戶戶的窗戶裝上了衛星天線，沒有人關心瑟哈爾，沒有人記得瑟哈爾。它漸漸被人遺忘。

午餐時，林登注意到一度富麗堂皇的餐廳顯得黯淡無光。它也是一棟著名建築，除了紅天鵝絨窗簾、垂花雕飾、鍍金燈具和磚陶地板，還有一個巨大的玻璃圓頂，十九世紀末「美好時代」風格的裝潢經常接待顯要與常客。如今，地磚缺了，圓頂裂了，垂花雕飾像蒙上一層灰塵。侍者拖著腳步走來走去，像在殯儀館工作似的，屈指可數的客人一面用餐，一面低聲說話。這裡曾經是多麼快活的地方啊！林登簡直不敢相信。他想起一九八七年到這裡替蘿倫過三十歲生日，他才六歲，但那情景始終留在心中。餐廳擺滿了白玫瑰，那是她最喜歡的花，音響放著迪斯可音樂，也是她最喜歡的。他穿了小大人般的夾克褲子。坎蒂斯和她妹妹同樣迷人，穿著一件精緻的黑洋裝。蒂莉婭九歲，臉蛋紅統統的，歡歡喜喜和保羅隨著流行音樂跳舞。母親——當晚的女王——一身白色褲裝，容光煥發。和姑媽表妹聊天總是很勉強，斷斷續續，沒有人會笑，二〇一四年最後一頓午餐也沒有什麼不同。瑪莉和佛羅倫斯小心翼翼不提他的私生活，客氣詢問蒂莉婭、米絲朵和科林的情況，但絕口不問林登有沒有交往的對象、有沒有伴侶。他有時很好奇，要是他突然開始談論薩夏，她們會作何反應。如果他冷不防說出**我男友**這三個字。對她們而言，詢問他的工作更容易、更安全，不是因為她們都懂攝影，也不是因為她們想知道。

瑪莉完全沒變，語氣仍舊是那麼嚴厲。林登說了再見，保證如果有其他的消息會再打電話。她和她的哥哥非常不同，大自然和樹木對她毫無意義，她完全不想保存、恢復薇儂莊，是不是馬勒加赫家的一員對她來說並不重要，她嫁給馬歇爾以後，也不用這個姓了。不過林登知道她非常愛她的哥哥，雖然他們之間並不親近，她尊敬他、欽佩他，在她嚴厲的口氣背後，林登也聽得出來她非常掛心。

雨似乎成為了他生活中重要的一部分。倘若天空永遠潮濕陰暗呢？倘若太陽再也不出現呢？說不定這就是他的新世界，雨，學習忍受它的潮濕，它的淅淅瀝瀝。林登快步走回旅館，步伐又快又堅定，路人在他靠近時都閃開了。他感覺到身體在運作，雙腿伸向前方，手臂上下擺動，這種感覺讓他振奮起來，他呼出的氣息在身後繚繞成團團白雲。他沒理會經紀人瑞秋的來電，她想知道他父親怎麼樣了，不過也想知道他何時會回來工作，這個問題他沒有能夠給她的答案，他優先考慮的是他的父親，如果她不明白，那她去死好了。他明天會再去醫院，這次會帶紀沃諾的書朗讀給保羅聽，這可能不是真的在和他說話，但或許會有幫助。

他稍早給薩夏打了電話，聊了很久。聽到他的聲音，林登心情好了起來，薩夏問林登希不希望他過去，他說他可以過去，馬上就去，他可以坐飛機，不到一天就到。不，薩夏不必來，至少現在不必，雖然他很想念薩夏，想到心都痛了。他覺得自己困在一個未知的時空隧道，身在異國他鄉，面對著令他相形見絀的恐懼和情感。不能向前看，他會害怕，所以他躺在床上盯著天花板，只面對當下。回到旅館後，他與蒂莉婭之間發生了不愉快，而正是他一直害怕的那種事。她直截了當告訴他，她付不起多住的錢，她沒賺他那麼多錢，事實上她現在根本沒賺多少，他知道嗎？他很生氣，但不想吵這件事，只是謹慎說他自然會支付多住的費用，這不成問題；問題是他們的父親，而不是錢。一聽這話，她勃然大怒，臉色漲得緋紅。他以為他是誰？是不是以為他幫有權有錢的人拍照，過奢華的生活，就能說出這種話，居然拿父親的狀況和他錢包裡的東西相比？他竭力安撫她，不過他也很瞭解她，她大動肝火不是第一次了，他唯一能做的是離開她的房間，關上房門，逃回自己的房間。他的房門底下有張紙條，是旅館經理瑪里安·方魯克寫的，表示她對他父母的健康狀況感到非常遺憾，有什麼她能幫得上忙的地方，請讓她知道。

林登還躺在床上想著當天所發生的事時，有人來敲門。一定是來打掃房間的，這倒是提醒了他一件事，他得離開這個房間，搬去和姐姐同住一間。一開門，有個年輕女孩撲到他的身上，烏黑的長捲髮像旋風一般。是他的外甥女，米絲朵。

從她出生以來，他們之間始終保持著特殊的連結，她是他唯一出於本能知道如何抱在懷中的嬰兒。現在，每一回見到她，她就又長高了，已經高過了她豐滿金髮的母親和長腿優雅的父親，她只從她那粗壯的巴斯克父親繼承到橄欖色皮膚，其餘地方都像蘿倫，包括身高和魅力。她的成熟常常令他想起糖糖。她今天穿著一件博柏利風衣，腰帶緊緊束著小蠻腰。還有復古的愛馬仕圍巾、黑色牛仔褲和靴子。

「媽媽超氣你的。」她沒大沒小地說。接著，她又告訴他，她一下子就讓蒂莉婭的怨氣消了。米絲朵今年十八歲，很有一套，能像母親一樣照顧自己的母親，而且從小到大似乎都是這樣。讓蒂莉婭冷靜下來後，她現在想知道關於爺爺全部的事，畢竟她是唯一的孫子，她來就是為了爺爺。她和爺爺很少見面，但她很擔心，她想去醫院，她想待在醫院，她想幫忙。她的母親無法走進醫院，她覺得很難為情，她以為蒂莉婭已經走出那場事故，不過顯然還沒有，她的媽媽也許需要更多的時間。跟往常一樣，林登佩服她的鎮定自若，在她這個年紀，他沒有這麼成熟，回想起以前的自己，他記得的只有煩惱、試圖融入的痛苦、與他人不同的恐懼。他看著米絲朵侃侃談論她的母親、繼父和父親，看著看著都呆住了，她似乎一切都計劃好了，她現在在中央聖馬丁藝術與設計學院學設計，學費是父親出的，兩年後畢業，畢業後想去紐約大型時裝公司工作。她願意接受他的指點，但她不願成為負擔，因為她知道他非常忙碌。不過一定得說她的舅舅是林登．馬勒加赫，這對面試應該有幫助吧？一抹迷人的微笑讓她漂亮的臉蛋亮了起來。他告訴她，他願意做任何事幫助她。她道謝之後，說她必須搬出克萊倫頓路的那所房子，她無法忍受繼續和科林同住，他的酗酒已經成了噩夢。她模仿他，步履蹣跚，從一扇門走到另一扇窗，優雅但一瘸一拐，眼睛瞇成一團，嘴角無力，斜斜拿著一只假想的玻璃杯。錢的問題自然讓事情更嚴重，蒂莉婭的畫畫收入趨近於零，科林則是令人受不了的鐵公雞。米絲朵有男朋友，一個叫山姆的英國人，她說出他的名字時臉頰紅了，林登覺得好可愛。她常常待在他位於哈克尼的家，哈克尼在倫敦菲爾茲附近，由於很遠，蒂莉婭和科林也就睜一隻眼閉一隻眼。米絲朵停止滔滔不絕。不行，不行，都她在說話，太亂來了！她想知道他最近怎樣，薩夏好不好，薩夏下次什麼時候來倫敦？她想要他再帶她去看歌劇，她想知道哪個版本的《茶花女》最好，這只有薩夏能幫她。她想知道林登最近拍攝的名人的事，她保證，從現在起，她會閉嘴！林登伸手，和藹地撫摸著她的捲髮。

「妳把未來都規劃好了，是不是？妳這聰明的女孩。」

米絲朵聳聳肩膀，相信他在她這年紀時也把未來都規劃好了，不是嗎？噢，他沒有規劃，他告訴她。她驚訝地挑起黑眉。他完全沒有規劃，她必須把他想像成一個孤孤單單的青少年，一開始住在坎蒂斯那裡，坎蒂斯整天等著令人發狂的J．G．打電話來。十九歲時，他已經出櫃兩年了，但只有坎蒂斯知道。家人對他的私人生活一點也不清楚，他從不談自己的事，他對生活各個方面都沒有把握，對職業前途沒信心，擔心日後要如何獨立，害怕向他遇到的人表現出真實的自己。他很喜歡糖糖的陪伴，但還是搬出去工作賺錢，展翅飛翔，不過他還沒有完全準備好，他解釋說，他過了一段時間才習慣獨自生活。他後來在一家攝影工作室工作，薪水微薄，有過幾段沒有人知道的戀情。坎蒂斯曉得他的初戀是菲力浦，後來也認識了其他的男孩，但不再告訴坎蒂斯；他會尷尬。那時不是真心的，只是玩一玩，跟他在酒吧遇到的人。

這些短暫插曲反而讓他更加寂寞。後來，哈德里安出現了，他最傷心也最甜蜜的戀愛故事，那時剛好是她現在的年紀。哈德里安，舒爾庫夫街，這是祕密，非常複雜，非常痛苦，結局非常可怕，林登感到前所未有的孤獨。

母親再三詢問他有沒有喜歡的人。米絲朵翻了個白眼，她真的那樣問？對，他最後鼓起勇氣，告訴她他是同性戀。他那時二十四歲，在一名攝影師手下工作，一個人住在離蒙帕納斯站不遠的布羅卡街。對蘿倫啟齒很難嗎？又簡單又不容易。簡單，因為宣洩了胸中的抑鬱，不容易，因為她萬念俱灰的樣子。他努力回憶他到底用了什麼字眼來回答，那些話和他對坎蒂斯說的不一樣。對於二〇〇五年那個春日，他還有著鮮明的印象。母親在他的小客廳，坐在他的前面，穿著玉色襯衫、牛仔裙和涼鞋。那麼，她和父親何時能夠見見他的女朋友呢？他想起她緊繃的笑容與期待的眼神，她緊張兮兮端著咖啡杯，他還擔心她會打破了杯子。有一瞬間，他有種赤裸裸的恐怖感覺，一種不堪一擊的感覺，沒有任何東西能夠保護他。他知道母親永遠忘不了這次談話——這是一個很可怕的想法。他下了決心，倉促說了出口，不再猶豫不決。他說了「沒女朋友」一類的話，她好像完全沒聽懂，所以他又說：「有男朋友。」接著笨拙地說：「或者說有很多男朋友。」她悶不作聲，然後輕輕「噢」了一聲，臉色霎時變得蒼白。米絲朵發出呻吟，遮住了眼睛，不敢相信外婆只說了一聲「噢」。接下來呢？

蘿倫站起來在客廳裡踱步。其他人知道嗎？林登告訴過別人嗎？他告訴她糖糖知道，她轉過身。糖糖？她的親姐姐？什麼時候就知道了？一九九八年，他十七歲時告訴了糖糖。蘿倫似乎嚇壞了。將近七年前他就告訴了糖糖？她氣呼呼說出七這個字，他還記得她咬牙切齒的模樣。坎蒂斯有沒有告訴過別人？林登不知道怎麼回答這個問題。他認為沒有，如果她跟別人說了，那有什麼關係嗎？接著，母親說出迄今仍舊讓他痛苦的那句話，「我不知道你爸爸會怎麼想。」他想爬走，想躲起，想消失不見。他有些想哭，也有點被激怒。蘿倫是說他父親會失望嗎？欸，當然，她反駁道，他一定知道這完全是一個打擊吧？不然他期盼什麼？她會拍拍他的背祝福他？他感覺到她話中的刺，嚇得直往後縮。母親怎麼就是沒猜到呢？她怎麼就是看不出來呢？他十多歲時，瑟哈爾學校的同學看出來了，而他自己的母親怎麼會沒察覺呢？當時答案很清楚，因為她從來就不想知道。林登站起來對母親說：「妳的姐姐告訴我，她不失望，她仍然像以前一樣愛我。」接著，一陣沉默，蘿倫的臉龐皺成一團，她掩著臉抽泣。林登一動也不動，就讓她哭吧。他注視著她，直到她恢復鎮靜，擦掉弄汙了睫毛膏的眼淚。「我很抱歉。」她低聲呢喃。不過他聽到了，只是不知道她是為了什麼而抱歉。他從來沒有問。

母親離開時抱了抱他，他用顫抖的手指關起門時，母親清楚地說她不會告訴他父親任何事，她把這件事留給他處理。

米絲朵把手放到了他的掌心中，突然高聲說話。

「你告訴過爺爺了嗎？」

「告訴他什麼？」

「就你是同性戀啊。」

林登垂下頭，好一會兒沒出聲，然後看著她的眼睛。

「沒有，從來沒有說過，我也不知道他知道些什麼。」

林登、蒂莉婭和米絲朵吃好晚餐回來後，櫃檯有方魯克夫人留給他的信息。旅館經理不樂於見到他必須與姐姐同住一個房間，尤其是因為知道小外甥女剛剛也來了，要在母親房間過夜。如林登所知，旅館滿了，不過還有一間閣樓房，他想住多久就住多久，不收費。房間有暖氣，但沒有浴室，他介不介意使用姐姐房間的衛浴呢？林登拎著小行李箱上了頂樓，門上沒有號碼，閣樓房又深又窄，一張單人床塞在角落。他不能站直身體，一站直頭就會撞上橫樑。咚咚咚的雨聲穿過屋頂傳來，房間暖和乾淨，只是沒有電視，也沒有Wi-Fi。這樣也就夠了。

晚餐前，姐姐不安地低聲道歉，他點點頭接受了。最好是向前看，忘掉整件事。他們三人去了瓦文街的披薩店，過條馬路就到了，雨變小了，剩下濛濛細雨。他察覺蒂莉婭喝義大利葡萄酒喝得很急，米絲朵一度悄悄把手放在母親的玻璃杯上。他留意到蒂莉婭沒說話，不過之後只喝水。林登給醫院打了電話，值班醫師告訴他，保羅情況仍然一樣，沒有轉好，也沒有惡化。林登回答說，明天會在開放探視時段和外甥女一起去。至於蘿倫，一天結束時，他們都去探望了她，她枕著枕頭，看起來十分疲憊蒼白，顯得憔悴不已。同樣沒有惡化，但也好不到哪裡去。

林登到姐姐的房間裡看新聞，越看心越驚慌。貝爾西淹水了，發電廠泡在水中，電力故障或斷電，公寓、商家沒有了暖氣燈光。有幾條地鐵線不只有一部分灌了水，抽水也無濟於事。沿河修建的RER C線[1]全進了水，只能停駛。貝爾西體育館關閉，那裡舉行的活動全部取消，附近的經濟財政部即將撤離。淹水最令人擔憂的一點是，地下排水幹道裡的水緩慢但確實地逐漸蓄積起來，由於地下水位已經飽和，再加上持續降雨，大部分的麻煩來自地下深處，穿過巴黎的地窖、地下室和停車場。水緩緩漲起，儘管不疾不徐，但以驚人的平穩速度上漲。巴黎人經常點閱一個叫Vigicrues的網

1. 法蘭西島大區快鐵（Ligne C du RER d'Île-de-France）是法國法蘭西島大區的通勤鐵路，分為A、B、C、D、E五條路線。

站，網站名稱的字面意義是「洪水監測站」，它以曲線記錄河面高度的每分鐘漲跌。林登用手機點進網站，發現塞納河在奧斯特利茨橋的水位已經超過六公尺，未來幾天的預測不樂觀，政府現在如火如荼展開行動，無人膽敢掉以輕心。

奧瑞爾是對的，洪水不會退。林登關了電視，有點不大舒服。塞納河河水暴漲讓他心煩意亂，但是父母的狀況讓他更加操心，他們怎麼會選了一個這麼差的時間點到巴黎來呢？一家團圓的週末怎麼會變成一場這樣的磨難呢？住院的父親，在空氣沉悶的房間裡虛弱的母親，節節升高的河水，他越想就越是焦慮。

不過晚餐時他並沒有向姐姐和外甥女透露內心的擔憂，而是和她們分享他糟到不能再糟的拍照經驗——樣樣事情都出錯——來逗她們開心。他對她們說了很多故事：對每個建議都猶豫不決的強勢模特兒，差點從他手中搶走相機的專橫藝術導演。最糟糕的一次發生在一場嚴重的停電事故中，停電影響了紐約市的大半地區，他當時在最先進的地下室攝影棚工作，結果攝影棚陷入一片黑暗，包括助理、模特兒、造型師、髮妝團隊、伙食組和工友，整個團隊的人都被鎖在裡面過夜，還有個美髮師恐慌症發作。這還不算最悲慘，後來有一次，一個他後來不再合作的助手漫不經心，在他們啟程前往澳洲時，把大部分器材留在計程車上！他告訴蒂莉婭和米絲朵，其實只有奇蹟發生，才可能毫無意外完成一次拍攝工作。返回旅館後，他們先去蘿倫的房間。她的燒退了，但還在咳嗽，唯一能夠粗聲說出的是她丈夫的名字，眼裡還噙著淚水。她的悲哀令他們難過，他們不知如何安慰她，三個人手足無措坐在床邊，最後還是米絲朵想到了合適的話語，安慰了外婆。

後來，林登留下姐姐和外甥女陪伴蘿倫，自己回到閣樓房間。他覺得非常疲憊，背又疼了，連頭也在痛，毫無疑問是那瓶瓦波利切拉紅酒。床鋪太小，雨點嘩啦嘩啦敲著屋頂，雨聲乍聽之下似乎響亮得不自然，聽了一陣子才習慣。他躺了很久才睡著，睡得不安穩，睡得斷斷續續。他猛然醒來時，喉嚨發乾，伸手拿來手機一看，半夜一點。頭還是疼，他記得房裡沒有自來水，不過有人貼心地在他的床邊擺了一瓶礦泉水，他咕嚕咕嚕喝下去，又躺回枕頭上。上方的落雨聲有安撫的作用，他閉上眼睛，又沉入了黑暗中。

模特兒的輪廓細緻，皮膚宛如瓷器，睫毛濃密，睫毛膏如星星一樣閃爍不定。她垂下頭，雙腿交叉，雙臂環抱著纖細的身軀。他要她開始擺姿勢，她不願意，他於是把相機放在一邊，走過去和她說話。她還是不肯看著他，他發現眼淚沿著她的臉頰流下來，弄髒了臉上的妝。她血紅的嘴唇顫抖著，閃閃發光。他柔聲問怎麼了，她搖了搖頭。完美的妝容破壞了，模特兒卻仍然很可愛，像是受虐的棄兒，像是慘遭蹂躪之後又遭到丟棄的花朵。也許還是拍吧，否則客戶要不高興的，不過他或許能設法拍出什麼。黑短裙緊裹著身軀，展露出她修長的雙腿。他拿起相機開始拍攝，她默默流著眼淚，徹底地絕望了。她把臉完全轉向他，讓他拍了一張又一張。她懂得如何移動，一點也不外行，但是她沒有對他展現出她平日的表現，他又驚訝又深受打動，她的姿態失去了所有誘人的吸引力，呈現的只有她的悲傷，赤裸絕美的悲傷。他從相機螢幕檢查照片，興奮得打起哆嗦，他看出這些照片拍得非常好，完全不同於他所應該拍出來的感覺。接著，她倒在地上，他嚇了一跳，趕緊爬到她的身邊，抓住她的手，把她扶起來，帶到附近一個有床的房間。她盯著他，做了幾下呼吸，然後說：「是我爸爸，我爸爸去世了。」她嘶吼喊道：「我爸爸死了！他死了！」她的眼淚又流了下來，他發現他幫不了她，就像他無法擋住她的痛苦和悲傷。他讓她躺到床墊上，為她蓋上毯子，關了床頭燈。他連她的名字也不知道，她嚶嚶啜泣，過了一會兒睡著了。睡意襲來，他屈服了，耳朵在朦朧中聽到微弱的聲音：一聲嘎吱，一下呼吸。這裡不只有他們，模特兒沒有移動，她臉色死白。有人和他們一起在房裡；有人站在近門的那一頭。他的眼睛逐漸適應了黑暗，看到兩抹人影蜷縮在入口處，離他的照相設備不遠。他們是誰？他們想要什麼？他稍微移動，他們就定住不動，其中一人躡手躡腳向前走，舉著火把似地高舉著手機。他的臉龐感覺到微光，他假裝沉睡。

他們回去翻他的東西，低聲交談。當他看到他們拿起他的萊卡時，他便停止驚慌失措，那是他唯一在乎的東西。他的怒火開始慢慢燃起，熱血逐漸沸騰。他為什麼要讓這些人帶走他最寶貝的東西呢？他就這樣坐視不管？他們用一件毛衣把萊卡包起來了，林登分辨出一男一女，他們正在爭論下一步該怎麼做；男人想離開，但女人一直指著模特兒睡覺的床邊的智慧型手機。男人想要脫身，但她堅持不走，走來拿設備的人就是她。她匍匐在地上，像蛇一樣溜過來，當她的手伸出，林登的雙腿從椅子抬起一旋，兩腳往她的腰背踩下，使出全力壓制她，不理會她痛苦的尖叫。接著，他奮力撲向那個男人，在他還來不及溜出房間之前揪住他的頭髮。憤怒給予了他力量，提供了驚人的氣勢，他一手搶下萊卡，另一隻手捏起拳頭，猛打男人的臉。陌生人跪倒在地，發出呻吟。

林登驚醒過來，一顆心怦怦直跳，嘴巴更加乾渴。這個夢有一種可怕的力量，在他心上留下黏滑的印記。他打著哆嗦，喝光了瓶裡的水，然後喘著氣躺回小床。過了一會兒，他覺得平靜一些，起身檢查他的萊卡是否還在。多麼奇怪又討厭的噩夢。他套上牛仔褲和運動衫，拿著iPad下樓。將近清晨四點，旅館空空蕩蕩，大廳一個人也沒有，只是燈火依然通明。有值夜班的經理嗎？他呼喊經理，無人回答。他望向屋外的達拉布街，在三更的雨夜中，路上沒有行人。他往後躺在沙發上，給薩夏發了簡訊，問他現在能不能給他打電話。薩夏還在新創公司，正在開會，不能講電話，也許晚一點？接著他問林登，這個時間你不睡覺做什麼？？林登傳了一則長長的簡訊，描述噩夢，和蒂莉婭的爭吵，可憐的父母，上漲的河水，雨，他想念薩夏，他想念加州，他覺得痛苦。這時他發現蒂莉婭傳了一封電子郵件，由於閣樓房間沒有Wi-Fi，所以現在才能讀。她再一次告訴他，她非常抱歉，她必須學會控制脾氣。女兒來了，出眾又果敢的米絲朵，所以她鬆了一口氣。米絲朵明天會和他一塊去醫院，他不會覺得那麼孤單了吧？再次為自己是這麼一個沒得救的姐姐道歉，她寫道。然後，在信末，她又說：

PS：

你上樓後，為了確定沒事，我又去看了媽媽。

她睡得很熟，我想體溫也下降了。我看了一下她的手機，發現有幾十通「傑－VDH」的未接來電和簡訊。

小帥哥，那不是她認識爸爸之前的那個未婚夫嗎？

4

有許多綠色和黃色大池塘的塞納河，
比蛇皮還要詭譎多變。

——雨果（VICTOR HUGO）
《鐘樓怪人》（NOTRE-DAME DE PARIS）

事發的那一天，蘇珊娜穿著一件淺藍色洋裝，頭髮紮了起來，所以我看得到她的後頸。我們要到樹屋野餐，手牽著手唱歌，她的手掌總是冰涼的。夜裡下了場暴風雨，到了早晨，天氣又熱了起來，只是地面仍然潮濕，樹下泥土仍然有點水氣。

那年夏天，爺爺去世了，他七十九歲，對我來說，那是很老很老的年紀。他們認為我太小，沒有讓我去見他的遺體。沒人告訴我發生了什麼事，沒有人解釋。他們以為我不懂，但是我看到棺材從他的房間搬下樓，看起來很重，四個男人搬著，滿身大汗，嘴裡嘟囔著。我看見奶奶穿著黑衣哭泣，爸爸看上去憔悴喪氣，眼睛周圍多了皺紋。陌生人上家裡來，他們低聲說話，一個給了我會黏牙的牛軋糖。大家都拍拍我的頭，說我是一個非常可愛的小男孩。

爺爺嗓門大，性情開朗，我聽說全村都來參加了他的葬禮。他走了以後，家裡就變得安安靜靜，我不喜歡，我想念他像雷一樣響亮的腳步，想念他的粗聲大笑。

爺爺不怎麼注意我，但我不介意。我想他不喜歡小孩子，他喜歡坐在露台上陰涼的地方，和朋友一起喝克萊雷特氣泡酒。他肚子大大的，鬍鬚捲捲的，親我臉頰時，鬍鬚會刺痛我。

我不懂死亡，我不知道什麼是死亡，我唯一的判定方法就是再也聽不到爺爺的笑聲。

但是，我不知道死亡就在眼前，它離我好近好近。

這麼多年過去了，我仍然在尋找徵兆，沒有人也沒有東西警告我即將發生可怕的事。那是一個美麗的夏日，沒有任何跡象，絲毫沒有。

「馬勒加赫先生……不好意思……先生？」

林登睜開沉重的眼皮，接待員雅嘉特輕輕拍著他的肩膀，問他一切都好嗎？他茫茫然望著她，然後尷尬地想到自己在沙發上睡著，現在天已經亮了。他站起來低聲道歉。快要九點，他一定是睡死了。

米絲朵在手機裡留言說，他願意的話可以過去用浴室，她們兩人都已經醒了。蒂莉婭看到弟弟，問他對於傑夫・范德哈根的簡訊有什麼想法。他回答說不知道，完全不知道。那傢伙打了幾十次電話，姐姐壓低聲音，以免正在洗澡的米絲朵聽見。林登知道母親計劃在巴黎和傑夫會面嗎？林登又搖頭。姐姐何必煩惱這件事？這件事重要嗎？她今天早上去看過蘿倫了嗎？去了，母親樣子不太好，還在咳嗽發燒。他們應該再請醫師來一趟。蒂莉婭點頭，她會請醫師來。

早餐後，林登瀏覽電子郵件。瑞秋・耶蘭想知道他身邊有沒有相機，能工作嗎？她明白他父親的情況，但塞納河成了世界各地的頭條新聞，他願意拍照嗎？她也說，他當然不必這麼做，但不該試一試嗎？媒體中的河流照片看起來太不可思議了，他有什麼看法呢？林登知道事情發生了，洪水來了，大約於他做噩夢之際，塞納河漫過了巴黎東邊的阿爾福特維爾和查倫頓的堤岸，雨水匯入上游支流，大水正無情流向首都。他從網路得知河床再也容納不下水，三十個地鐵站關閉，第七區和第十五區持續疏散。官方要求居民離開，但不是人人都願意離開，他們擔心有人趁火打劫，即使沒水沒電也沒暖氣，還是想留在家中保護自己的東西。

在Instagram上，大水照片數量激增。從貝爾西到亞維爾，每張照片都顯示出一條髒得怪異的大河，繫牢的駁船在接近街面的高度上下晃動，褐色河水淹沒水岸，樹木燈柱像水生花卉般冒出，看起來非常可笑。新聞頻道轉發Twitter上最驚人的照片，#巴黎大水、#左阿夫等主題標籤成了熱門話題。儘管天冷又下豪雨，遊客仍舊從這場意外找出了樂趣，以河流為背景的自拍照，數也數不清。林登得親眼去瞧一瞧，他有時間，因為加護病房三點才開放探視。他把幾卷底片塞進口袋，拿著萊卡衝出房門，這時一個聲音響起。

「等等我！」

米絲朵從後面跟來，她也想去看看河，她想和他一起去看；這個意外的夥伴讓他心頭一暖。對於雨，他已經習慣得幾乎沒有感覺，使他不舒服的是鑽入外套和圍巾的寒意。他們沿著蒙帕納斯大道快步前進，右轉到雷恩街。交通擁擠，汽車不耐地猛按喇叭，空氣感覺非常潮濕。他們穿過狹窄的波拿巴街，往河的方向走去，許多行人也朝同一個方向前進。警察架起路障，阻止汽車駛入雅各街和大學街，林登原本還覺得納悶，但往路的盡頭一瞧就懂了，他看到一望無際的河水，像是一座在人行道上漫開的怪異冰斗湖。藝術橋封閉，所以人群往下游的卡魯塞爾橋與皇家橋移動，林登從來沒有在碼頭見過這麼多的人，雨傘骨架從四面八方刺來，橋上擠滿一排又一排的人，大家目瞪口呆望著河水。米絲朵和林登只能一前一後，才能擠到欄杆前面一睹塞納河，刺鼻的河水臭味向他們飄來。

上次林登和薩夏到巴黎是二〇一六年九月的事，他們在右岸碼頭悠閒散步，一路從羅浮宮走到聖路易島。那一次，林登來巴黎進行一項攝影工作，薩夏則先去柏林拜會新創公司的投資者，再過來與他會合，他還訂了在巴士底歌劇院演出的《托斯卡》歌劇戲票。巴黎市長封閉從羅浮宮到薩倫橋所有碼頭的交通，這個做法講求環保，但引起了爭議。那是一個美麗的秋日清晨，儘管林登自認是巴黎人，對這座城市種種奇觀司空見慣，但是輝煌富麗的首都仍舊使他讚嘆連連。他一向喜歡走路，走遍了巴黎的大街小巷，這區曾是巴黎最擁擠嘈雜的要道，交通堵塞，汙染嚴重，河岸成排的車輛破壞了這裡的壯麗輝煌。但是走在河濱道路真的不比尋常，四周陌生的寂靜讓他難以相信自己置身於城市中心。薩夏非常興奮，他不常到巴黎。林登指出右手邊的西堤島，那就是巴黎的發源地，他出神地對薩夏解釋說，有個叫巴黎士的凱爾特族部落在這裡落腳，住在河濱，當然，薩夏必須想像一下西元前五十二年前河岸是怎樣的光景，沒有尖端向西的三角形瓦爾嘉朗綠地廣場，也沒有司法院雄偉的奧斯曼建築風格牆壁（從司法院屋頂後方，可以瞥見聖禮拜教堂精緻的黑尖塔）。林登接著說，緊挨著司法院的是外觀陰森森的中世紀古監獄，瑪莉·安托瓦內特行刑前就是囚禁在那裡。塞納河緩緩流過，林登注意到寧靜的藍綠色河水非常清澈，懶洋洋地拍打著岸邊，他可以看穿河水，見到河床的灰色圓石。那一天，河是多麼的溫馴，鴨子天鵝游在光滑的水面上，宛如一幅明信片上的田園風景。

今天卻是一點也不溫馴。大河成了貪吃的泥怪，吞噬每一段河岸，吞沒了橋墩。塑膠椅、資源回收箱、樹幹載浮載沉地飄過，砰砰砰砰撞上了橋墩。皇家橋陷於咆哮的洪流中，看起來變短了，只剩石拱的三角形尖頂露在漩渦之上。新奇的景象讓林登看得又入迷又震驚，在鉛灰色天空與連綿不斷的傾盆大雨下，河像一頭不懷好意的爬行動物翻騰著。周圍人群推推搡搡，一有傢俱或木板撞上橋，人群便發出一陣呼聲。

林登站穩腳步，抵抗著推擠的人群，喀嚓喀嚓按下快門。民眾拿著手機發出笑聲嘲弄，林登發現似乎沒有人害怕，對他們來說這是一個笑話，是一項展示。但是，底下醜陋洶湧的洪流完全沒有值得可笑之處，它像機器人，狂怒地往西向英吉利海峽奔流，隆隆的湍急水聲只有不祥。

好不容易他和米絲朵擠回了人行道，朝協和廣場和阿爾瑪橋方向走去。人行道上有好幾組電視台團隊正在拍攝河流，高高架著衛星天線的麵包車一輛接一輛停在旁邊，成群攝影師將鏡頭對準了河水，林登費了一番功夫才找到一個也能拍照的位置。最後，他們花了比平常更久的時間，才走到阿爾瑪橋和著名的左阿夫士兵石像。石像莊嚴立於澎湃的波濤之中，不受周圍喧鬧影響。人人都想和水深及腰的左阿夫士兵合拍紀念照，無能為力的警察想讓民眾遠離碼頭，但是人潮實在太稠密了，巴黎人與觀光客交雜，有人微笑，有人揮手，有人叫喊，更有人懷著敬畏的心情，俯視這場不同尋常的展出。林登注意到一個戴帽老人，他抽著菸斗，倚著樹幹，一雙平靜而渾濁的眼睛將一切看在眼裡。林登彬彬有禮詢問老人能否讓他拍張照，老人說可以。他能沉穩注視那些激動的旁觀者，實在很不簡單。

「不知道他們覺得什麼有趣。」他厲聲告訴林登。「今晚塞納河淹到他們的床時，他們就不會那麼高興了。」

林登問他是否真的認為會發生這種事。老人一聽嗤之以鼻，他當然相信！河會漲得比一九一〇年還要高，巴黎會陷入汙水之中。米絲朵認真聽著，一臉嚴肅。那麼，他們應該怎麼做，他們應該離開嗎？她問。對方嘎嘎大笑，他沒有牙齒，但絕對知道如何笑。離開，應該離開！他們還在等什麼呢？他們應該立刻離開，回去他們來的地方，快快離開，在世界末日來到之前。林登輕輕扯了一下米絲朵的袖子，他們低聲道別。米絲朵半天沒說話，他們走到軍事學院時，她問舅舅那個老頭是瘋了，或是說的是真話。林登不想嚇她，不過她畢竟已經成年了。她也看到了電視新聞，不是嗎？所以她都知道，他們眼前首要任務是保羅，他們必須把注意力放在他身上，其他事情他們會及時處理的。米絲朵點點頭。突然間，她看上去是那麼稚嫩，兜帽下的臉龐顯得又蒼白又疲累。

回旅館的路上，林登在郵局停下來，以傳統方式把底片寄給在紐約的經紀人。他稍早寫信給瑞秋時解釋過，他頂多只能做到這樣，因為他沒有帶數位設備來。收件的櫃員含糊其辭，喃喃說她希望包裹不久就能送達美國，因為水災已經影響了郵務。又走幾步路，林登買了報紙，各家頭版都是左阿夫士兵被洪水淹沒的照片。走回旅館以前，他用手機查了Vigicrues[2]，河水每小時漲高一公分，奧斯特利茨橋水位已到了六點五公尺，超過二〇一六年六月和去年十一月的水位。林登提醒自己，這離一九一〇年水災的八點六二公尺水位還很遠，不過心裡仍舊在發愁。

他們敲了敲蘿倫的房門，蒂莉婭的表情讓他們非常擔心。她走出來，隨手把門關上。

「醫師來過了。」她低聲說。「聽好，媽媽得了肺炎。」

「肺炎？」米絲朵重複她的話。「那不是只在狄更斯的小說裡才有的嗎？」

不太嚴重，但會傳染。幸好蘿倫不用住院，不過需要休息吃藥，不能移動。醫師保證，開始治療後，很快就會好起來。蒂莉婭已經去找過旅館主管，對方十分客氣，完全瞭解這個情況。有一個護士每天會來照顧母親。之後，和米絲朵一塊前往龐畢度醫院探望保羅時，林登懷疑他們下一個災難會是什麼，他沒有對外甥女說出心中的疑惑，不過他的沉默顯然激起她的共鳴，因為她伸出手握住他的手。要叫到計程車是不可能的，很多地鐵線和公車路線由於淹水也停駛，所以他們決定走去醫院，在淺藍色旅館雨傘的庇護下，一路從沃吉哈赫街走到維克多大道，那本紀沃諾的《種樹的男人》在林登的口袋裡。

米絲朵一言不發，林登同樣也是，但他們享受彼此之間的親密。她溫暖的手讓他大受鼓舞。從她蹣跚學步起，他們一直自然而然地用法語交談，醫院龐然的玻璃建築映入眼簾時，米絲朵問他是否曾經像這樣和薩夏牽手走路。他說，在舊金山一些街道上，他們可能會這麼做，但頂多也只是這樣而已，他們已經習慣到了外頭或公共場所不要互相碰觸，這是他很年輕時在巴黎跟初期幾個男朋友學到的一件事。米絲朵覺

---

2. 法國洪水警戒指示地圖 https://www.vigicrues.gouv.fr/

得很悲哀，非常非常悲哀，他們竟然無法向世界展示他們的愛。她說她一直在想他二〇〇五年告訴蘿倫的那一天，外婆的反應太可怕了，她很震驚，無法想像外婆是那樣的反應。從有記憶以來，她就知道林登是同性戀，蒂莉婭直截了當告訴了女兒這件事，蒂莉婭是家中第一個發現林登是同性戀的人，早在他告訴坎蒂斯之前，也許甚至比他自己還更早知道。她給了林登很大的支持，也知道同學在學校欺負他，所以說服父母讓他到巴黎。沒錯，姐姐對他非常重要。

米絲朵想知道蘿倫現在比較能夠接受了嗎。林登承認，母親花了一段時間才接受，有很長一段時間，幾年的時間，蘿倫從來不提起他是同性戀的事，好像他沒有向她吐露過，把那件事徹徹底底抹去了。他有時會好奇：當他們的朋友問起他時，她是怎麼說的。說蒂莉婭結婚生子很容易，蒂莉婭符合典範。而空白的地方蘿倫要怎麼填補呢？會不會為了讓自己對兒子感覺好一點，編造他有女朋友？米絲朵一聽退縮了一下，林登感覺到她的手在顫抖。他說，二〇一三年他愛上薩夏後，事情變得簡單，薩夏的太陽星座人格是負責，蘿倫認識薩夏後，跟每個人一樣，也被他這種個性所吸引。米絲朵捏了捏他的手，咯咯笑了起來。哦，是哦，人人都被薩夏吸引了，一個人怎麼能有這麼大的魅力呢？米絲朵熱情談著他的伴侶，林登感到一陣渴望的痛苦，要是薩夏此時此刻在這裡，在他身邊，那該有多好。林登挺起胸膛向前看，迎向即將面對的事。這時，他注意到醫院四周有警察和路障，禁止車輛進入聖查理斯街和巴拉街。

醫院今天有種叫人惴惴不安的氣氛，林登一進去就感受到了。好奇怪，醫院似乎沒什麼人，幾名護士快步走過，長廊昏暗，閃爍著微燈，一股難聞的腐爛氣味侵入。大門附近的牆上貼了許多海報，林登和米絲朵走過去看。由於淹水的關係，醫院訂於明天（週二）一早撤離，病人將轉送至內克爾醫院或考尚醫院，親屬可以到諮詢櫃檯瞭解更多詳情。他們衝去諮詢櫃檯，結果櫃檯已經關閉，附近半個人影也沒有。林登不明白他怎麼會沒有接到通知，院方要怎麼轉送病患？用救護車嗎？父親那種無法移動的人要怎麼辦呢？米絲朵要他冷靜下來，只要找到醫師，他們就能弄清楚情況。

加護病房沒有人，也幾乎沒有燈光。沒有護士，沒有醫師。布魯內爾醫師不見蹤影，林登非常生氣，這到底是怎麼回事？醫護人員怎麼能這樣倉促離開？少數幾個病人繼續沉睡，不知道出了什麼事，還遭到拋棄。保羅獨自在病房，先前那個病人巴斯卡．博蒙特和他的妻子都不在了。保羅閉眼躺在簾子後方，上方監視器發出規律的嗶嗶聲。林登讓米絲朵陪著外公，自己去找人問明情況。氣沖沖的他在昏暗寂靜的走廊裡走了好久，終於聽到一陣低語聲，意外發現一間醫護人員辦公室，裡頭燈火敞亮。透過玻璃隔牆，他看到布魯內爾醫師正俯身使用電腦，一旁是酷似茱蒂．福斯特的伊馮醫師，兩人看起來都快累垮了。舉手敲門前，林登頓了一下。醫師似乎正在查看名單，勾選名字，兩名坐在一旁的護士正在寫筆記。他對他們感到一陣憐憫，撤離這麼大一間醫院的患者鐵定像一場噩夢。他們聽到他的聲音都嚇了一跳，他看得出來他們正在回想他是誰，他們每天在這裡要見到這麼多的家屬，這麼多的悲劇，這麼多的死亡，為什麼要記住他，而不是記住其他人？

「攝影師，保羅．馬勒加赫的兒子。」布魯內爾醫師低聲對同事說，同時站了起來，伊馮醫師也跟著起身，點著頭補充說：「二十四號房。」因此他們確實記得他，他不禁對他們感到佩服。他們站在他的面前，他感受到從他們身上發出的緊張，心中的怒氣逐漸退了，何必為難他們？對他們來說，這想必已經夠困難了。布魯內爾醫師為了沒有事前通知道歉，要聯絡上每個人很不容易。沒錯，醫院必須撤離了，塞納河已經淹入地下室樓層，手術室也無法使用，水還在往上爬。許多病人今天離開了，不過移動嚴密監控生命跡象的患者是更棘手的工作，就像他的父親一樣，這一類患者幾乎無法移動。他們明天一早移動這群人，林登可以七點鐘來嗎？林登回答當然沒問題，又問是否靠救護車轉院。布魯內爾醫師交叉雙臂，看了伊馮醫師一眼。他們也希望這麼做，他們絕對希望能夠這麼做。林登瞪著他們，他們為什麼一副閃閃躲躲的模樣呢？他說他不明白。布魯內爾醫師重重嘆了一口氣，褐色眼睛終於迎上了林登的目光。他請林登走到滿布雨珠的窗前，然後指著下方。林登從這裡看到白朗街和亞伯特科恩廣場消失在水底，塞納河正朝著醫院地基濺起水花，亞維爾港沒入在一個貌似平靜其實不然的湖泊中，工人忙著沿醫院外牆安裝圍堰和抽水機。林登想起河水每小時上漲一公分，他的父親今晚留在這裡安全嗎？不能今天下午就轉院嗎？兩名醫師都向他保證，他的父親很安全，明天早晨就會轉院，很可能使用小船。船？林登非常吃驚。為什麼要用船？他從蒙帕納斯站走來這裡，沒船也到得了，考尚醫院位在第十四區，沒有淹水，為什麼需要用到船呢？醫師又吞吞吐吐起來。明天會需要用到船，因為水漲得太快，亞維爾災情最嚴重，許多居民在軍隊協助下已經離開了。林登想起醫院周圍豎起的路障，附近大多數街道無疑已經淹了。是什麼樣的船？他問。誰來駕駛呢？對他父親來說夠安全嗎？寒風和雨水呢？怎麼進行？今天還不需要船，他的父親為什麼不能今天就轉院？他感覺到醫師竭力安撫他，但安撫不了。布魯內爾醫師說，因為保險問題，現在不能轉院。林登難以置信，保險問題！他們一定是在開玩笑吧？一陣沉默。他們似乎非常不安，林登簡直要同情起他們，他在他們眼中看到焦慮，好奇他們行醫以來是否遇過類似的事。他判斷這是他們的第一次。為了反擊他的沮喪，他說自己有個很重要的問題想問一問，這座現代化醫院為什麼在近二十年前會建在這裡？建築師肯定知道它位於一個易發生水患的地區吧？他們如何取得建築許可？市議會怎麼會同意他們蓋在這裡呢？兩人都聳聳肩，搖了搖頭，他們也問過自己相同的問題，皆認為這似乎很不合理。林登把話題轉向他父親的健康，他們還有其他可以告訴他的嗎？保羅的病情維持不變，沒有新的消息要告訴他，他的父親安全轉入考尚醫院後，那邊的醫師會決定要不要動手術，他會交到德高望重的專家醫師吉勒斯·麥哲倫教授的手中，保羅的資料今天就會送過去了。

林登向他們道謝後離開，沿著昏暗通道走回父親的病房。他已經許久不曾如此消沉，如此悲傷，如此恐懼。

在二十四號房，米絲朵坐在床邊，以稀鬆平常的口吻和外公說話。保羅的眼睛還是閉著，她握著他的手，語氣歡快而溫柔。她正在講河的事，阿爾瑪橋旁的老人告訴他們洪水會越來越嚴重，她又說不用擔心，他們會在這裡照顧保羅，他會沒事的。林登走進房間後，她悄聲說爺爺沒有反應，但她不知怎麼相信他聽得到她的話。她真是勇敢又可愛，林登伸出手臂摟住她的肩膀，吻了吻她的頭頂，然後從口袋裡拿出紀沃諾的書，站在床邊用清晰溫柔的聲音朗讀起來。米絲朵聽著，牧羊人艾爾哲阿·布非耶種下成千上萬棵樹，這個故事深深吸引了她。保羅的臉龐紋絲不動，胸部規律上下起伏。三十分鐘後，林登講完了故事，米絲朵站起來要讓他和他的父親獨處，就他們兩個。晚點回旅館見。她溜了出去，拋給他們一個飛吻。

林登再次感到無能為力，沒有想法，沒有話語，只能坐在那裡，雙手平放在膝蓋上。雨點敲著窗玻璃，他想起下方那條河緩緩上漲，逐步淹沒棄守的醫院，這棟建物像是正在下沉的巨船。他有法子讓父親現在就離開醫院嗎？床有輪子，他可以推到電梯裡，但是接著呢？怎麼可能把父親推到考尚醫院呢？計程車是不可能叫到的，那叫輛救護車呢？他差點要嘲笑起自己，他瘋了，算了吧，行行好，父親的手臂插著點滴，臉上還戴著氧氣面罩呢！林登把椅子拉得離父親更近一些，保羅的身上有抗菌乳的味道，今早有護士給他擦過身子。他摸了摸父親的手，他的皮膚溫暖乾燥，這雙手知道關於樹的每一件事。他把保羅的手翻過來查看掌心，他的掌心蒼白粗糙，乾淨得令人感到意外，在黝黑的手指上，平日都是泥巴的髒皮膚發出蒼白的光芒。

「爸爸……你聽得見我說話嗎？是我，林登，我在這裡。」

沒有回應，林登清了清喉嚨，仍舊握著父親的手。和一個什麼也聽不見的人說話似乎很傻，不過他還是堅持下去。他告訴保羅，他找到了醫師，由於要疏散，醫院現在一團亂，但保羅不必擔心，林登會監督整件事。他希望父親能看到暴漲的河水，那是一幅令人恐懼卻又美麗的景象，那畫面會讓保羅嚇呆。他講橋上奇妙的景象，講激流的色調，講碼頭邊聚集的人群。他形容自從他們來到這裡就沒有停歇過的雨，敘說漫步在陰暗潮濕水都的感覺。這座城市與過去幾乎沒有什麼相似之處，巴黎失去了它的光彩、它的鮮明，它的輪廓逐漸變成難以預料的隱晦，透出引人觀賞拍攝的魅力。

林登停了下來，放開父親的手。他想到一個主意，他從口袋拿出手機，點開音樂資料夾，找到了大衛．鮑伊。他沒有幾首鮑伊的歌曲，他死忠的程度不及父親的一半，不過手機裡還是有十首歌。首先播出的是〈悲傷〉。他把音量調大，將喇叭放在父親的耳邊，一聽就能認出的歌聲響起了，在光禿禿的綠牆上迴盪。林登記得父親經常在小貨車裡聽鮑伊的歌，他當時年紀還小，但是已經明白鮑伊對保羅而言非常重要。父親從來不跟著哼唱，但是手指會在方向盤上打節拍，林登想像他結實的食指隨著音樂擺動，他多麼希望現在看到它再一次抽動。下一首曲子是〈拉撒路〉，這是鮑伊最後的作品，收錄在繞梁之作《黑星》中，這張專輯發行沒幾天，他就去世了。鮑伊用沉痛的顫音宣布他到了天堂，他的傷疤看不見了，他再也沒有什麼可以失去。二〇一六年一月十日週日晚上，鮑伊辭世的消息傳出時，林登正在家中。他和薩夏吃好了晚飯正在收拾，薩夏在開玩笑說家裡某隻貓想舔掉他最後一匙美味的巧克力慕斯。（薩夏對貓咪很嚴格，就算有什麼好吃的，也絕對不會餵牠們吃一小口；林登比較寬鬆。）薩夏的手機收到通知，他驚惶失措低聲說，鮑伊剛剛過世了。林登要他重複兩遍，然後打開電視，死訊剛剛得到了證實。當時薇儂莊才早晨七點，打電話給父親還太早，保羅很少聽新聞，也不大看報紙。蘿倫會看新聞，但是比丈夫晚起。父親知道鮑伊的死訊一定會非常震驚，鮑伊和他簡直是雙胞胎，兩人出生相隔一年，鮑伊於一九四七年一月四日出生，保羅於一九四八年一月二十日出生。薩夏問過林登，保羅為什麼這麼喜愛鮑伊，林登解釋不了，一個是不停追求自我突破的偶像級英國藝術家，一個是低調孤僻的德龍谷園景設計師，一生致力於保護樹木，兩人乍看之下好像沒有什麼共同點。林登解釋說，故事是從一九七二年發行的《齊格星塵》專輯開始，保羅當時二十四歲，正忙於恢復薇儂莊昔日的輝煌。有一天，他開車去尼永拿樹苗，從廣播聽到一段旋律，聽得前臂每一根毛都豎了起來。刺耳的吉他弦音與獨特的嗓音吸引了他，那歌聲可以高亢，可以深沉，時而飄渺，時而沙啞——一種他從來沒有聽過的風格。保羅對音樂很有鑑賞力，喜歡平克．佛洛伊德、滾石樂隊和披頭四，但這位歌手不一樣，他的風格古怪，但迷人討喜，深深觸動了他的心弦。他一個英文字也不會，也沒聽清楚歌手的名字，只聽到了歌名——〈星人〉。買好橄欖樹後，他驅車直奔瑟哈爾的唱片店，買到了一張專輯，專輯名稱出奇得長：《齊格星塵的興衰與來自火星的蜘蛛》，音樂家的大名是大衛．鮑伊。保羅不知道這個名字怎麼發音，甚至也沒有試著念念看。封面是一個身穿藍色連身衣褲的年輕金髮男子，夜晚在霓虹燈下的建築前擺姿勢拍照，脖子掛著一把吉他，腳上一雙厚底靴，一隻腳瀟灑地踏在垃圾桶上。就是這樣開始的，林登向薩夏解釋。保羅從來沒有聽過鮑伊的演唱會，也不想去，他只需要聽歌。保羅每年都會買新專輯，沉醉於標新立異、大膽創新的音樂中，也開始熟悉他的偶像：消瘦蒼白的臉，因為永遠放大的瞳孔而顯得不對稱的眼睛，搖搖欲墜的牙齒，孩子氣的笑容。保羅最喜歡哪首歌？林登那時說他不能肯定，今天在醫院還是不能。

他又放了兩首歌，分別是〈尚精靈〉和〈塵歸塵〉，前者的即興樂段朗朗上口，鏗鏘有力，後者則是他個人最喜歡的一首。父親歪斜的面容紋絲不動，林登沮喪極了，值得繼續嗎？最後一首是〈英雄〉，他把手機放在枕邊，握住父親的手。鮑伊這首歌唱得十分動人，歌詞感覺既感性又絕望，這種牽動人心的組合撩起林登的愁思。這首歌彷彿把父親帶回了，他無言站在房子旁，雙臂交叉，遠眺著山谷，望著即將成為傍晚陣雨的烏雲積聚。林登握在手中的指頭似乎在顫抖，或只是他的想像？他低頭看著父親的手指，聽著陣陣的哀怨吉他曲調。鮑伊溫柔又憤怒地吶喊著，他們可以成為英雄，就做一日英雄——這時，父親的手像老虎鉗一樣抓住他一扭，林登發出一聲驚叫。保羅的眼睛睜得又圓又大，向上凝視著他，僵硬扭曲的臉上閃著明亮的光芒。林登激動得結結巴巴，問保羅聽不聽得到他的話，能不能回答，能不能給他一個表示他聽得懂的小信號。保羅又捏了一下林登的手，大眼睛規律地眨著，像是在敲打什麼摩斯密碼。林登慌慌張張站起來，飛奔到走廊，他得找到一個護士、一個醫師，他們得知道父親有反應了，這絕對是一個天大的好消息。隔壁的第二個房間恰好就有一名護士（他無法相信自己的運氣，還以為會在空無一人的醫院亂跑，最後什麼人也沒找到），她用開朗的表情迎接他。她馬上就過去。林登衝回父親的病房，見到那雙藍眼還睜開著，而且充滿了活力，他鬆了一口氣。他都忘了那雙眸子是那般的湛藍，是薇儂莊夏日天空的顏色，是一種他在世界其他地方遍尋不著的天藍色，深邃又純粹。藍，而且閃爍著光芒，彷彿保羅所有的感情都透過虹膜向他傾瀉。一切都會沒事的，他會在這裡照顧他，保羅中風了，就是這樣，他還記得什麼？還記得那家餐廳嗎？嗯，是在那裡發生的，不過很幸運，保羅馬上就被送到醫院。護士推著推車匆匆走進來，林登能在她照料他父親時出去嗎？林登走出房間，仍舊為父親的反應興奮不已。是鮑伊所觸發的，他很肯定，就是鮑伊，是鮑伊的功勞。他記得，在鮑伊去世的那天，他和保羅說過話，保羅十分傷心，在電話裡幾乎說不出話來。蘿倫後來告訴林登，保羅整個上午都在聆聽他所收藏的唱片，沒有人敢去打擾他。他絕口不提這件事，午餐之後就回去工作，只是滿臉愁容，眼眶濕濕的。林登傳簡訊給姐姐和外甥女，把醫院的情景說了一遍，適才目睹的反應讓他不禁情緒昂揚起來。回到病房，他一顆心往下一墜，保羅的眼睛又闔上了。護士碰碰林登的手臂安慰他，低聲說了幾句鼓勵的話，接著悄悄走了。林登靜靜坐了一會兒，看著父親的臉龐，神奇的時刻結束了，悲傷流過他的全身，抹去剛才的輕鬆心情。

林登打開掛在床鋪對面牆壁上的電視，各家頻道都在播放有關塞納河的消息，就是外國頻道也不例外。又一組專家繼續提出悲觀的預測：可能持續一個月，最嚴重的狀況會持續七天，而最嚴重的時候尚未到來。在奧斯特利茨橋，河水漲到七公尺高，比二〇一六年六月的水位還高。水慢慢往上爬，從通風系統、管道網絡和下水道人孔滲出，往四面八方漫流，利用每一個裂縫、風扇板和凹坑，什麼也阻擋不了。在軍隊及紅十字會的協助下，市府持續疏散居民，病人轉送到其他醫院，養老院住民也被安置到安全的地方。巴黎人到地勢較高沒有淹水的地區的體育館和學校避難，比如蒙帕納斯與蒙馬特。美格勒納勒的摩天大樓正在疏散和加固——這是一場耗時又耗力的苦戰，因為有的人拒絕離開家。政府承諾會確保高樓的安全，防止打家劫舍的事情發生，但住戶並不放心。所有淹水的地區都停電，那裡的網路也越來越慢。不是只有巴黎受害，沿河叢集的大多數郊區城鎮也氾濫成災，鎮長表達了他們的不滿，因為政府的心力似乎主要投入首都，對較貧窮社區的呼救充耳不聞。由於通向首都的道路淹水了，往返巴黎成了問題，地鐵系統有一半癱瘓，火車無法駛至里昂車站和奧斯特利茨車站。林登簡直不敢相信自己的耳朵，情況還會比這更糟嗎？看來會的，大河目前已經流至亞維爾、貝爾西和榮軍院等地區，他在電視上見過那個戴眼鏡的紅髮女人喃喃說，這只是開始而已。這一回沒人反駁她。這只是開始而已，情況會益發嚴重。總統蒼白的臉龐在螢幕出現，這是在總統府拍攝的畫面，林登從來沒有見過他這樣力盡筋疲的模樣，藍眼睛四周浮現黑眼圈，看起來似乎更稚嫩，幾乎顯得徬徨迷惘。他有一會兒沒有說話，接著聲音又像往常一樣充滿活力。是的，親愛的同胞，這是一個嚴峻的時刻，巴黎與郊區必須團結，在未來艱困的日子裡互相幫助。是的，河水仍在持續上漲，水位預測可能會高於一九一〇年，總統非常關心這件事。在總統的指揮下，國防部啟動了針對洪患所特別擬定的海王星計劃，十萬名軍人將投入救災工作，這支特別部隊會與警局、消防隊和憲兵隊密切合作，參與救援、分發糧食與疏散等工作。

法國人民必須服從當局所有透過電台和媒體所公布的指令。政府請求遊客離開，也請求計劃前來的人延後行程。現在換巴黎市長向全國發表講話了，河水湍急，行人在靠近河流時務必格外當心，巴黎明天有一半地區可能會停電、停水、停瓦斯，政府設立了特別緊急救難專線，民眾可以善加利用。林登心情沉重，關了電視，俯身吻了吻父親的額頭。他到毗連的小廁所洗手時，發現水是一種噁心的胡蘿蔔色，還飄著一股酸味。走到外頭，除了雨聲以外，還有尖銳的敲擊聲迎接他，醫院四周正在接裝搖搖晃晃的金屬人行道，他去威尼斯時，也見過同樣因應淹水的人行道。在大樓後方，水位又漲了，工人在機器的圍繞下將水抽離醫院的地基。

林登背向塞納河，朝蒙帕納斯走去。他能想到的，他能看到的，僅有父親的眼眸。

蒂莉婭連珠砲似地對他提出許多問題。能不能把整個故事再講一遍？保羅究竟是什麼時候有了反應？怎樣的反應？醫師怎麼說？接下來會怎樣呢？林登耐著性子提醒她，醫院正在疏散，醫護人員忙得不可開交，他明天七點會去那裡處理轉院的事，醫師怎麼想他不知道。蒂莉婭在她的房間大步走著，一瘸一拐，煩躁不已。林登不是該想辦法問個明白嗎？他究竟在幹什麼？米絲朵安撫她，但她甩開了女兒。根據蒂莉婭的表情，林登知道他們快要爆發衝突了。好啊，那蒂莉婭怎麼不自己去醫院問醫護人員呢？他很清楚這句話會激怒她，準備好了迎接她的反擊。奇怪的是，蒂莉婭竟然沒有反擊，反而一屁股坐到床邊。保羅的治療怎麼樣了？醫師讓他吃什麼藥？這林登好歹知道吧？他沒理會她的刻薄語調，自從姐姐發生車禍之後，他就一直避免與她談到藥物治療，她深深懷疑醫師所開的處方，讓她答應讓蘿倫服藥治療肺炎已經夠難的了。蒂莉婭堅信所有健康問題都有天然的解決方法，任何藥丸膠囊都有害，要盡量避免使用。林登堅定地反駁，她難道看不出來父母的病況無法使用替代醫學和藥草來治療嗎？沒有時間那麼搞了，保羅中風，蘿倫要抵抗肺炎，蒂莉婭當真相信吃幾種草藥補品、含幾顆蜂膠潤喉糖會有效？她不會是認真的吧！如果她基於私人理由無法踏進醫院一步，那麼這件事她就必須讓他做主，他會處理。他的聲音比他所預料的更激烈，蒂莉婭臉部肌肉抽動，他準備好招架她的攻擊，但叫他吃驚的是，蒂莉婭沒有以一連串的惡言惡語還擊，而是縮起身體垂下頭，捂著臉哭了起來。他的姐姐，他衝動、囂鬧、直率又固執己見（有時毫無理智可言）的姐姐哭得傷心欲絕，林登像是遭雷擊中，只能站在一旁看著。他上一次看到她哭是什麼時候？他記不得了。他們小時候，他是個愛哭鬼，他從自行車上摔下來的時候，他做噩夢的時候，安慰他的都是她；蒂莉婭從來不哭，她很堅強。他看著米絲朵用纖細的雙臂摟住她的母親，不知該說什麼才好，於是閉上了嘴，在悔恨和憤怒之間掙扎。蒂莉婭抬頭凝視他，臉龐紅腫，淚痕斑斑。

「你永遠不會懂，沒人能懂，永遠不會有人懂。」

林登小心翼翼與米絲朵交換了一個眼神。他不知道姐姐這話是什麼意思，他們不懂什麼？她為什麼要哭呢？與他們的父母有關嗎？還是其他的事？他這個姐姐實在叫人摸不著頭緒，把一切都藏在她的喧囂、她的粗話、她鄙俗的雙關語後面。她逗得旁人哈哈大笑，她是派對的生命和靈魂，但是有時也很絕情——只為了讓每個人都為她的笑話發笑。米絲朵知道是怎麼回事嗎？他挑起眉毛，無聲詢問外甥女。她對他搖搖頭。林登坐到地板上，姐姐坐在床上，他在她的正下方，他把一隻手放在蒂莉婭的膝上。「那妳何不解釋一下呢？妳何不告訴我們呢？」蒂莉婭呻吟著說她不能，太難說了，況且她不知道從何說起。米絲朵讓她往後靠在床上，把她的頭抱在自己的膝上，用非常成熟的聲音安撫她，林登不禁感到佩服。米絲朵輕輕將最後的淚水擦去，蒂莉婭的呼吸不再那麼急促。房間一片寂靜，林登盤腿坐著等待，思緒飛到了二十四號房，想起自己在保羅睜開眼睛時感受到的如釋重負，希望取代了恐懼，他應該讓希望取而代之嗎？避免受到壞消息的打擊不是更好嗎？他迫切需要希望來支撐他繼續前進，如果沒有希望，他就無法面對父親扭曲的五官，面對鼻孔與手臂上的管子。他需要維持他的力量、他的勇氣，他還能堅持多久？他還能假裝堅強多久？還有母親，她此刻生病虛弱，可當她重新站起來時會發生什麼呢？她會如何面對丈夫的病情？她會崩潰嗎？她能勇敢嗎？他不知道。蒂莉婭把他拉回了眼前，她的聲音單調壓抑，她抬頭望著天花板，手指交叉放在胸前，米絲朵撫摸她的髮絲。林登集中注意力，身體往前傾。她從來沒有告訴過別人她現在要說的話，甚至沒有把握能不能找出適當的字眼，他們一定要有耐心。她停頓了一下，深吸一口氣，又繼續往下說。她們五個是最好的朋友，五個剛剛展開人生的年輕女孩，二十五歲，人人都有美好的遠景。蘿倫絲、瓦倫汀、西爾維、索尼婭和她自己。那年夏天，瓦倫汀要結婚了，她身材苗條，有金色捲髮和藍色眼睛。為了慶祝她即將到來的婚禮，她們為她辦了一個只有女孩參加的派對。她的未婚夫叫皮耶爾，一個來自聖讓德魯茲的英俊男子，在房地產仲介公司上班，瓦倫汀則是醫療助理。西爾維是這群裡面最狂野、最難捉摸的一個，在比亞里茨的百貨公司工作。嚴格來說，西爾維不算漂亮，但是男人喜歡她——非常喜歡，她的桃花史會讓你聽得津津有味。索尼婭一頭黑髮，個性安靜，皮膚很白，人很聰明。她不去海邊，不坐在陽光下，一天讀一本書，她就要搬去巴黎了，因為剛在一家知名雜誌找到新工作，她也有男朋友——迪亞哥，是聖塞巴斯提安人。然後是蘿倫絲，她住在波爾多，她家是著名的酒莊。蘿倫絲長得又高又美，很有同情心，善於聆聽，你要是心情不好，她會握住你的手。一九九八年，蒂莉婭搬去比亞里茨和艾瑞克同居，頭一個夏天就認識了她們四人，她們之中只有她有一個四歲半的女兒和丈夫，但她並不覺得自己和其他人不同，她們是她的朋友，知道她的每一件事，知道她喜愛畫畫和創作，也知道她十九歲時就下定決心離開她成長的地方，到巴斯克地區鄉村過新生活。她們知道，她二十歲懷孕生下女兒，她和艾瑞克結婚，婚姻一開始似乎很美滿。每一件事情在一開始似乎都很美滿的，不是嗎？艾瑞克把全副心力放在他的餐館上，結果成功了，餐館的名氣一年比一年大。但是這段婚姻並不成功，她的朋友都知道，她們安慰她、扶持她。不完全是艾瑞克的錯，她自己也有錯，她那時很年輕，很多事都不懂。蒂莉婭停頓了大半天，又開口時聲音變得更有力。別誤會，她沒打算和弟弟、女兒談她的第一段婚姻，她想談的是那些女孩，是那天晚上，是那個恐怖的夜。這是她十五年來第一次談這件事，如果能夠說出口，能夠將所有的事都說出來且不崩潰，那麼他們或許能夠理解。是誰選了阿爾康蓋這家餐廳，她不記得了。第一個計劃是去宏達瑞比亞的西班牙小酒館，她們五人去過這間館子，而且很喜歡，但是這次是特殊活動，是要慶祝的，所以必須不一樣，必須令人難忘。蒂莉婭的聲音開始發抖。為了這個場合，她們穿了舊式裙撐，戴上水鑽王冠，車禍後，報紙刊出照片，她沒辦法去看那些照片。女孩看起來美極了，她最親愛的朋友，穿著華麗的衣服，梳著美麗的髮型，化著閃亮的妝，她們是公主，她們是女王。酒很多，高級的酒，這件事由蘿倫絲負責。知道有司機，所以她們盡情暢飲，她們請了一個專業司機開廂型車送她們回鎮上。沒人擔心喝太多，就連常常喝醉的西爾維也不擔心，她們很安全，她們感到安全。她們玩得非常開心，餐廳讓她們待到很晚，播放她們最喜歡的音樂：亞瑟小子、黑眼豆豆、艾麗西亞．凱斯。那是一個炎熱宜人的夜晚，蒂莉婭記得很清楚。二〇〇四年八月一日。穿裙撐跳舞非常滑稽！淘氣的西爾維最後脫了裙撐，穿著蕾絲內衣和細高跟鞋隨碧昂絲的歌聲扭腰擺臀，員工和其他顧客也樂得手足舞蹈。她們笑得多麼開心！她們放聲大笑，互相擁抱，舉起酒杯發誓說永遠不會斷了聯繫，永遠不會忘記她們的友誼，老了成了白髮老奶奶還要見面。然而，那是那麼遙遠，在另一個銀河！她們還有漫長的一生。

蒂莉婭停了下來，顫抖的雙手像面具掩住了臉龐。林登和米絲朵一動也不動，唯一的聲響是雨點敲打窗玻璃，是外面走廊上的說話聲。突然，床頭電話響了，全部人都嚇了一跳。米絲朵接起電話，點點頭，低聲說了幾句話，就把電話掛了。林登問她是誰，她低聲說不重要。蒂莉婭又說話了，呼吸聽起來很急促。事情發生在廂型車左轉進入返回比亞里茨的最後一段路以前，收音機開得很大聲，大家在唱歌，她們扯著嗓子唱著她聽到一定會崩潰的一首歌：ＡＢＢＡ合唱團的〈跳舞皇后〉。這首歌是她們的母親會聽的那種無聊歌曲，但那天晚上，那個時刻，這是一首完美的歌，講的就是她們，她們就是跳舞皇后，對生活充滿了渴望。她現在看見她們了，在後座，裙撐在膝蓋上方鼓起，車窗開著，甜美的夜風傾瀉而入。很晚了，但誰在乎呢？她們明天再睡吧。她記得，她還記得，那陣聲響，那陣難以忍受的恐怖聲響：劇烈的鋼鐵嘎吱聲，震耳欲聾的玻璃碎裂聲。車子騰空翻起時，她的心臟蹦到了嘴中，胃像是坐雲霄飛車搖來晃去。只是幾秒的時間，接著就安靜下來，連ＡＢＢＡ也沒了聲音。蒂莉婭沒有立刻失去意識，她是不是上下顛倒了？她是在仰望天空嗎？北斗七星？她搞不清四周令人迷惑的起伏輪廓，耳裡嗡嗡響著低沉又刺耳的喧鬧，皮膚又黏又髒。她只能看到頭髮，黑的，金的，捲的，好多好多的頭髮，一縷縷的頭髮模糊她的視線，為什麼有這麼多的頭髮呢？好姐妹對她們的頭髮做了什麼？她開始聞到惡臭，她自己吐出的穢物順著下巴和露胸領口往下淌，嘴裡留下一股辛辣的味道。還有另一種的氣味，更可怕的氣味，一絲似乎鑽進她身體的生肉味。起初，她不明白那是什麼，但是那味道出奇熟悉。然後，她想到了，是鮮血的味道。她一轉頭就發出痛苦的呻吟，她看到了瓦倫汀的臉。瓦倫汀的臉貼著她的臉，靠在她的肩上，停在那裡，好像睡著了。朋友的皮膚顯得多麼蒼白，雙頰凹陷。蒂莉婭挪動手臂，痛苦咬緊牙關，緩緩抬起顫抖的手，輕撫瓦倫汀的皮膚安慰她，她們不會有事的，對吧？她們會沒事的，沒事的，大家都會沒事的。

蒂莉婭現在幾乎在尖叫了，一種哽住的哀嚎。林登發現自己的耳朵越來越受不了，有點想離開房間，但是他不能那麼做，他不能讓姐姐失望。蒂莉婭說，她把手放在瓦倫汀的面頰上，結果瓦倫汀突然向前一翻，滾到了她的大腿上，一球亂蓬蓬的捲髮就這樣掉下來。蒂莉婭像是挨了一拳，發現了驚人的事實：在她大腿上的是瓦倫汀的頭，只有她的頭，她的頭和身體完全分離了。蒂莉婭躺在大量的頭髮和鮮血中尖叫呼救了多久？感覺是天長地久。一個黑乎乎的東西爬上她的身體，是一股可怕黑暗的力量，循著她的大腿、腰間和胸部往上爬，好像冰川一樣，悄無聲息纏繞她的喉嚨，緊緊咬住她的嘴，讓她簡直無法呼吸。她試圖與之搏鬥，但它壓在她的眼皮上，強迫她沉入一座朦朧的湖，把她拉到了水底。她屈服了，任由水淹過頭頂，以為這就是死亡。蒂莉婭恢復知覺時，人已在貝雲的醫院，她在醫院住了六個月。醫師起初沒有告訴她，他們沒有說女孩都死了，司機也死了，撞到她們的醉漢也死了。他們沒有告訴她，在車禍發生的幾天後，女孩就下葬了。她不知道時間過得飛快，她在這裡已經好幾個月。她不認得她的丈夫，她的小女兒，她的父母，她的弟弟。她不知道醫師必須重建她大部分的左腿和髖部。她也沒有意識到，她再也不能正常走路。他們用強力止痛藥讓她昏睡，她白日也睡，黑夜也睡，虛弱無力困於光影的交會處。幾個月之後，她的大腦開始正常運轉，她獲悉了所有的事，知道發生了什麼，震驚得要發瘋了。為什麼是她？為什麼是她們，而不是她？為什麼所有的朋友都死了？為什麼是她留下來？獨獨她一個人？她憤慨不已，她從來沒有這麼憤怒過，她激烈地大吼大叫，他們不得不壓制她，給她更多的藥物，她把藥丸吐出來，吐到他們臉上。後來，他們把她綁起來，以注射的方式讓她服藥。出院後，她到比達爾的醫療中心接受物理治療，仍然悲憤填膺，她困在輪椅上，不能開車去任何地方。年幼的米絲朵是她唯一的喜悅，她快五歲了，似乎比誰都更理解她所受的苦。蒂莉婭伸手溫柔撫摸女兒的臉龐，「小魔女米絲朵」，那是她當時的綽號，還記得嗎？多虧了米絲朵，她慢慢恢復了健康，也恢復了精神。一年後，她拄著柺杖蹣跚而行，又能開車了。她前去探望那些女孩的家人男友，他們對她都很客氣，這反而讓她更加難過，他們怎麼有辦法看著她呢？只有她存活，只有她還在，而他們的寶貝女兒已經不在人世了。她去了四個墓，一個接著一個，獨自帶了大量鮮花前往。她還去了車禍現場，馬路有一大片汙跡，她看了直打哆嗦。然後，她做了一件極蠢的事——上網查詢這起意外事故，又是一個打擊。每篇報導都提到瓦倫汀頭身分離，好像讀者百看不膩一樣。她也看到可怕的照片：好可怕，一架龐然的紅色旅行車撞上了他們的廂型車，壓扁的鋼鐵車身糾纏成一團。她得知酒駕司機的名字，他剛從夜總會回來，三十六歲，離過婚，有兩個孩子。他們的司機五十二歲，已婚，有三個孩子及五個孫子女。最讓人傷心欲絕的是每個女孩的照片、她們的童年和她們的少女時代：愉快的西爾維與她的衝浪板在巴斯克海岸；在全班合照中，索尼婭是個戴眼鏡的可愛書蟲；蘿倫絲在葡萄園忙著；瓦倫汀和皮耶爾即將結婚，在米拉瑪海灘勾著胳膊。還有那天晚上最後幾張照片。媒體從哪兒弄來的？她猜是家屬吧，家屬把照片給了媒體。她從臉書找出更多照片，張大眼睛盯著，直到眼睛瘦痛，直到頭痛。她們每個人都有一個可怕的結局，一個逃避不了的倒數計時，誰也沒有料到，誰也沒有預感。她好恨那些聳人聽聞的標題：**美人無好命；年輕舞后之死；通往阿爾康蓋之路的大屠殺；四名年輕女孩死於酒駕**。車禍事故發生兩年後，她明白了自己雖然確實倖存下來，身體與心靈皆留下了無數傷疤，她從來沒有告訴任何人，她寧可保守祕密，埋在心底。她繼續過生活。二〇〇八年，她與艾瑞克離婚，帶著八歲的米絲朵搬到倫敦重新來過。她在一間法英學校教美術，人人都以為她走過來了，其實不然，她常做噩夢，恐怖的噩夢，夢見瓦倫汀的腦袋掉到她的大腿上。她不肯服用醫師所開的藥。二〇一〇年嫁給科林時，她以為終於能夠將一切拋到腦後，以為她能夠依託一個強壯的人，一個會保護她的年長男人。她真是大錯特錯，他們都曉得她與科林的婚姻狀況。於是，她落到了今天這種地步，年近四十歲，情緒經常崩潰，一個失敗的藝術家，一個酒鬼的可憐妻子，還由於心理障礙，無法上醫院探望臥病的父親。

蒂莉婭開始竊笑，充滿諷刺的嚴厲笑聲在房裡響起，嚇了他們一跳。她仰著頭，在床上前後搖晃。過了一會兒，林登分不出她是在笑還是在哭。蒂莉婭的告白帶給他沉重的壓力，笑聲鑽入他的耳朵，他無法繼續忍受下去。他站起來，給姐姐與外甥女溫暖的擁抱，低聲說他很能體會，也很同情蒂莉婭，這是一個可怕的故事。然後，他離開了。想到上了狹小閣樓要與淅淅瀝瀝的雨聲作伴，他就打消上樓的念頭。有一會兒，他斜靠在走廊壁上，思緒萬千，姐姐所喚起的情景讓他很痛苦，他好像忘不了那些畫面。稍後他去探望母親，發現有位好心的護士正在照料她。護士告訴他，馬勒加赫夫人的病情好轉，只是需要多休息。來到樓下的接待區，林登驚覺原來時候已經很晚了，快五點了，日光以飛快的速度消逝，漸漸化為灰色的暗影。

進了大廳，有個優雅身影站起身，伸出一隻手向他打招呼，頭上的軟呢帽帽簷被雨水打濕了。

「親愛的老弟，我在這裡等了大半天了！我要他們打電話到蒂莉婭的房間，可是電話都不通。」明顯的純正英國口音，科林．法弗爾，他的姐夫。

科林建議玫瑰花蕾酒吧，位於達拉布街，離旅館只有幾間商家的距離。酒吧的裝潢像一九三〇年代的電影，酒保身著白外套，燈光昏暗，放著老派的爵士音樂。客人啜飲黛綺莉雞尾酒，三五成群私語。科林往鍍鋅吧檯一坐，謹慎將帽子放在一旁空凳上。他的鬍子刮得清清爽爽，海軍藍西裝剪裁完美，搭配白襯衫、栗色領帶與亮潔的鞋子。他煩躁地抱怨蒂莉婭不接他的電話，十分討厭。他們最後一次談話是昨天，非常簡短，她凶巴巴叫他不要來巴黎，她實在很粗暴，對吧？拜託，再怎麼說，保羅也是他的岳父，他為什麼不應該來巴黎？他為什麼不應該來陪著家人呢？林登不安地想起科林對父母長年以來的怨懟，八年前，蒂莉婭要嫁給他，他們並沒有表現出熱烈的支持——尤其是蘿倫，她似乎直覺料到日後的齟齬。科林和他們之間的關係從一開始就很緊繃，科林的酗酒問題讓緊張加倍。對於科林的酒癮，林登起初並沒有太過煩惱，姐夫外表很平和，要灌酒也是在不引人注目的情況下灌，在家庭聚會中是絕對一滴不沾，直到有次他變成一個軟趴趴、流口水的小丑，又一次得讓火冒三丈的蒂莉婭拖回家，他的喝酒問題才曝了光。那一回，林登和父母決定當成沒看到，不對蒂莉婭提起這件事，那話題是禁忌。在蘿倫前不久的六十歲壽宴上，大家更是不敢講。那一天，在倫敦西區的餐廳，科林盛裝出席，只是已經酩酊大醉，一入席就喋喋不休，搞得整桌人都覺得難受。他只講自己的事，講他婚姻的親密關係，他們一個月上床的次數和姿勢，蒂莉婭喜歡什麼，又不喜歡什麼。蒂莉婭板著一張臉坐在那裡，保羅、蘿倫和米絲朵面面相覷，苦惱得說不出話來。林登則是站起來，擠出一個大大的笑容，和藹地對科林說，科林跟他何不離開座位幾分鐘，去外頭透個氣吧？裡面好熱，不是嗎？科林的臉漲成了偏橘的磚紅色。意外的是，他居然任由林登把他帶走，趴在林登的肩上，好似兩人是好哥兒們。到了人行道，林登立刻就攔了計程車去克萊倫頓路。他把科林抬上車，從他的口袋找出鑰匙，到了以後請計程車等他，然後把科林拖上樓扔到床上。科林一沾到床就開始打鼾，林登則回餐廳去了。整個過程費時三十分鐘。科林還記得那一次嗎？林登非常好奇。

「唔，老弟，喝什麼？」

科林向酒保打了個手勢，林登和善地聳了聳肩，說要一杯可樂。科林也聳了聳肩，點了一杯法式七五雞尾酒。他們這裡的酒調得很好，琴酒和香檳都調得恰到好處，林登確定不來一杯嗎？林登搖搖頭，大聲又清楚地說他還以為科林不喝了。他從來沒有直接和姐夫談到他的酗酒，即使那次蘿倫的壽宴後也沒有提過，出於禮貌、尷尬，或許是由於缺乏勇氣，他始終開不了口。科林向他翻了白眼，慢慢明白了他的意思，咧嘴一笑，露出狼一樣的牙齒。啊哈，所以親愛的老婆對他不滿？也就是說在生他的氣，才會一直不肯接他的電話，自己在那邊生悶氣了，是嗎？傻女人。林登沒有回答，只是平視著他。科林將雞尾酒一飲而盡，咂了咂嘴，又輕快地點了一杯。他沾沾自喜瞥了林登一眼，還拍了拍他的肩膀。林登不要一副坐立難安的樣子，林登知道嗎？科林想戒就能戒，他隨隨便便就能戒。他對著林登的臉打了一聲響指。蒂莉婭讓他日子超難受，她有夠討人厭，你也知道原因。他不是酒鬼，只是個喜歡時不時喝醉的普通人，好轉移注意力，好放鬆，才能忍受和他一起工作的蠢蛋，一大堆他受不了的混蛋，比方說林登父母那種從內心深處討厭他的人。喝酒時，他不用管要不要鞠躬行禮，他沒有任何感覺，只是把工作做完。林登知道在藝術界工作意味著什麼嗎？貪汙，勾結，脅迫？去評估老邁龍鍾的勳爵布滿灰塵的傳家寶，結果發現價值連城，聽起來很振奮人心吧？但這種情況並不多見。他的大部分工作就是想出可說的廢話，殷勤有禮地告訴人們，而這些人轉眼之間就從朋友變成敵人，把他踢出大門之外。也難怪他最後得上最近的酒吧喝個酩酊大醉，但也不是天天晚上都是如此嘛。大家都喝，每個人偶爾都會來一口，這有什麼問題呢？他又沒有傷害誰，對吧？他不打老婆，他也沒有那麼常喝醉。他很成功，看看他，總是打扮得漂漂亮亮的，他很注意自己的口氣，幾下薄荷噴霧就能搞定。蒂莉婭把整件事說得太嚴重，顯然把他視為惡棍的保羅和蘿倫也一樣，他的第一任妻子絕對沒有那麼討人厭。不過，不管怎麼說，他到這裡不是要洩漏他那岌岌可危的婚姻的祕密，是吧？他是為了保羅而來的，不管保羅怎麼看他。科林週日收到蒂莉婭解釋狀況的簡訊時就想來了，氣死人了，他給妻子打了五通電話，她才肯接起。他甚至沒有告訴蒂莉婭一聲，就立馬跳上歐洲之星，畢竟她叫他不要來，居然對他說那樣的話，超沒禮貌！於是他抵達巴黎北站，在傾盆大雨中等了幾個小時，才等到一輛計程車，上車就朝旅館直奔而來。接著，為了等老婆下來，他枯坐了大半天，無聊到發昏，她根本不會下來，對吧？看來她告訴櫃檯她在休息，休息，我才不信呢！是生悶氣吧。買票是有點麻煩；他必須證明自己不是觀光客，不是住旅館，而是來探望家人，好友讓他到家裡過夜，謝天謝地，他們住的岱納區沒淹水。保羅的情況怎樣？現在呢？林登能告訴他嗎？爵士樂調在周圍叮噹作響，有點過於響亮。

林登把父親的情況告訴了科林。他沒提到明天早上要轉院，也許因為他一點也不想看到姐夫跟來。科林一邊聽，一邊點頭，當他聽到蘿倫罹患肺炎時，露出了苦相，點了瓶夏布利酒，一杯接著一杯喝，好像那不過是礦泉水。他的手隱隱顫抖，不過言語仍舊平穩，只是偶爾含糊不清。他喝得越多就說得越多，沒有什麼能阻止他。林登無能為力，只能忍受著他的獨白。和往常一樣，科林沒完沒了講著他的婚姻，林登感覺自己受困於他們位於克萊倫頓路的臥房，幾乎看到了金綠色阿爾貝馬高級壁紙、雪白地毯和碎花床罩。據科林的形容，蒂莉婭的性慾像冬眠的睡鼠，夜幕一落下，就立刻捲成一團，鼾聲震天。她不付出，她就是不明白丈夫有所需求，跟任何男人一樣，他怎麼會沒有需求。他是快六十了沒錯，但是沒有使用威爾鋼的必要，每一次都能起來，用不著威爾鋼那鬼玩意。科林抬起上臂，握緊拳頭，召喚堅硬的男子氣概。兩名年輕女子走進，雨衣閃爍著雨水的光澤，科林懶洋洋倚著吧檯，用色迷迷的笑容看著她們。嗯，恰好是他所喜歡那類型的巴黎女子，黑頭髮的那個，真迷人，不是嗎？勾人的小東西。他拍拍林登的肩膀，嚇了他一跳，接著開始捧腹大笑。天哪，他差點忘了！林登一點也不在乎，不是嗎？他不喜歡女孩，女孩引不起他的興趣吧？林登看著姐夫笑得前仰後合，還擦拭假眼淚，臉頰漲得通紅。他得搞清楚不可，立刻就要搞清楚，他不排斥林登，也不排斥任何人，可就是不懂男人不會被女人吸引，他想不通，真的想不通，怎麼林登會對一對奶子完全無動於衷呢？太令人費解了，因為渴望女人正是男人自覺有男子氣概的理由，不是嗎？科林聲音宏亮，酒吧裡人人都能聽見，林登還能繼續坐多久，假裝這沒有惹惱他呢？他僵硬的笑容還能維持多久呢？科林不受影響，繼續往下說。當娘娘腔一定非常奇怪，他一點也不想成為那種人，謝天謝地，他兩個兒子都不是！他寧願要個坐輪椅的兒子，也不願要個同性戀兒子。哎呀，別這樣，他開開玩笑而已！他是在講笑話！真的，林登不該露出那種表情，拜託，去學學什麼是幽默吧。

「你他媽給我閉嘴，好嗎？」

科林瞪著雙眼，眼眶泛紅，立刻發出不滿的噓聲，差點從椅凳上摔下來。哦，那麼他也是有情緒的，太好了！林登．馬勒加赫終於發脾氣了，他這個漂亮的「酷酷先生」好像從來沒有上氣不接下氣過，頭髮也永遠一絲不亂，他坐飛機環遊世界，替電影明星和政客拍照。嗯，顯然他其實比你表面看到的更有趣哦！林登不是一個有話不敢說的膿包，這多麼令人興奮啊！我們為這乾一杯吧？林登受夠了，扔了幾張鈔票在吧檯上，開始往外走。離開了那個地方，離開了科林和那番談話，他感到鬆了一大口氣。他不介意下雨，他把熱辣辣的臉頰迎向又冰又刺的雨滴。

右轉後，林登沿著達拉布街往大道走去。到了圓亭咖啡館前頭，跨越馬路走到另一側，再往前走幾步，最後在菁英咖啡館停下腳步，這家小酒館好些年沒來了。他找了個位置，點了波爾多葡萄酒和總匯三明治，給姐姐傳了簡訊，告知她，她的丈夫在巴黎，就在隔壁的玫瑰花蕾酒吧，可不忍將科林的慘樣告訴她。蒂莉婭回了簡訊。她知道，接待員說她丈夫要找她，她現在還不想見他，明天早上再說吧，她和米絲朵會陪蘿倫在她的房間吃晚餐，想加入嗎？不了，他在蒙帕納斯晃一會兒，吃東西，回電子郵件，放鬆一下心情，明天還得早起去處理轉院的事，記得嗎？他不會太晚回去。

林登環視熱鬧的主廳，黃色裝飾條板，灰泥粉刷，方桌木質表面有了歲月累積的古色。熟客坐在吧檯前，面向一排排閃閃發光的瓶子，架子後方是一面鏡子。他住在布羅卡街時，時常和坎蒂斯約在這裡碰面，他還記得她總是急急忙忙趕來，一頭金髮，一襲防水風衣，光彩照人。她喝基爾酒，他則是來杯聖埃米利翁紅酒。他沒有幾張糖糖的照片，她討厭拍照。她走了以後，林登瘋狂檢查檔案，抽出與她有關的每一張照片貯藏起來，儘管看到她優雅的身影非常痛苦。他最愛的一張是她在廚房，晨曦從窗戶流瀉而入，照亮她的頭髮，勾勒出她那杯茶冒出的蒸氣輪廓。她穿著紅色和服，張開手，小心翼翼捧著一本書。趁她在看書，林登躡手躡腳走向她的身邊，地板發出嘎吱聲，她詫異地抬起頭，林登趁此時拍下了照片。她的死仍然沉甸甸壓在他的心頭上，他知道這種痛苦與內疚是無法減緩的負擔。今晚來這裡，他想起了她，想起了他們共同生活的快樂時光，也許她和薩夏是最瞭解他的人。想到薩夏和坎蒂斯從未謀面，他又是一陣心酸。

手機開始震動，有新簡訊。是奧瑞爾，詢問他好不好，他這才想到沒有回覆她昨天早上給他發的簡訊。他打電話給她，她立刻接起。對，他還在這裡，他父親週六晚上在結婚週年紀念晚宴中風，現在住在龐畢度醫院，因為淹水了，醫院明天上午要撤離，他們還不確定他的狀況。奧瑞爾聽起來嚇呆了，用同情體貼的口吻說，希望他的父親能夠平安度過難關，很遺憾他們必須要撤離。她之所以傳簡訊，是因為想跟他提一個有趣的點子，明天下午她會陪朋友馬修從市政府出發，搭小船到第十五區淹水的亞維爾，她設法給林登也弄到了船票和識別證，他可以上船拍照，集合地點是康朋廣場，兩點鐘，他能來嗎？可以，他想去看看，如果他的父親情況沒問題，他很樂意加入他們。他謝謝她。他知不知道有幾條路已經從街頭淹到了街尾？他從電視看到了，不過他認為實際情況可能又是一回事。對，她說，沒錯。她又說，太叫人震驚了。

他一邊品嘗著酒，一邊又聊了一會兒。他從眼角餘光發現，屋子另一頭有個年輕人，面朝向他，坐在靠牆長榻上，年近三十，皮膚白皙，短短的黑髮，大大的角質邊框眼鏡。那年輕人的黑眼睛一秒鐘也沒有離開過林登的臉龐，林登都感受到了他的凝視的壓力，宛如一股暖意落在他的皮膚上。他掛上奧瑞爾的電話，那對黑眼睛還是盯著他瞧，如今唇形美麗的嘴掛著淺淺的笑意。林登轉開目光，放下手機。挑逗遊戲，他也玩過，但薩夏進入他的生命之後就再也不玩了。林登不喜歡一夜情，那是他青春期的痛苦痕跡，不管再怎麼誘人，他都不會回頭再看一眼遠方的角落。過了一會兒，年輕男子站起來穿上外套，一次也沒有朝他的方向看。經過林登身邊時，他又裝出一副漫不經心的模樣，把一張紙扔在桌上，才飛快走出旋轉門，沒有回頭再看一眼。林登在紙片上看到一組手機號碼與一個名字，笑著把紙揉成一團，然後傳了簡訊給薩夏：**剛在蒙帕納斯的酒吧被一個小鮮肉勾搭。**

薩夏立刻回覆：**然後呢？**

沒有然後了。我想你，我愛你，我想在你的懷裡。沒有你在身邊，我無法忍受這一切，我不能忍受淹水多雨的巴黎、家裡的情況，以及你不在我的身邊。薩夏立刻打電話給他，聽到他的聲音，林登心一寬，心頭充滿了喜悅。

米拉波橋下塞納河流逝
我們的愛情
何苦追憶
歡樂總在痛苦之後

——阿波利奈爾（GUILLAUME APOLLINAIRE）
〈米拉波橋〉（LE PONT MIRABEAU）

那天很多事我都忘了，可其他事我還記得很清楚，非常清楚。我們吃了野餐，她用餐巾擦掉我嘴巴上的麵包屑。她說我的眼睛很可愛，她說我長大後女人會愛上我，因為我的眼睛好藍好藍。我聽了臉紅，但也好開心。對她，我懷抱著一個四歲孩子全部的愛，一點也不想長大。

那些金黃色的午後是夏天的高潮，我把爺爺的死放到一旁，也不擔心媽媽快要有另一個寶寶，只有蘇珊娜重要。我和蘇珊娜的下午。

我們常常玩捉迷藏。我們最遠只會走到最後頭的樹林，那是我們的邊界。樹木種得很密，樹葉茂盛，底下的空間好像綠色迷宮，很容易迷路。蘇珊娜躲在哪一棵樹後面？我永遠不知道。這是我最喜歡的遊戲，我很厲害，我會偷偷溜掉，在她呼喚我的時候，從一根樹幹跑到另一根樹幹。當她找不到我時，我很興奮，也很焦慮。我會屏住呼吸等待，當她大喊我的名字時，我就愉快得脊粱不停打顫。

我會一直等到最後一分鐘，等到她的聲音變得絕望，等到我聽出來她真的開始擔心了。然後，我像玩偶盒裡的玩偶跳出來，扯著嗓子大喊大叫。她如釋重負，大叫一聲，朝著我跑來。

最棒的是她用全力抱住我半罵半哄，我感覺到她的皮膚貼著我的皮膚，她的頭髮輕拂著我。

事情發生的那天，躲起來的人是我。

我選擇了最大的樹，中間的那棵古樹，樹幹非常粗。我記得我閉上眼睛，聽到她數到二十。

然後，一片寂靜。

週二一早，去醫院之前，林登先去愛德格基內廣場的咖啡廳提前吃早餐。外面還很黑，雨勢滂沱，綿綿不絕。他從吧檯上方的大螢幕看新聞，巴黎有半數地區淹水，成千上萬的巴黎人沒電沒暖氣，市內電話也斷了線。體育館和學校已經沒有多餘空間了，因此家有老小的家庭到教堂、劇院、音樂廳避難。紅十字會正在徵求援助和捐款，軍隊也增派部隊。市府承受猛烈抨擊，各個政黨大張撻伐，但沒有哪一個政黨有更好的解決辦法。低溫讓情況雪上加霜，汽油施行限量供應，在淹水的街區，收垃圾成了益發嚴重的問題，連垃圾處理廠也淹水了。政府隨時會移走受洪水威脅的停放車輛，送去城外未淹水地區的拖吊保管場。幾乎每一區的交通都中斷，各級學校停課，濱河的朱西厄大學已經泡在水中。巴黎郊區的伊西萊穆利諾直升機停機坪在一公尺深的水下。在弗朗索瓦莫里亞克碼頭，收藏所有法國出版品的國家圖書館正在與塞納河打一場注定失敗的仗。河水照舊貪婪地持續上漲，這種情況要是繼續下去，巴黎人必須做好最壞的打算，逾百萬民眾會受到直接的牽連，無數的地窖、地下室、公司行號和住宅會遭到破壞。林登和大多數睡眼惺忪的顧客都悶悶不樂，靜靜聽著新聞。在螢幕上，一位快五十歲的歷史學家解釋說，在一九一〇年，人民生活方式與現在不同，不太仰賴通訊和交通，馬和馬車能夠應付洪水，汽車引擎則容易泡水。那時，許多巴黎人仍然使用汽油燈或酒精燈，利用煙囪生火取暖，這些生活方式在大洪水期間發揮了補救作用。今日，在一個由電力控制的世界，情況自然截然不同。歷史學家說，一個世紀以前，人比較友善，鄰居會互相照應，確保人人都能保持乾爽安全。他指出，在這個自私的現代世界裡，這種人情味蕩然無存。

到了巴拉德廣場，林登嚇了一跳，街上的水量與前一日相差太多了。一片浩淼的黑色潟湖環繞大樓，街燈壞了，照明仰賴固定在附近軍用卡車上的探照燈，一汪汪刺目的光圈落在起伏的水面上。緊急照明燈也發出微弱的藍光，投射在醫院的玻璃外牆上，牆上彷彿鬼影幢幢。數十名軍事人員包圍了街區，使得氣氛更加緊張，看來海王星計劃已經全面展開了。要進去只有一個辦法，就是穿過架高的金屬人行道。林登冒雨排隊，過程冗長乏味，有人遭到巡邏隊拒絕，只好循著搖搖晃晃的通道折返，可是窄長的鐵板幾乎沒有空間讓兩人同時並排站立。一名女子險些落水，還好一名身穿橡膠乾式防寒衣的士兵及時抓住了她。林登被要求出示一張證明父親要轉院的單子，他說他根本沒有收到，警察回答說他不能進入醫院，沒有單子就不能進去。碰到這種情形，林登平常還能保持冷靜，口氣總是彬彬有禮，絕對不會抬高音量，他沒有馬勒加赫家的壞脾氣。然而，這天早上，面對這個男子令人不悅的粗魯舉止，他內心有某種東西突然斷裂了，情緒不再受控，而是像狂熱的火焰一樣竄起。林登對著那人大吼大叫，這傢伙以為他是誰？他的父親中風了，他可能會死，他必須轉到另一家醫院，因為沒有人給他單子，所以他就不能進去？他沒聽錯吧？當真嗎？林登很少靠身高當武器，往往還為了身高、為了在人群中高人一等而尷尬，今天早上他強壯的身材與憤怒的聲音倒是起了作用，守衛退了幾步，讓他過去了。這股突如其來的怒氣讓林登胸口有種前所未有的撕裂感，好像有什麼東西從胸前擠了出來。

走入醫院寬敞的入口大廳時，印入眼簾的景象叫他驚訝。地板全是緩緩起伏的汙水，若干垃圾——寶特瓶、報紙、塑膠袋——在油膩的水面上下晃動。角落有個棧板搭成的臨時平台，林登在台上找到了一個狹小的位置。軍人綁著頭燈，划著充氣橡皮艇，艱難穿過齊腰高的髒物。呼喊名字的聲音打斷水浪輕拍牆壁的聲音，腐爛的氣味比昨日更為濃烈，還多了下水道溢水的撲鼻惡臭。隨著越來越多的人站上搖曳不定的平台，林登的心情也越來越焦慮，無盡無休的等待讓人怔忡不安。一抹膽怯的灰光出現，天要開始亮了。兩個男人你推我擠，嘴裡罵罵括括，一個女人求他們保持冷靜，卻被要求閉嘴。另一個女人在哭泣，無人安慰她。有名士兵警告入口處的警衛，要他不要再讓更多的人過來了，不然整個平台會垮掉。更遠的地方有一排遠離潮濕的樓梯，醫療隊從那裡將病患從擔架轉移到救生艇上，過程漫長又複雜，有人坐輪椅，坐上小艇似乎還算容易一些。林登身邊有個年輕女子雙手掩著臉，每見到一個動作就倒抽一口氣，林登真希望她別再這樣，她的反應令人心煩。這些行動非常危險，他看了也覺得焦慮，一步走錯，患者就可能掉入髒水中。

一片混亂中，林登不知何以聽到了保羅．馬勒加赫的名字，便舉起了手臂。有個醫師向他打了個手勢，他認出是布魯內爾醫師。他們要怎樣把保羅從樓梯抬下來放到小船上？外頭的雨又要怎麼辦呢？林登看到四個男人費勁把擔架抬下樓，他注意到父親閉著眼睛躺在一個人大小的精巧耐熱玻璃長匣中，點滴和氧氣罩各在其位。長匣看似玻璃棺，鐵定有一噸重。他不安地看著他們小心翼翼傾斜長匣，一次移動一寸。在三個水中掙扎的士兵幫助下，長匣放上了小艇。這項工作花了二十分鐘才終於完成，林登鬆了一口氣。他們要他登上尾隨他父親的大划艇，身後平台的其他人怨聲連連，那他們呢？怎麼沒有人照顧他們罹病的家人？為什麼是他，不是他們？他們在這裡等了大半天了，結果這個人引起所有人的注意，不公平！一隻戴手套的手朝林登伸出，林登伸手一握，跨上了船。

「不要理他們。」也在船上的布魯內爾醫師低聲說。「你父親轉院是我們今天早上的首要任務，每個人都會得到照顧，他們是瞎操心。你準備好面對雨水、面對媒體了嗎？」他諷刺補了一句。

大雨如瀉，一名士兵把船划出醫院，警方阻止記者靠近，許多攝影機從架高的金屬人行道拍下這一幕。其中有人眼尖，見到一個白袍醫師坐在船上，就哇哇大喊起來，想要引起他的注意。布魯內爾醫師解釋，很多人認為醫院太晚撤離。他的細髮淋了雨，黏在頭皮上。他接著又說，沒人料到塞納河漲得這麼快，林登可知它現在以每小時兩公分的速度暴漲？管理全國公立醫院的醫療公共救濟事業局飽受嚴厲批評。林登瞥見父親的小艇在前面由士兵拖著，一直要拖到維克多大道外未淹水的路面為止。他見到民眾從陽台和窗戶俯瞰這行奇怪的隊伍，有點想要拍照，但相機忘了帶。

就在他們快到達凡爾賽門廣場時，積水逐漸變淺，他們能夠踏上人行道。救護車停在那裡等候，一群群醫師護士打著傘，林登隨著布魯內爾醫師敏捷穿過人群。六名消防隊員將保羅的玻璃長匣直接抬入敞著門的醫療車，保羅還是閉著眼睛，皮膚在晨光下顯得蒼白。布魯內爾醫師問候在場的護士醫師，講了幾句話，其他人點點頭。對，他們都是麥哲倫教授團隊的人，已經準備好將患者轉到考尚醫院。布魯內爾醫師轉向林登，向他們介紹他，林登會和他的父親一同搭車到醫院。接下來，他面露微笑伸出了手，說照顧保羅．馬勒加赫是他的榮幸，祝福林登的父親一切順利，他會得到很好的照顧，這點林登一定要相信。醫療車載著父子離開了，布魯內爾醫師舉手告別的身影逐漸消失。車子循著雷蒙德羅塞朗街行駛，穿過弗魯瓦德渥街，開到了丹費羅切羅大道。第十四區是比較幸運的地區之一，地勢夠高，不會淹水。咖啡館外頭排著長長的隊伍，林登發現他們原來是來給手機充電的，除了電視上那些公寓變得泥濘不堪的不幸家庭的畫面，他尚未親眼目睹巴黎遭受種種嚴重衝擊的那一半地區。他目前還是受到庇護。

醫院大門位於聖雅各街，這一帶林登很熟，二〇〇九年搬去紐約市以前，他在不遠的布羅卡街住了四年。考尚醫院位於比較老舊的街區，不過絕對不會淹水，所以很安全。醫院有數棟大樓，他們去了六樓的病區，林登被交代留在那裡。又是等待，這幾天他經常在等待，儘管如此，等待適當的時機也是他工作的一部分，而且也恰好是攝影的關鍵——瞬間的機緣巧合，他以畫面捕捉其中的魅力。他習於期待，也培養出了耐心，只是這種等待是另一回事，緊張的氛圍折磨著他，他不知道要怎麼阻擋。他在走廊上踱來踱去，鞋子踩著油氈地板，發出吱吱響聲。這是另一家醫院，但是同樣難聞的氣味在空中揮之不去，但願父親能住進單人房。在他的四周，也有別人在等待，有人在椅子上睡著了，所有人似乎都籠罩在相同的悲哀與痛苦之中，他看來恐怕也是如此，經歷了這一切，怎麼可能不是那樣呢？焦慮使人不安，他無法呆坐在椅子上，所以踱著方步低頭看手機，其他人則是憤怒地盯著他。他給姐姐、母親和外甥女發了相同的簡訊：**到了新醫院，一切都好，等著見新醫師。**

從昨天到現在，累積了更多電子郵件，更多的合約，更多的行程。他都沒有回信。不知道馬簍、戴伯和史戴凡眼下正怎麼處理情況，今天是週二，對他和他的團隊應該是忙碌的一天，他們預定替《時代》雜誌到波士頓附近給某位前途看漲的年輕參議員拍照，她原先不同意在自家與家人合照，不過聽到了攝影師是林登・馬勒加赫後便答應了。他和團隊提前做了準備，馬簍先到參議員家查看，他們準備在寬敞舒適的廚房拍攝，參議員偕同丈夫孩子一塊入鏡。計劃取消了嗎？他沒有想到去問問經紀人這件事，瑞秋大概在最後一刻找了另一個攝影師吧，林登好奇參議員有什麼感受，他本來應該寫信給她解釋父親的情況，不過從週六晚上父親中風後，他便把生活中那些似乎沒那麼重要的部分拒於門外，讓它們分解成灰，之後再來處理吧。他內心唯一能聽到的聲音是他的恐懼，他的痛苦，他對父親的愛。

網路連線非常慢，而且時有時無，彷彿明滅不定的陽光。是淹水的緣故，林登早上從新聞聽說了這件事。巴黎逐步陷入了癱瘓，癱瘓不是一下子發生，比如南法突然爆發驚人災禍那幾次，比如二〇一二年十月颶風珊迪侵襲紐約市的那一次，超級風暴大肆破壞，紐約多處淹水。林登清楚記得那次事件，只是他並沒有直接受到影響，因為他住在上西區。而這裡的事件發展是不知不覺的，過程不引人注目，無人的生命受到立即的威脅，敵人是積水，它不慌不忙，破壞其所侵入的一切，石頭可以抵抗，但是金屬會腐蝕，灰漿會崩解，紙材木頭會爛掉。和大多數巴黎人一樣，林登現在明白了，水淹上來後是不會退的，要退也要等過了一個尚未達到的高峰之後，到了那個時候，它也是不慌不忙地退。痛苦的後果會延續一陣子，恢復正常需要幾週、幾個月的時間。他想起有位專家說過，巴黎會被打垮。

林登立在窗前，凝視外面陰濕的內院。他收到了米絲朵傳來的簡訊，說她在路上了。他告訴她在哪一棟樓的哪一層。不知怎麼回事，網路連線在靠近玻璃窗的地方較強，他怎麼會上Google搜尋父親的名字呢？他現在正在看那個名字所找出的所有圖片和連結，有的資料他看過了——父親參加過的會議、論壇和研討會——也有他不熟悉的新資訊。他津津有味讀著一篇文章。幾年前，加州柏克萊為了降低火災風險要砍除一大片尤加利樹，抗議民眾跑去保護樹木，還渾身脫個精光。保羅沒有參加那場運動，但是抗議者宣稱受了他的感召，為他發起運動。樹林最後保住了，看到大腹便便的抗議人士一絲不掛抱著樹幹的照片，林登不禁失笑。他點閱一則新近的影片，片長十分鐘，標題是「保羅．馬勒加赫在薇儂莊」。林登戴上耳機。某人在園子裡跟著保羅，以智慧型手機拍下這段影片，手法業餘，拍出來的畫面搖搖晃晃，不良的網路連線讓畫面偶爾暫停，但是又聽到了父親的聲音，林登覺得很驚奇。在他掌心裡的是喚起許多記憶的老家畫面，全在那裡：秋日的光線，鳥兒的啁啾，大宅，還有明顯是父親的低沉聲音。「這些樹告訴我什麼？告訴我每一件事，它們總是告訴我每一件事，從我很小就開始了。在聽到父母的聲音以前，我就聽到了它們的竊竊私語，我沒有刻意去聽，我就是聽到了。」保羅露出微笑，林登喜愛他那難得卻有力的笑容。「它們找到了我，它們對我說話，直到現在還是這樣。它們告訴我在它們的根底下有什麼，在它們的厚葉裡有什麼，所以我們需要樹木來認識這個世界，樹是活的百科全書，它們給了我們全部的鑰匙。」接著換到林園拍攝，保羅曬得黝黑的臉龐容光煥發，與現在形成鮮明的對比。「我目前最擔心的是殺蟲劑，大家都知道，殺蟲劑已經對蜜蜂構成威脅，對樹木也一樣，只是這個事實很少人知道。林業管理、化學藥劑、殺蟲劑、重型機械嚴重破壞了林木，現在如果不做點什麼，就沒有回頭路可走了。可悲的是，人類對樹木失去興趣，將它們視為理所當然，不像以前那樣尊重樹木。他們把樹木當成自動提供氧氣和木材的東西，忘記科學家曾經提出驚人的發現——樹木是有記憶的。它們知道提前計劃，它們知道吸收資訊，它們知道向其他樹木發出警訊。我們早就知道森林是一個複雜網絡，分享資訊，彼此照顧，互相留意。我們知道樹木彼此相連，它們靠著根、靠著葉來連結。科學家很久以前就找到了這些重大發現。問題是，人類並不重視樹木的祕密生命，不重視樹木如何幫助我們，不重視樹木如何改善我們的氣候、我們的生態系統，也不重視樹木教導我們如何面對未來。我們需要向它們學習，我們需要保護它們，因為它們保護我們。在這個瞬息萬變的新世界，我們變得不習慣等待，我們忘記要如何保持耐心。關於樹的一切都是緩慢的，它的茁壯，它的成長，都是緩慢的過程。沒有人真正明白樹木長得多麼緩慢，變得多麼蒼老，有的樹已經有幾千年歷史。事實上，我們活在一個瘋狂快速的時代，而樹木恰好與這個時代相反。」

林登回到影片的開頭，他還沒聽夠父親的聲音，想再聽一遍。突然間，有人拍了拍他的肩膀，他轉過身去，見到一個六十出頭的男人站在那裡，他有敏銳的藍眼睛，高挺的鼻子，以及一頭濃密的棕色頭髮。他介紹自己是吉勒斯．麥哲倫教授，把林登帶到一間寬敞明亮的辦公室，辦公室通向同一座陰暗的庭院。麥哲倫教授直截了當地說了重點。轉院很順利，不過還要繼續監控他父親的病情，這會是一個漫長的過程，教授很清楚這對家屬而言是非常嚴峻的考驗。林登一定知道，他父親的缺血性中風屬於血栓性中風，是大腦動脈血塊造成，血塊阻塞了血液流動，當務之急是儘快恢復血液流動，也就是所謂的打通血路，只是血塊沒有完全溶解，恐怕需要動手術才能取出。林登點頭，這些他都上網看過了。他說，他知道中風患者最大的風險是二次中風，尤其是初次中風一週內再次發生了更嚴重、更致命的中風。麥哲倫教授解釋說，他的父親持續接受治療，包括服用抗凝血劑與抗血小板等藥物，就是為了要預防二次中風。林登問他父親的大腦是否受損，如果受了損，是否為永久受損，家屬可以抱持怎樣的期待？教授能告訴他什麼？回答是，龐畢度醫院把他父親的狀況處理得很好，早期治療和早期預防是最重要的，他的父親兩方面都做到了，眼下要判斷他父親的長期結果——能不能正常說話、移動身體兩側、視力正常——還太早。教授的聲音平靜愉快，林登一面聽著，一面好奇這個人對憂心忡忡的家屬說過多少次這樣的話。他看著醫師的手——結結實實，十分能幹，一雙能疏通動脈、挽救生命的手。教授繼續講著，林登想到這間醫院裡的病人，那些與他父親處境相同的病人，他們中有多少人能活下來？而他的父親呢？他敢往好的方面想嗎？他向教授道了謝，走出辦公室，極度的悲傷籠罩著他，他往十七號房走去，他知道父親現在在那裡。

一打開門，迎接林登的是父親的目光，他明亮的眼睛直視著林登的臉。林登握住父親的手腕，半哭半笑喊了起來。「爸爸！爸爸！」他只能喊出這句話，聽起來像個不講道理的兩歲孩童。他擦著眼淚，知道父親能聽到他，從握住父親的手的感覺，從父親回望著他的虹膜，他知道父親聽得見。很幸運，這裡只有他們，沒有別的床位，沒有別的病人。林登彎身摸了摸父親的前額，發現自己以前從未做過這樣的動作，這對他來說是新鮮的，但他並不覺得不舒服，也不覺得尷尬。他開始對父親說話時，也發覺他不用刻意，話自然而然就說了出口。保羅到了新醫院，有新的醫療團隊，轉院工作很順利，離開淹水又瀰漫著下水管臭氣的現代化醫院很不簡單，他描述了玻璃匣、小船、從上方看他們的人群等等。保羅還記得什麼嗎？保羅的頭只是微微動了一下，是點頭嗎？父親又抓住他的手指。那麼，父親確實是看到了？他和保羅，他們必須學會溝通，或許可以從這樣開始：用力握一下，代表「是或好」，兩下代表「不是或不好」。你覺得怎麼樣？保羅握了一下，太棒了！他們現在可以溝通了，他們找到方法了。林登向父親描述淹水情況以及從電視上看到的驚人畫面，比如有人用小船載著各部的部長，送他們穿過環繞國民大會的小溪進入大廈。今天下午他也會坐小船，和以前學校認識的朋友，到巴黎水災最嚴重的地區，也就是糖糖以前住的亞維爾。他很期待，也很恐懼，不知會看到什麼，有什麼感受。巴黎變成了陌生的地方，而且會越來越陌生。他指出，太陽下山時，巴黎幾乎有一半的街燈依然昏暗，還聽說有這種事：巴黎人躲在公寓不肯離開，希望待到洪水退去，不知自己已經成了大水的囚犯，在越來越惡化的極端環境受苦。消防隊員進入高度戒備，處理瓦斯管破裂引發的火災風險，也有越來越多的火災因為點蠟燭而起。林登告訴保羅，新鮮食品和雜貨價格飆升，引發大眾恐慌，城市有部分地區根本難以正常運作。這次災難造成的財務損失將很慘重，一位專家在電視上表示，損失可能超過兩百億歐元。林登獲悉的另一件事是，一九一〇年那場洪水影響較少的人，因為當時巴黎小得多，只有兩百萬居民，郊區根本還沒發展起來。今日大巴黎地區有一千萬居民，專家指出，不僅巴黎陷入困境，郊區也嚴重受創，比如巴黎西南部的伊西萊穆利諾和旺夫，遭到一波又一波的起泡泥漿侵襲。謝天謝地，林登還沒有聽到任何罹難的噩耗，但成千上萬的市民正在受苦，隨著河水持續漲高，會有更多的人受到影響。自一九七〇年以來，地產商明知沿河地區易淹水，還是不停興建河濱住宅社區，所以現在受到了譴責。電視節目拍攝宣傳「塞納河河岸寧靜生活」的小冊子，無數住家淹水的民眾看了為之譁然。林登告訴保羅，新聞採訪一名憤怒的男子，他不得不放棄他幾年前才蓋好的新家，因為整棟房子泡在水中，他要是早知這個地區很危險，要是有人告訴他，他絕對不會把所有的積蓄投入這棟房子。他對於市長和其他當權者的背信棄義和貪婪感到傻眼，他們不尊重居民，只關心可以鞏固個人勢力與政治議題的財政問題。林登指著窗戶解釋說，全都是因為下雨，串串的水滴規律而穩定地流過髒窗表面，自從他們上週五來了以後，雨就沒有停歇過，從他聽來的消息，雨是不會停的。他記得保羅以前常常在薇儂莊等待雨的到來，他能夠精準說出它何時會來，風向溫度又會產生怎樣的變化。林登回憶父親告訴過他，雨很重要，不只對樹木重要，對所有其他植物、對大自然本身亦很重要。他好想知道父親對意志堅定的塞納河有什麼看法，正要開口問時，有人敲門了。米絲朵來了，濕雨衣搭在手臂上，她看到外公睜著眼睛，臉龐頓時發亮起來。真叫人驚喜！她也有一個叫人開心的消息，蘿倫逐漸復原，醫師很滿意她的進展，到了週末，她應該會好得多。米絲朵遞給林登一只小信封，是旅館經理方魯克夫人寫的信，由於遊客陸陸續續離城了，旅館有了空房，已經為他備妥一間更舒服的新房間。

林登把信塞到口袋，看著父親和米絲朵互動，一個看了要鼻酸的畫面。他有些習慣了父親歪斜的嘴，但是最想念的是他的聲音。說來有點諷刺，他最常聽見的並非父親的聲音，當母親往樓下或花園另一頭大喊時，她的嗓子總會蓋過一切聲音。他放學回家時，聽到的也全是蘿倫的聲音，她打電話給她的姐姐，給她的父母，給某個朋友。最愛笑、最愛鬧、最愛唱老掉牙情歌的，總是母親與蒂莉婭。

林登終其一生都懷念著父親的聲音。

康朋廣場是第十五區未淹水地區與洪災之間的邊境，高架地鐵六號線已經停運，直升機在上空盤旋。林登一路從蒙帕納斯徒步走來，看到警察拉起了封鎖線，禁止人車拐入康朋街、弗雷米庫爾街和十字尼維特街，只有拿出身分證，證明自己住在淹水地區，才能通過關卡。才兩點鐘，但是雨水濡濕的天空陰陰沉沉，感覺好像夜幕已然降臨。林登四下尋找奧瑞爾，她和一個三十出頭的男人站在警察旁，右臂都戴上了紅色臂章。奧瑞爾介紹林登給在市政廳工作的馬修認識，他是處理塞納河危機小組的一員。

「我們通常不放人進來。」他一邊對林登說，一邊遞給他紅色臂章和識別證。「不過奧瑞爾說了你是誰，我對攝影是一竅不通，但是你一定會想看一看，實在是難以置信。」

他們沿著弗雷米庫爾街往下走，這條街沒淹水，但是幾乎空無一人。馬修解釋說，船在埃米爾左拉大道等他們，只有十分鐘的路程。在軍隊的幫助下，市政廳人員每小時巡邏受困地區一回，確保沒有老者或病患需要救助。馬修喘著氣，邊說邊比劃著。他已經疲於奔命，但是離結束還早，他這輩子還沒有這麼疲憊過，只是與可憐的居民的遭遇相比，他的感覺微不足道。他有一張精靈般的尖臉，淡綠色眼睛，淺棕色捲髮。奧瑞爾詢問林登轉院的情形，他把經過告訴了她。馬修挑了挑眉，說那情景一定令人印象深刻，他知道疏散引發很多不安，很高興聽到林登的父親一切順利。接著，雖然四周無人能聽到，他還是壓低了聲音。他說，自從週日凌晨河水漫過堤岸以後，每一件事都亂糟糟，他們無法想像市長、省長和總統之間的激烈爭吵。他不該說，但說出來讓他感覺舒坦多了，好像無人料到情況會變得這麼嚴重，好像沒人真的想調查清楚，連他工作的市政廳也有許多同事相信塞納河在控制之中，沒有危險，他們可以靠著現代技術及時採取行動；直到最後一刻，他們才接受可怕的現實。現在——他仍然壓著嗓音說話——他們裡面有很多人自認有過錯，就像其他人認為政府沒有做出正確的決定，比如龐畢度醫院太晚疏散引發了大亂。雪上加霜的是，由於水位不斷上漲，他們今天也會從市政廳一樓的辦公室撤出。沒有人料到有這種事，為了避開麻煩，他寧可留在這裡，冒雨行動，設法幫助他人。

他們走到路梅爾街與埃米爾左拉大道的十字路口，水浪如長長的舌頭輕輕拍打著人行道，小船在細雨中等待。路梅爾街兩側的水面上架起了木頭通道與厚板，上了划艇，林登向市政廳危機小組另外兩名成員莫妮克和法朗克打了招呼，從一個不起眼的帆布信差包拿出他的萊卡，袋裡還有一個更小相機防撞包。有短短的瞬間，他想念他的佳能相機與鏡頭，少了它們，他覺得少了保護，不堪一擊。但是他隨後提醒自己，這是始料未及的情況，萊卡也從來沒有讓他失望過。這不是他平常接到的任務，這次不一樣，他簡直又回到了那個沒沒無聞的年輕攝影師，那個想讓情感自然流露的攝影師，那個不擔心缺少光線或關鍵角度的攝影師。船移動了，他注意到與一九一〇年洪災的經典照片不一樣的地方，那時的巴黎人穿戴著優雅的長衣、馬裝、高帽與繫帶女帽，黑白照片有種戲劇性的美感，他今天所目睹到的情景則與美完全無關。汙水充滿了垃圾，民眾拖著腳步走上梯板，提著行李，拎著袋子，搬移幾件傢俱，看來非常絕望，毫無優雅可言。塞納河漫流到所有通路的中央，淹及穿著潛水衣的士兵的腰間。林登所受到的震撼更深遠，因為這裡是他十幾歲時生活的巴黎，他對這裡瞭若指掌。商店關門，鐵百葉窗沒入洪水中，梯子反倒成了門面。他看到有人從窗戶傳遞瓶裝水，愁苦的臉孔從更高樓層向外張望，有多少人受困在自己的公寓裡呢？紅十字會志工大膽走過臨時搭建的平台，提著裝滿食品雜貨的籃子，呼喚受困家中的民眾。穿著綠色制服的清潔隊員將一堆又一堆的垃圾放到長獨木舟上，腐爛的惡臭是優雅黑白照片無法表達的另一個元素。由於下水道水量暴增，垃圾殘骸堆積如山，流出發出惡臭的黏糊糊黃色液體。林登用圍巾掩住嘴鼻抵擋惡臭，不慌不忙拍下每一張照片：有個小女孩爬上梯子，帆布背包裝滿了食物，她的父母張開雙臂，往下盯著她；一名老婦人站在梯板上，撐著脆弱的傘，有隻受驚的小狗藏在她粗胖的胳膊下。路梅爾路和亞維爾路交會處有家氣氛歡樂的咖啡館讓他印象深刻，老闆沒有投降，用木板酒桶造了一條大浮舟，甚至擺出一排大受歡迎的桌椅和遮陽傘。他拍下幾位裹得嚴嚴實實的客人，他們一邊喝酒，一邊揮手，看著小船緩緩駛過。

林登猛然意識到這裡真安靜，不再有汽車引擎聲、公車轟鳴聲與刺耳喇叭聲，只有柔和的雨水和水聲，夾雜著低聲細語。小船不時停下來，讓救援人員與其他同事、需要幫助或資訊的居民交流。有艘坐滿記者與攝影師的小艇從他們身邊呼嘯而過，他與船上一名年輕女子對視了一眼，女子脖子上掛著相機，她認出他是誰時，下巴掉了下來。她立刻對著他拍了一張照片，給他一個笑容，也對他豎起大拇指。莫妮克試著安慰一個從三樓和他們交談的中年婦女，女子說她無法入睡，自從週日淹水以來就睡不著，她的丈夫有急性風濕病，可就是不肯離開公寓，老鼠開始出沒以後，情況變得更糟糕。是的，老鼠從淹水的地窖竄出來，侵入整棟建築。這是地獄，她嘟囔著，絕對是地獄。莫妮克和法朗克想說服她，讓她帶著丈夫與他們一塊到臨時安置所，那裡溫暖乾燥，而且沒有老鼠。但是女人不肯，她不要讓人來偷她的東西，他們寧願留下來忍受不適，也不要離開。離開以前，他們給了女人飲水、麵包、電池等等物資。法朗克說，這就是他們要面對的民眾，他們不肯退讓，根本不明白水患還沒有結束，離結束還很早。這些人沒電視可看，沒有網路可連，只剩下收音機，但即便廣播頻繁發出警語，他們也沒有放在心上。市政團隊唯一能做的是每天給這些人送補給品。

小船從亞維爾街轉入聖查理斯街，林登迎面所見的是他住過三年的那棟紅磚高樓，就在教堂街上。坎蒂斯走了以後——都快六年了——他再也沒有回來過。超市、乾洗店、眼鏡店、日本餐館，所有商家都關門抵抗大自然的威力，這幅情景看了叫人心慌。還有一些商店，比如花店與希臘外賣店，看來不是讓大水給沖壞了，就是慘遭打劫。他記得這條街在市集日是多麼擁擠，逛街的人接踵摩肩，人行道上寸步難行。如今，人行道沒了，人潮也沒了，只有荒涼、寂靜與水紋。在他眼中，同一個地方的今景昔痕好像變得互不相容，舊日居地難以辨識，卻又熟悉得叫人心痛。林登抬眼凝望七樓陽台，一顆心怦怦直跳。他的目光想看向他處，但他一面畏縮，一面強迫自己。二〇一二年六月六日週三正午，阿姨在此地墜樓身亡。蒂莉婭告訴他，對街女裝精品店的售貨員看到坎蒂斯在上面站了老半天，然後攀過欄杆，張開手臂，宛如天使的姿態，頭下腳上墜地。那位女士說：一個美麗而福薄的天使。她也承認永遠忘不了糖糖身體筆直落到教堂街上的聲響，就在麵包店前，林登以前常去那裡買巧克力麵包與可頌當早餐。那天不是市集日，街上的行人也不多，救護車立刻趕到，但是來不及了，糖糖已經猝然死去了。小船在她可能墜落的地點徘徊，莫妮克和法朗克跟麵包店老闆說話，林登不記得他，也許是新老闆。老闆想知道他的保險金何時會下來，他們都很有耐心，但要是繼續下雨，河水繼續上漲，在這個淒慘地區的所有人會怎麼樣呢？

「林登，你沒事吧？」奧瑞爾突然問道，一隻手搭在他的肩膀上。

雨水嘩啦嘩啦打在林登的臉龐，雨水與淚水交織。換是另一個時刻，換是另一個時機，他會聳肩甩開她的手，告訴她他沒事，真的沒事，他會繼續拍照。今天，他發現他情緒脆弱，他憋不住，再也憋不住了。當他抬頭看著陽台，簡直就像看到了坎蒂斯站在那裡，他努力尋找合適的話語，**這就是我阿姨自殺的地方**。這話聽起來太可怕了，他提不起勇氣說出。他只能無聲流著眼淚，把萊卡緊緊揣在懷中。他從來沒想過回到這裡竟是這麼難，接著發現他從來沒跟任何人談過糖糖的死，連薩夏也沒有說過，過了那麼多年，他還是沒能從那打擊中走出來。他好不容易對奧瑞爾咕噥了幾句，說以前和他的美國阿姨住過這裡。奧瑞爾冰冷的小手握住他的手，他知道她明白了，應該是猜到了他難過的原因。小船划向查爾斯米契爾斯廣場和美格勒納勒，這些地方完全泡在水中，巨大的商城沒有燈光，彷彿孤零零的，靠著一組水上警察巡邏隊守衛。在塞納河岸區，聳入灰濛濛雲端的摩天大樓已經人去樓空。

奧瑞爾壓低嗓音說，她的男友在二〇一五年十一月那起攻擊事件中罹難，發生地點是第十區的亞伯特街，當時他和友人在恐怖分子攻擊的咖啡館裡用餐，十四個人遇害。她和他只交往六個月，但彼此相愛，非常幸福。攻擊發生的當晚，奧瑞爾與母親做伴，她母親患了椎間盤突出，無法自如活動，她原本計劃和母親一同吃飯，再和男朋友見面。十點半，就在她要和他會合時，全城爆發的恐怖事件之新聞打斷了母親正在看的電視節目，在隨之而來的混亂與恐慌中，奧瑞爾發現她到不了巴黎的另一頭。

巴黎封鎖了，持續不斷的警報聲震碎夜空，市民奉令留在家中。男友沒接手機，她一直打到天亮，展開漫長又焦急的等待。兩天後，男友的父母打電話給她，說是已經確認了兒子的屍體。聽著奧瑞爾說話，望著衰頹的舊居，林登的痛苦莫名減緩了，他走出了痛苦的樊籬，告訴奧瑞爾他是多麼難過聽到這件事，一定非常可怕。奧瑞爾說她從來沒去過亞伯特街，永遠也不會去。許多巴黎人帶了鮮花蠟燭去了那裡，但是她沒有，在悲劇發生一週年之際，她帶著玫瑰，去了伏爾泰大道上的巴塔克蘭音樂廳，在十一月十三日那個血腥之夜，八十多人在那裡喪生，這是她向所有罹難者與男友致敬的方法。

後來，林登和奧瑞爾在雨中走回康朋廣場，又到莫特皮凱大道一家咖啡館歇腿。能待在一個乾燥溫暖的地方，躲開亞維爾區的不幸，真是太好了。他們分別點了熱巧克力和茶，接著奧瑞爾只說了一句話：「跟我說說她的事，你阿姨坎蒂斯。」

從小，坎蒂斯就本能地瞭解他，他覺得和她比和母親更親近，一直都是這樣。因此，他也從小感覺蘿倫因為他而心裡積著對姐姐的不滿，她從來沒有表現出來，但是那股不滿潛伏著。他向糖糖出櫃，沒有告訴母親，他感覺母親更加不滿。糖糖自殺那天，他人在東京，為了能趕上她的火化儀式，他發狂似地衝回來，卻仍舊沒趕上，他至今還為此事受責。糖糖在廚房桌上留了封信，信中也沒有解釋，只詳細說明她希望火化，不要舉辦彌撒，沒有一字一句關於她自殺的原因。但是他知道，他知道她為什麼要這麼做，因為那個男人，那個讓她等候多年的J．G．，光是承諾從不付出，最終還娶了一個年輕女人。他結婚後，糖糖繼續和他交往，她向林登坦承她無法自拔，她愛J．G．，她需要他。她和他於午休時間到旅館見面，非常委屈。林登對這個素不相識的人起了恨意，他連這人的長相也不知道。他記得J．G．會三更半夜打電話來，一講就是幾個小時，糖糖對他唯命是從。這傢伙有什麼特別的地方？他真想知道。她在他身上看到了什麼？她的個性很好，她值得一個比可惡的J．G．更好的人。他向奧瑞爾解釋坎蒂斯與蘿倫之間奇怪的競爭，他很清楚她們很親，也珍惜彼此，但競爭是存在的，而且處處都在競爭。不知為什麼，他覺得是母親的錯，不過理由也說不清，也許原因源自她們的童年，源自她們幼年在布魯克萊恩成長時父母灌輸給她們的傳統。蘿倫沒有糖糖的冷靜，也沒有她的圓通；他的母親比她姐姐直率，沒那麼憂鬱。大家都認為糖糖很有內涵，這一點蘿倫很嫉妒。從外表來說，兩人都很美，但大家認為糖糖的魅力是文靜優雅，蘿倫則散發著性感。他很想念阿姨，從那個六月天以後，沒有一天停止思念她。稍早他們經過教堂街時，那種痛苦點燃了，再度點燃了。看到她縱身躍下的陽台，他感到一陣反胃，她為什麼決定結束自己的生命？林林總總的細節又回來糾纏著他，想像她那天早上挑好衣服穿上，他知道她穿著一襲淡粉色洋裝，為什麼是那一件呢？有故事嗎？她是為了J·G·而穿的嗎？穿上去時，她可知自己將穿著這件衣服死去嗎？二〇一二年六月六日週三，這個日期有什麼意義呢？對J·G·、對她有任何含意嗎？他苦苦思索那個日期，發現那天是諾曼地登陸紀念日，母親與外祖父母也注意到了，不過絕對與諾曼地登陸無干，費茲傑羅·溫特與瑪莎·溫特——她的父母——與二次世界大戰沒有關係。蘿倫說，日期很可能是隨機選的，他們只知道糖糖起床走到窗前而已。以前夏天時，他們——他和糖糖——會坐在那裡，坐在兩把宜家家居的折疊椅上啜飲夏多內白酒，看著夜空泛著淡淡的紅暈。只要太陽一出來，她就把他們的衣服拿出去晾乾，即使房東不同意。那大小姐呢？她新養的那隻貓呢？林登和阿姨都愛貓，他很愛小鬆餅，她活到十五歲高齡。糖糖從來沒有見過他自己養的兩隻貓，摩卡和雷波雷諾，她在他和薩夏收養牠們以前就走了。二〇一二年六月，大小姐僅有六個月大，牠是個搗蛋鬼，綠眸子，黑白皮毛，像個輕佻的小姑娘。他用Skype和阿姨視訊通話，看到大小姐在房裡昂首闊步，糖糖一見牠胡鬧就大笑，多麼令人開心的畫面。坎蒂斯一定沒有帶大小姐上陽台，是把牠鎖在另一個房間嗎？糖糖做事非常細心，也很保護她的貓，對牠們說話就像牠們是人一樣。在那最後一天，她對大小姐說了些什麼呢？他始終沒有查出後來是誰收養了那隻小貓。

二〇〇〇年林登十八歲，從糖糖的公寓搬到聖安東尼街的頂樓小房間，心中始終思念著她。那間小之又小的房間——所謂的傭人房——率先見證他獨自生活的日常新規。在那裡的第一個冬天很辛苦：房間很冷，暖氣很爛，接著又發現夏天悶得要命。他在巴士底廣場另一側的攝影工作室工作，賺取足以支付房租的微薄薪水，後來開始就讀戈柏林影像藝術學院，父母和糖糖贊助他學費。每兩週他會回到聖查理斯街吃晚餐，只要他來，她一定邀請各種有趣的人。她做得一手好菜，這是他在新居想念的另一件事。她朋友很多，很受歡迎，但林登知道她內心深處很孤獨，夢想有一個家庭，一個丈夫，幾個孩子，一個家——她妹妹擁有而她所沒有的一切。林登深信是她的孤獨害死了她。只有在那些夜晚，她能與她所愛也愛她的人共度。他的外祖父母走不出她的死所帶來的創痛，一夜之間蒼老了，從此委靡不振。二〇一三年費茲傑羅過世，一年後瑪莎也跟著走了。二〇一二年六月，林登趕回巴黎時，傷心欲絕的母親和姐姐迎接他，她們忙了幾天，已經心力交瘁。她們檢查糖糖所有的物品，與他有關的照片、書籍和信件都交給他。也整理了她的傢俱，或是賣掉，或是送去薇儂莊。又連絡了糖糖教授英語的大學教職員生——她們把事情都處理好了。回到紐約，林登花了一段時間，也許是一兩個月的時間，才鼓起勇氣打開那個大信封。坎蒂斯的筆跡與母親的很像，潦草，向左傾斜，但他看得懂。在二〇〇五年九月的一封信中，她提到要和J．G．到羅亞爾河度週末，寫的是他的名字，而不是他名字的首字母。尚—格雷古瓦。猛然，林登想起這個人的姓氏——德．佛羅薩克—拉提尼（他還拿這個姓的長度和複離開過玩笑）。這麼一來，上網查他是誰就容易了。點了幾下滑鼠，想找的資訊就找到了。J・G・住在巴黎郊區，有四個孩子，年齡介於十歲到十六歲之間。二十年前，當坎蒂斯認識J・G・時，他一定長得很帥氣，瘦高，瀟灑，黑頭髮。他們在哪裡邂逅的？林登不記得，他想應該是某次的聚會。J・G・目前已從家族印刷企業退休，找出他的電話號碼和地址也同樣容易。他回憶道，簡直是易如反掌。

奧瑞爾和他去的咖啡館坐滿了人，有人給手機充電，有人避寒躲雨。這是一個歡樂的地方，有紅棕色調的裝潢，侍者飛快走過，熟練頂著沉重的托盤。夜色降臨了，奧瑞爾為他們兩人都點了蘇維翁葡萄酒。可以把故事說完嗎？她很想知道後來的情形，他最後給那個可惡的人打電話了嗎？林登呵呵笑了。

「別再那樣笑。」奧瑞爾抱怨。「實在太性感了。」

林登很想告訴她，和她在一起好快樂，他多麼享受與她分享這一刻。在過去的二十分鐘，他話說個沒停，儘管忙了一天，又憶起糖糖自尋短見的悲傷，但是肩上的重量減輕了。他從包裡拿出萊卡對準她，當他覺得需要言語卻無話可說時，往往就是拿起相機，放在臉前的相機就像一張盾牌。奧瑞爾舉起手掌，有點惱火，也有點受寵若驚。最後，她放鬆心情，凝視著他。他拍了幾張照片，捕捉到她灰眸裡熾熱的光澤。他把相機拿開後，她拉住他的手，用食指愛撫他的掌心，兩眼直勾勾望著他。她的表情及手勢都很清楚，林登任由她玩弄他的手，沒有把手抽開。過了一會兒，她問他是否正在戀愛，他回答他在談戀愛，他和薩夏在談戀愛。她揚起眉毛，輕聲複誦那個名字。薩夏是男人嗎？他回答說，沒錯，薩夏是男人，他五年前認識他，現在和他在舊金山市同居。他等待著，期待更多的問題，如果問題來了，他準備好回答這些問題。但是問題沒有來。奧瑞爾啜飲著酒，手已經離開了他的手。她安靜了一會兒，他們之間的沉默並不尷尬。然後，她說：「告訴我尚—格雷古瓦的事。」

坎蒂斯自盡兩個月後，林登打電話到J．G．的家中找他，那人自己接起了電話。當時，是紐約的正午，是法國一日的尾聲。林登立刻說他是坎蒂斯．溫特的外甥，J．G．吃了一驚，不過並沒有不友善，只是小心翼翼問林登有什麼事。林登有什麼事？是這樣的，他想知道德．佛羅薩克—拉提尼先生（多麼冗長而難念的名字，奧瑞爾不禁竊笑）是否知道坎蒂斯．溫特身故了。電話另一頭陷入沉默，接著是咳嗽、咕噥和清嗓子的聲音。這件事他知情，的確非常叫人難過。林登不喜歡J．G．的語氣，又緊張又刺耳，懷疑德．佛羅薩克—拉提尼夫人就在旁邊偷聽，不知她有沒有一絲一毫察覺到，二十年來她的丈夫與一個叫坎蒂斯的可愛迷人美國女人交往。J．G．以同樣克制的語氣，問能不能之後給林登回電話。林登把手機號碼給了他，但完全沒想到會接到那個人的電話，但令他吃驚的是，三個小時後，他果真回了電話。

J．G．聽起來心灰意懶，承認坎蒂斯的死訊給他沉重的一擊。他是怎麼知道的？又一次清嗓子。坎蒂斯寫信給他，揚言要自殺，他在她死後的第二天才收到信，這是一個可怕的打擊，他無法表達他的悲傷，因為……因為他的妻子。他的妻子始終不知情，他覺得很難過，他覺得很愧疚，他知道他的餘生都將背負著這種痛苦和罪惡感，這是他要扛的十字架。還有一件事，J．G．不在乎林登對他的看法，林登要怎麼想都行，並不重要，但林登一定要知道，他愛坎蒂斯，他深深愛著她，他愛她勝於任何的女人。接下來，J．G．沒有再說半個字，就掛上了電話。

林登停止說話，咖啡館的嘈雜壓過他的沉默。奧瑞爾的眼眸充盈著悲傷。

林登在蓮蓬頭底下站了很久，享受溫暖的水。他不禁想起今天下午的所見，那些困在冰冷潮濕公寓裡的人們。這趟巴黎之行似乎將他撕開，往舊傷撒鹽，又添了新傷。他又疲憊又傷感，穿上衣服時想振作起來，但是一張張掠過的畫面折磨著他：父親住院，蒂莉婭不忍再聽的故事，坎蒂斯投身而下的七樓。因為他是攝影師，所以能在腦海如此清晰看見這些影像嗎？要怎麼把它們抹去？他集中精神想著他的家，想起了淡藍色的牆壁，琥珀的氣味，到馬拉喀什市集旅行帶回來的芳香紀念品。雷波雷諾沐浴在陽光之下，摩卡小狗似的跳起來迎接林登。想到貓咪，心情就好起來，想牠們毛茸茸的皮毛，想牠們的喵喵嗚嗚聲，想牠們在陡樓賽跑。他也想像薩夏在廚房裡的情景，他穿著短褲T恤，腰間繫著那不勒斯買回來的舊圍裙（他拒絕扔掉），全神貫注做著令人垂涎欲滴的菜餚，頭髮紮成馬尾，某齣歌劇（《拉美莫爾的露琪亞》還是《杜蘭朵》）在屋內迴盪。這本來是薩夏的房子，在他們認識以前，他已經在那兒住了一段時間，四年前林登才搬去與他同居。搬到舊金山前，林登就認識了舊金山，只是現在意識到他已經無法住在其他地方。他打從一開始就喜歡舊金山，經歷過巴黎和紐約以後，他內心深處那個鄉間男孩總算找到歸宿，因為它的海景、落日、鄰近荒野與植物園。令人驚訝的是，這裡也像老家一樣由大自然主宰，刺骨狂風叫他想起肆虐薇儂莊山谷的西北風。他不介意迷霧，也不在乎驟雨與濕冷，纜車的隆隆聲令他感到有趣，金門大橋的景觀百看不厭，俄羅斯山的陡峭小徑也不會使他頭暈目眩。即便是舊金山遭受批評之處——停車位不足、灣區熏天的尿騷味——也不改變他的喜愛。林登最愛舊金山的地方，是能和薩夏住在一起。他喜歡把心愛的男人想像成一個黑髮男孩，漫步在小山小丘上。薩夏在附近的自由街長大，他的父母絲維特拉娜和鄧尼斯仍然住在那裡。林登結識了薩夏的鄰居。那個上了年紀還要賣弄風情的萊斯特太太，堅持別人直接喊她的名字塞爾妲。還有來自烏普薩拉的萊因一家人，每逢六月都會邀他們參加仲夏節聚會，依據瑞典傳統用跳舞和狂歡來慶祝夏至，五朔節花柱是一根高高的木柱，以鮮花裝飾，看著薩夏內行地繞著五朔節花柱歡蹦亂跳，林登覺得想笑，也感受到一股強烈的慾望。林登從來沒有和情人同居過，也從來沒有想過這麼做，他的獨立是非常珍貴的。薩夏邀請林登搬去和他同居後，一切都變了，諾伊谷的狹窄藍屋成了他們的避風港，這座歪斜的三層樓愛德華七世建築建於一九〇三年，老虎窗是西班牙傳道團風格，頂層臥室的天花板像大教堂，還有灰泥牆壁與年代久遠的壁爐，房子南面與西面都有開窗，陽光永遠從弓形窗射入。

終於，灰濛濛的巴黎被推開了。林登看到了週日的多洛瑞斯公園，薩夏正和一群孩子玩飛盤。每當太陽出來時，多洛瑞斯公園就是最佳去處，他在那裡可以牽著薩夏的手，甚至親吻他，也不會有人側目。那裡也有許多值得一看的風景，民眾做日光浴，或在山坡草地上鋪了毛巾打盹，也有人踢足球或打網球，舞者排練動作，呼啦圈轉啊轉。總有人在野餐，各種各樣震耳欲聾的音樂，嬉鬧追逐的狗兒，雜草和熱狗的混合氣味飄過棕櫚樹間——這些林登從來沒有厭倦過。他從未如此想念家，如此想念薩夏，但願有一顆神奇按鈕，像是他小時候夢想的那種，能夠瞬間把你送到另一個你想去的地方。然而，他知道他逃脫不了，他無法離開現在的位置，離開他在這裡的角色，他要負責，他和外甥女要讓這個家凝聚在一起。然而，沒有任何人或任何事能阻止他想像自己身在他方，想像回到了伊莉莎白街。

手機鈴聲打斷了他的白日夢，薩夏傳來一則簡訊：**無法想像你目前處境，你在Twitter上的照片好不眞實！你爸爸好嗎？愛你。**

林登看了一頭霧水，查看了自己許久未曾查看的Twitter帳號。一點也沒錯，在市政廳小船上被水包圍著的就是他，他拉起圍巾抵擋臭氣，頭髮濕透了，手裡拿著萊卡。看似一張戰場上的照片，傳達出絕望與災厄。是那個年輕的女子從媒體船上拍的，照片已經被轉發了無數次：**#法裔美國攝影師#林登．馬勒加赫以相片記錄災難#洪水#巴黎#亞維爾。**

他還沒來得及回答薩夏的問題就有人來敲門。他打開門，見到了母親，她臉色蒼白，但是直挺挺站在走廊。她的臉頰瘦了，皺紋比平日多，不過披著披肩的她衝著他微笑。她腦筋已經恢復正常，所以想聽聽關於保羅的一切，林登必須和盤托出，不可瞞她。他們走進他的臥室，她坐在椅子，他坐在床上輕聲說話。他沒有告訴她父親的表情有多痛苦，只提到保羅眼睛發出喜悅的光芒，他們靠握手溝通。他描述轉院過程，說著說著，察覺母親原來完全不知道河的事，或者說幾乎不知道，因為她自週日臥病至今。她目瞪口呆聽他描述淹水的街景，他一面竭力讓她安心，一面說麥哲倫教授是個可信賴的人，堅稱保羅的病情沒有變化，只是他們必須等待，才能知道更多，由於急不得，所以事情變得困難。蘿倫提出問題，嗓子幾乎恢復了正常，只是比較低沉。她斂起了笑容，抱著雙臂回望著他。這次旅行是她的主意，看看發生了什麼事。她傷心地搖頭，覺得是她的錯。林登只能堅定地告訴她，絕對不是她的錯。他拍了拍母親的臂膀，母親不像往昔的她，彷彿只剩一個幻影，他真希望米絲朵和蒂莉婭在這裡振作她的精神。她的身體怎麼樣？他問道。護士有沒有來看她？她還需要吃多久的藥？蘿倫看穿了他的分心戰術，挖苦地對他點了點頭。她覺得好多了。她險些告訴他另一件事，只是猶豫了，像是改變了心意。她雙手托著臉頰，歎了一口氣。她這個動作讓林登想起了糖糖，他不想告訴她今天的事，不想告訴她去了糖糖家，痛苦的回憶再次浮現。

他希望有朝一日能夠提起糖糖，能夠自在聊起她，而不會使母親的表情蒙上陰影。蘿倫站起來，順手梳了梳他的頭髮，在他小時候，她常常這麼做。哦，順便跟你說一下，有狀況發生，科林在樓下。她迅速做了個喝醉的樣子。蒂莉婭不肯下去和他說話。

林登到大廳時，科林一個人懶洋洋躺在沙發上，一張臉漲得通紅。他的下顎突出，好像尼安德特人，衣服皺巴巴髒兮兮，頭髮也沒梳。他見到林登，顫抖著舉起一隻手，林登站在幾步之外也聞到了酒味。科林的聲音傳遍整個大廳。林登知不知道他那個笨姐姐不肯下來？她不肯和丈夫一塊吃晚餐，這不是很荒唐嗎？她悶悶不樂跟她女兒窩在房間，那兩個笨女人，他才不在乎，他受夠了。科林的聲音又拉高了。總之，他受夠了馬勒加赫這一家人，受夠了他們的態度，他們的輕蔑，他們不可容忍的優越感。他們以為他配不上他們，對吧？哎呀，打從一開始，從他和蒂莉婭結婚以來，就一直是這樣，他們總是冷眼看他，總是讓他覺得自己很糟。接待員雅嘉特尷尬地瞥了他們一眼，稍微再遠一點的地方，還有幾位客人瞧著這個場面。林登已經沒什麼耐心了，胸口有一團不祥之火正在悶燒。他簡短地告訴科林該走了，馬上就走，蒂莉婭不想看到他這副德性，蘿倫也是，他該回朋友家清醒一下，外頭有計程車，他去叫一輛，快走吧。科林瞪了他一眼，下唇鼓了出來。走？林登閉嘴，不要那樣看著他，他為什麼要聽林登的命令？他為什麼要走？他要做他想做的事，他要在這兒等多久就等多久，等到他那個又笨又胖的老婆終於下樓，然後痛罵她一頓，他要把他對這個叫人受不了的馬勒加赫家的看法原原本本告訴她，拜託哦，他大老遠從倫敦到這裡，為了她，為了她的父親，為了他們，結果得到什麼回報？這種回報？他們這群人，都給他滾開，他才不怕林登，哈！他何必怕一個同性戀？沒人怕同性戀。

林登悶不作聲，大步走向科林，揪住他的衣領，冷冷地用力一拉，逼得他不得不站起來。科林喜孜孜哼了一聲。哦，林登要裝裝男子氣概嗎？這就是他和男友相處之道嗎？他們都來粗野的嗎？他咯咯笑著。一定很厲害，然而，這不是他的風格，林登的髒手可以離開他的身上嗎？林登把他拖到門口，這可不容易，因為科林幾乎和他等高，可能還更重。然而，憤怒帶給了他力量。

「你到底在幹什麼？」蒂莉婭宏亮的聲音進入他的耳朵。

他在幹什麼？這還用說嗎？他正在把她老公扔出門外，把他推回他所屬於的陰溝，讓他去外頭淋雨，這麼一來，他頭腦應該會清醒，這一招應該會見效吧。他把科林拖到潮濕的黑夜，雨滴在四周劈啪劈啪打下，他感覺蒂莉婭無用的手指抓住他的手臂。科林一邊呻吟，一邊咕噥著什麼聽不懂的話。林登則是大吼，要他閉嘴。蒂莉婭在一旁看得驚詫不已，她從沒見過弟弟這樣生氣，林登的五官變了，變得銳利，眼睛因為憤怒而發黑。他把科林用力推到牆上，掐住他的下巴，一字一頓慢慢地說，好像科林是個遲鈍的五歲小孩。很簡單，給我這樣做：科林馬上回去他在岱納區的朋友那邊，待在那邊，不許再來，要是又來了，要是又喝醉了，那麼他的下場會非常非常悽慘。一輛空計程車沿著達拉布街開來——一個意想不到的奇蹟——林登吹了一聲口哨，攔下車子。他拉開車門，想把姐夫塞進車裡，結果科林在濕答答的人行道上滑了一跤，笨手笨腳摔了個四腳朝天，好像查理．卓別林電影裡的噱頭。林登整整花了五分鐘才拉他站起來，然後在蒂莉婭的協助下把他推進了後座，兩人都沒有理會後方車輛的喇叭聲。計程車司機說得很乾脆，這傢伙這種狀態，他哪裡也不會載他去。蒂莉婭很火大，伸手到後面口袋拿出錢，塞給他五十歐元，遠遠多過正常車資。那人接過鈔票，也就閉上了嘴。科林不記得朋友的地址，所以蒂莉婭要司機載他去岱納站，希望丈夫到了那裡能夠想出地址。他們望著車子在細雨中漸漸遠去，然後看著彼此。渾身濕透的林登仍然氣得上氣不接下氣，蒂莉婭解釋說，科林顯然喝了一整天的酒，她根本不想見到他，所以他很不高興。沒錯，她對他很冷淡，不然還能怎麼辦？難道每次他醉酒都期望她能睜一隻眼閉一隻眼嗎？他怎麼敢在這種情況下還跑來？謝天謝地，母親沒有看見他。還跌倒！沒有受傷真是奇蹟。她踉踉蹌蹌退後模仿他，林登拉住她的袖子。

就這麼開始了，就像他們小時候一樣，他們開始大笑，無助的、愉快的、控制不了的大笑。他們緊緊抓著對方，張著大嘴，彎著腰，不顧大雨寒風，笑到肚子都疼了。可憐的科林，他怎麼會料到呢？他跌的那一跤！太精采了！應該錄下來的。他們放聲狂笑，路人也不禁跟著呵呵笑了。歡鬧心情驅走負氣鬥狠，林登周身洋溢著一種輕鬆的滿足感，他已經多日沒有如此平靜了。最後，姐弟兩人扣緊手臂，緊緊抱在一起。

「我愛你，小帥哥。」蒂莉婭靠在他胸膛低聲說。

「我也愛妳，小美人。」

這是有史以來他們第一次對彼此說出這句話。

當我在你們之中，古樹神木，
你們包圍我也隱藏我，
於你們的孤獨中，我進入自己，
我感覺一個巨人聽我訴說，愛護著我！

——雨果（VICTOR HUGO）
〈給樹〉（AUX ARBRES）

我就在那兒，躲在最大那棵樹後面。我以為蘇珊娜一下子就會找到我，但沒有，她似乎想慢慢來。

我變得不耐煩，我再也聽不見她的聲音，她沒有像平常那樣呼喚我的名字。我慢慢地、小心地從樹幹後面偷看，就怕她會瞧見我。我不明白我所看到的，那個景象對我來說毫無意義。蘇珊娜躺著，我只能看到她的髮絲散在草地上。還有她赤裸白皙的雙腿。

她身上有個東西，看起來像一個很大很大的袋子，深色、麻面、髒兮兮的，蓋住了她的上半身。但是袋子會動。當我看著時，我知道它在傷害她，我聽到她窒息的呼吸，聽起來像是被燒傷或被毆打。袋子上有一雙紅統統的大手，大手環繞她的脖子。

我從來沒有這麼害怕過，我敢肯定那是怪物，噩夢中會出現的怪物，每個孩子都怕的那一種。這不是夢，這是真實的生活。這是大白天，不是夜晚。她在抵抗它，我看得出來，她用盡了全力抵抗它，扭來扭去，奮力掙扎，只是它比她強壯得多，也比她大得多。

我想跑，但動不了。我嚇呆了。怪物在她的上面，越撞越快，越撞越快，激烈得令人覺得噁心。她發出哽咽的聲音，怪物發出可怕的咕嚕聲。

我覺得自己快要在恐懼中溶化。我尿褲子了，我哭了起來。我想大喊大叫，我不知道怎樣才能得到幫助，要跑去找誰才好，房子太遠了。而且，如果我一動，怪物就會看到我，它會來抓我。

「你為什麼想成為攝影師呢？」這是林登時常被問到的問題。這個問題，不管他回答了幾次都不會膩，就像他的父親從不厭倦講述他搶救第一棵樹的故事一樣。林登喜歡聊起和馮索法吉老先生一起工作的事，馮索法吉老先生給了他第一台相機——柏卡。他也喜歡說起萊卡如何進入他的生命。然而，工作有些層面是無法訴諸言語的，他如何精確描述拍照對他而言就像是擷取經驗呢？他不想聽起來像書呆子，不想講課，也絕對不想透過作品說教，就像不喜歡拍照對象擺出僵硬姿勢一樣。這是一種太個人也太複雜的信念，無法說出來分享。有一回，一個法國記者替某雜誌寫一篇他的報導，他向記者解釋，拍照使用了普世皆懂的語言，這樣描述似乎很簡單，女人聽了他的遣詞用句就笑了，他要怎麼能告訴她，拍照一點也不簡單，每個攝影師都有自己一套語言呢？這樣說或許比較簡單：即使他手中沒有相機，他的精神仍舊在拍攝他所看到的一切，每當他看到了美或悲，都想用自己的方式，透過自己的眼光，將它化為永恆。

這個週三上午，他在醫院用手機和萊卡為父親拍照。小房間光線不多，保羅醒了，睜大眼睛回望他，氧氣鼻導管還插著。由於他的嘴巴歪了，林登不知道他是否在微笑；但父親應該是滿足的，林登喜歡這樣想。跟往常一樣，一拿起相機，他就不需要言語了。他專心拍攝父親的手，在黃毯的映襯下，他的手青筋突出，異常蒼白。林登還沒見到醫師，也許他們更早就來過了？護士照料父親的動作熟練，其中幾個人比較開朗。床頭上方有一排複雜的螢幕，螢幕上規律地閃爍著線條和數字，有紅，有綠，還有黃。林登觀察父親的身體，裹著藍色病袍的身軀顯得乾癟羸弱，他知道母親和蒂莉婭看到了一定備受打擊。才四天的時間，保羅就蒼老許多，看上去比他七十歲的實際年齡要老得多。

一個女人悄悄走入房間，中年年紀，身材豐滿，穿著花呢裙與褐色開襟羊毛衫，留著灰短髮。她向林登打招呼，他不知道她是誰，困惑地向她致意。她說自己叫多明尼克，嗓音柔和悅耳。他懷疑她走錯了房間，她卻問他的父親今天早上好嗎？她是保羅的朋友，只是他不認識？她也是愛樹人？她彷彿猜到他的問題，表示自己是醫院志工，替麥哲倫教授工作了很長一段時間，通常只有週二才來，不過因為淹水，有新病患轉入，所以這整週隨時都會在。一開始，她在房間讓林登覺得不自在。多明尼克在他的對面坐下來，將袋子放在地上，看樣子準備待上一會兒。林登覺得很苦惱，能請她離開嗎？這樣可能不大禮貌，她貌似是一個好心的女士。她從袋子拿出編織物編了起來，一針接著一針。他看著那拖得老長的藍羊毛，圍巾？袖子？他分辨不出來。林登今天早上看過新聞了嗎？好可怕，不是嗎？幸好，她住在離醫院不遠的第十四區，據說塞納河已經八公尺高了，還會漲得更高，離一九一〇年的歷史高度只差一點了！

林登有沒有看到艾菲爾鐵塔那些驚人照片？河水瀰漫整座戰神廣場，鐵塔好像矗立在一座巨湖的中央，非常難以置信吧？這城市是怎麼了？她聽說，巴黎最方便的交通工具，第一自然是坐船，其次是騎馬，這是她從新聞看來的。那則報導令人難以置信，警馬沿著博斯凱大道艱難前行，水淹到馬的胸口。我們自然也不能忘記郊區，那裡的民眾也遭受著同樣的痛苦，但是得到的關注卻沒有巴黎的一半。郊區始終是需要謹慎對待的地區，大水沒有讓它得到更多的關注，動亂反而還越來越多。多明尼克聽說，有的淹水社區夜裡開始發生搶案，似乎是北部郊區年輕人幹的，警察軍隊辛辛苦苦保護著人去樓空的建築。今天稍晚總統會搭小船視察亞維爾，林登知道嗎？好多人批評總統更早就該這麼做，她希望他也能到郊區看一看，那裡的民眾感到被忽視了，她表妹住在阿爾福維爾，家中也淹水了。她的語調聽起來很舒服，讓人寬慰，聽了一會兒，林登發現他喜歡聽她說話。她繼續心平氣和地講著，兩手敏捷地勾來繞去。他很想給她拍張照，她的銀髮四周有圈有趣的光暈。多明尼克從報上（《巴黎人報》還是《費加洛報》？她不記得）得知，近年持續不斷的降雨是全球暖化的直接結果，法國全境與其他歐洲國家的氣候都很糟糕，很叫人憂心，對吧？這不就表示以後降雨量會更多，洪水會更常發生嗎？林登點頭表示同意。她讀到的那篇報導也提到，巴黎上游的森林在過去幾十年裡從未停止砍伐，可能也是導致海平面快速上升的原因之一，砍除樹木不是一件好事，對不對？林登注意到他父親正在聆聽每一個字，保羅明亮的目光從多明尼克的身上飛快瞟向他，那眼神像是一個正在觀賞網球比賽的觀眾。

看到林登瞥了他的父親一眼，多明尼克說：「你爸爸聽得到、也聽得懂我們說的每一件事。」昨天晚上她和馬勒加赫先生聊了很多。林登眉頭一攢，一副不解的表情。多明尼克接著說，當然，馬勒加赫先生還不能正常說話，不過溝通絕對沒有問題，這就是她每週的工作，與中風患者建立聯繫，協助並教導陪伴他們的人也建立連結。林登很好奇，對於每一個她提供安慰的家庭，她知道些什麼，又瞭解到什麼。這一定是很不容易的工作；更叫人敬佩的是，沒有薪償可拿，她怎麼會來做這件事呢？動機是什麼？多明尼克過著怎樣的生活？回到家裡有人嗎？或者醫院是她一天之中唯一的重心呢？父親注視著多明尼克的圓臉上，閃爍的目光往下移動，看著她編織的毛線，保羅或許也因為她的出現而感到欣慰吧。

保羅昨天對她表達了什麼？林登感到好奇。多明尼克悄悄站起身，捲起毛線收好。與他們談話很愉快，她明天再來。她走出去關上門，房裡出現了空白，在乍然降臨的寂靜中，林登努力尋找自己的路。他應該像多明尼克那樣閒聊就行嗎？就是講話，信口聊聊？他在父親的眼中看到了期盼，便靠向床邊，握住保羅的手。你爸爸聽得到、也聽得懂我們說的每一件事。他感覺到父親手腕的脈搏緩慢跳動，敲打著他的大拇指，人體如此錯縱複雜，皮膚底下有許許多多看不見的巧妙運作，他覺得真是了不起。他想到阻塞父親動脈的血塊，又想到父親的身體與之對抗，真希望自己能夠期待並相信父親可以熬過難關。在這樣平靜的時刻，如此握著父親的手，「保羅會死」是一個荒謬的念頭。然而，他內心深處有一個強大的影像，一個揮之不去的影像：如同塞納河悄無聲息上漲，父親的生命似乎也正在慢慢消逝，兩件事彷彿交織互纏，預先注定。父親體內錯綜複雜的神經、細胞以及器官，就像是巴黎縱橫交貫的街道，逐步遭受水患入侵，電力中斷了，電腦資料傳輸受阻了。林登隔著濺滿水花的窗玻璃往外看，覺得自己成了哨兵，警覺注意著避免不了的大水入侵，注意父親，注意降雨，注意整座城市。

林登說起蘿倫身體好了點，但願不久能來探望她的丈夫。她看起來疲累，不過已經過了危險期，不會有事。父親的臉龐微微抽動，並眨了眨眼，發出奇怪的呻吟。林登不明白保羅要什麼，俯身靠過去。一句低語，他聽懂了「你」。一個字，你。林登指著自己，保羅壓低下巴，又咕嚕了一聲。父親什麼意思呢？哦！他懂了！保羅指他，他，林登。林登好不好？保羅嘟嘟囔囔，又點了頭。林登微微一笑，很高興自己聽懂了這新語言。他很好，他很好，是有些累，但是很好。他繼續講塞納河的事，認為這個話題吸引父親，就像稍早多明尼克聊起最新消息一樣。他描述城裡安裝了防洪和抽水設備，洪水還是和一九一〇年一樣緩緩蔓延到第八區。又一個潟湖正在聖拉查車站前方形成，沿著豎起屏障的拱廊街徐徐漫流。當局封鎖了該區，由於挖滿了下水道、地下道、停車場和地鐵，宏偉車站的地基並不穩定。此外，數百年前梅尼蒙當至夏樂有一條古老汙濁的塞納河分流流過，大水讓這條支流復活了，因此大量的水匯流到了此區。奧賽美術館一樓完全淹沒，藝術品收在安全之處，但是美術館還是承受了莫大的損失。甘迺迪總統大道上的法國國家廣播電台會堂是座圓形現代化建築，平日播送幾個國家頻道的節目，由於離河太近，只好閉館撤離；會堂周圍安裝巨大的充氣環，只是仍舊滲了水，電台目前到蒙馬特附近乾爽的臨時辦公室播放廣播。中心商業區拉德芳斯位於巴黎西邊，數千家企業設立辦公室，遭到與訥伊橋等高的洶湧河水占領，與首都斷了交通。專家說，這城市將要癱瘓十五天以上。林登聽說水位在明天或後天應該會到達最高點，他想到可能會讓父親無法安心，所以沒有提及從新聞聽來的數字，也就是逾五百萬人將無水無電可用。此次洪患的影響會是一九一〇年的十倍，這他也沒有提起，而說起經紀人回了郵件告訴他，他在亞維爾用老萊卡拍的幾張黑白照在國際媒體刊出了。林登說話時，確信父親明白大自然的至高至上，也許比任何人更要明白。保羅認真聽著，林登從他專注的眼神知道這一點。他有幾分想聊一聊其他的事，提出更私密的話題。他們——他和父親——從來沒有說過私密的事，要怎麼開始？也許應該去問一問多明尼克，她也許幫得上忙。米絲朵來了，打斷他的思緒。見到米絲朵，林登覺得欣慰，也覺得挫折，因為他無法與父親分享私密的事了。米絲朵興奮得容光煥發，她要給他們一個驚喜，他們猜得到嗎？她又蹦又跳，臉色漲得緋紅。他們困惑地盯著她，她慢慢打開門，蒂莉婭站在那裡，臉色蒼白，一動也不動。她一見到父親就哭了起來，米絲朵輕輕將她拉進房間，帶她到床邊，仍舊啜泣的蒂莉婭握起父親的手輕吻，說不出話來，只能把嘴唇一次又一次貼上保羅的皮膚。好不容易才說服她來的，米絲朵對林登咬耳朵。原本是蒂莉婭自己提議說想來醫院，但她們到了門口，她又退縮了，血色盡失，不得不坐下來。她說她得回旅館，她辦不到，於是她們坐了好久好久，米絲朵設法說服她，結果成功了。與往常一樣，看著姐姐時，林登又好笑又好氣，她這麼浮躁性急，實在難以控制，也難以捉摸。父親的臉龐似乎沒有那麼歪扭（還是林登看習慣了呢？），發出感人又叫人尷尬的聲音，林登有了使用萊卡的完美藉口，躲到相機後方保護自己。

他後來離開了，留下蒂莉婭和米絲朵陪伴保羅，結果在電梯前遇到了多明尼克。他猶豫了幾秒鐘後，還是開口問她要如何和父親說話，他說得結結巴巴，自己也覺得很可笑。他指的是真的說話，而非只是閒聊塞納河和天氣。多明尼克很認真看待他的問題，他們一起搭電梯下去，走到聖雅克街的出口。她解釋說，中風倖存者有奇怪的表情和聲音，有時會令家人膽怯，如果這一點讓他感到困擾，他可以看著窗外，一開始看著窗外說話，之後就會習慣了。林登不敢告訴她，父親的模樣並沒有讓他覺得困難，他難以開口的根本原因是無法對父親吐露祕密。他向她道謝，然後離開了。

他闊步沿著皇家港口大道朝蒙帕納斯和旅館走去，雨像老友般迎接他。他注意到咖啡館人很多，他們享用午餐，喝酒作樂，而有半個城市還泡在水裡呢，原來悲劇不是潛伏在其他地區，而是只潛伏在某些地區，這個體悟令他怏怏不安。不是整個巴黎受到影響嗎？難道這不是他們必須學會面對的嗎？回到靜悄悄的旅館房間，他觀看總統在市長與首相陪同下坐船到亞維爾勘災的直播畫面。他們一臉嚴肅哀戚，另一艘船尾隨在後，上頭坐滿扛著攝影機的記者。民眾從窗戶向總統大喊：有幾聲辱罵，有幾聲求救，更多的是感謝。總統耐心回答每個人的問題，伸手與他們握手，表達他的同情，甚至對一些謾罵作了回應。是的，他早該來了。是的，他很同情他們。是的，他是來幫忙的。林登看著電視時，手機出現一則奧瑞爾傳來的簡訊：希望你爸爸沒事？今晚十點，在格勒納勒街和勃艮第街街角等我，我們去搭巡邏艇，別帶相機，不許拍照。**Oxxx**

下午，林登去敲母親的房門，無人回應。他聽到吹風機的嗚嗚聲，猜她聽不見。又等了五分鐘，等到安靜了，他再敲了一回，這次蘿倫打開門，身上裹著浴袍，頭髮仍是濕的，手裡還拿著吹風機。她說還沒吹完，要他待在臥室。呼呼聲又響起，她關上浴室門。林登坐在那裡，心想這可能是與母親討論接下來幾週的好時機，如果保羅的病情維持不變，大家都得決定該怎麼辦。旅館不能繼續住下去，如果蘿倫得留在巴黎，就必須做好安排，他們有能讓她過夜的巴黎友人嗎？他想不出幾個人，況且洪水讓情況變得複雜。科林說過的那些朋友呢？不是很好的主意，最好別讓科林插上一手。母親的手機響起，手機就在他旁邊的床頭櫃上。傑─VDH，又是那個傢伙，她的前男友，傑夫·范德哈根。林登對著蘿倫大喊：「電話響了！」但是她又沒聽見他。過了一會兒，螢幕閃現一則簡訊，他不該看，但看了。

親愛的，很高興聽到妳好些了，有空給我打電話。日日夜夜思念妳，想吻遍妳全身。J

林登站起來，想趁母親從浴室出來前離開。他不知道哪個情況比較糟糕，是發現母親有情人的尷尬，還是完全知情卻必須面對她。她幾分鐘後就會出現，而他得表現得若無其事，像是什麼都沒看到，像是什麼都沒發生。他覺得自己辦不到，不知道姐姐會怎麼想。接著，他想到蒂莉婭恐怕早知道了，或者猜到了。他不想介入，不想評判母親，也不想讓她認為自己在評判她，這是她的私事，跟他毫無關係。他佇立在窗邊，局促不安。父母的婚姻？不甘他的事，他十五歲就離家了，他們的關係是他拒絕探究的謎，他何必要探究呢？然而，簡訊讓他陷入這團謎，逼他闖入他們的祕密。他不由自主想起父親，保羅知道什麼？這多久了？林登回想傑夫帶家人到薇儂莊的那個夏天，記憶很模糊。是最近的事嗎？還是像坎蒂斯和J．G．那樣持續多年的祕密呢？更多的問題冒出，父母幸福嗎？一直都幸福嗎？蘿倫當初放棄她的國家、她的生活，投向新的人生，投向她幾乎不會、現在仍舊講得很差的新語言，對她來說這容易嗎？她邂逅保羅時才十九歲，兩個孩子皆離家之後，她覺得孤單嗎？她那時四十歲，也許有她不為人知的脆弱：獨守著一棟大屋子，丈夫只會傾聽樹木。吹風機終於停了。蘿倫走出來，穿著深色毛衣和長褲，林登默不作聲，無法表現自然，手臂僵直垂在兩側。他等著母親發現簡訊，猜出發生了什麼事。她戴上老花眼鏡，手機托在手心。林登撇開視線，時間過得極其緩慢，她說不定什麼也不會說，她說不定會掩藏一切，就像她無法面對他是同性戀的事實，就像她也許對朋友說兒子交了女朋友。

「你一定對我覺得失望。」母親的聲音很低，但他聽得很清楚。他搖了搖頭，舉起一隻手，他不用聽這些，他不需要知道。他的聲音比他所預料的要響亮一些。她嘆了口氣。哎，她知道他生氣了，他完全有權利生氣。林登要怎麼跟母親解釋呢，他寧可她別說出自己的煩惱，他不用獲知全部的細節，父母的私生活對他沒有吸引力，他很驚訝她無法明白這一點。蘿倫結結巴巴，說得很吃力，林登第一百次認為她和她直覺強又說話輕描淡寫的姐姐截然不同。然而，他愛他的母親，縱使知道她只顧自己，心不細，感覺有時很遲鈍，但她敏銳的幽默感讓他覺得可愛，她也經常逗他大笑。現在，他一點也不想笑。他再次舉起手打斷她，告訴她沒關係，他能理解。她不用繼續說下去，他是成年人，他們為什麼不能立刻停止談論這件事？蘿倫的臉龐似乎鬆垂了，那個光彩照人、吸引全部目光的母親消失了，蘿倫的手往桌子重重一捶，林登嚇了一跳。

「林登，好好聽我說！」

她的語氣緊張，充斥著痛苦，眼裡閃著淚光。林登保持鎮定，準備迎接即將聽到的話。她一生做了很多很多的錯事，到了這個年紀倒也好，她看得出這些錯誤，能夠精確指出錯誤如何發生，為何發生。她不是在找藉口，不是自憐，她很清楚自己做了什麼。傑夫，她以前的未婚夫，沒錯，傑夫也結婚了，沒錯，聽起來很下賤無恥。天啊，不是這樣的！事情從幾年前開始，她很少見到傑夫，他和家人住在波士頓，他們一年見一次面吧，也許次數更少。如今，她的父母都過世了，她沒有理由去波士頓。她每天給傑夫寫信，十五年來，他們每天這樣通信，他是她的知己，最好的朋友，靈魂伴侶。他總是支持她，即使身在千里以外，她什麼都告訴他。她也以支持回報他。他們給對方寫了一頁又一頁的話，一封又一封的信，一則又一則的電子郵件，一段又一段的簡訊。保羅不知情，起碼她認為他不知情。他知道了會在意嗎？她不能確定。林登問她是什麼意思，她發出林登不喜歡的乾笑。林登就是不懂，對吧？沒人懂，就是沒人懂，沒人看得出來。保羅溫和善良又有耐心，他不兇，從來沒有對她吼過，也從來沒有打過她。只是，保羅活在另一個世界，看不到他們所看到的，聽不到他們所聽到的，他看到的只有樹，他關心的只有樹。她一定得向他解釋這些嗎？林登必定清楚，林登必然也承受同樣的痛苦，她曉得蒂莉婭是這樣的。林登喃喃說他知道。母親繼續說著，聲音仍然顫抖。只要她在身邊，保羅就滿足了，她的存在是他需要的一切，沉默把她逼瘋了，多年來她試著向丈夫敞開心扉，他永遠聆聽，但從來不曾討論；保羅把自己裹在慣有的矜持之中。她承認，她和管家娜汀更常交談，甚至是老園丁范戴勒。她安排這趟旅行，希望他能以某種方式與她互動，終於與他的家人互動，她認為時候還不算晚，保羅可以在七十歲時學會溝通！她是不是錯得太離譜了？如今，悲慘的事發生了，她的丈夫在醫院裡為生命搏鬥，她還能再和他說話嗎？他會聽到她說話嗎？他能活下來嗎？她內疚不已。蘿倫開始哭泣，輕聲哭泣。林登很好奇糖糖是否知道傑夫的事，瞭解妹妹的困境，她很可能是知道的，糖糖與蘿倫很親密，而且糖糖擅長保守祕密。他頭一次為母親感到難過，他冷靜細膩的母親很少為了什麼情況煩心，他幾乎沒見她哭過。他伸手拍拍她的肩膀安慰她，說保羅會挺過去的，她很快就能見到他，不用擔心。他站起來，低聲說要回房去了，她卻拉住了他的手。

「我想和你談談我的其他錯誤。」

她現在聽起來很堅定，眼淚也少了。她把淚濕的臉轉向他，說她一直在等待合適的時機跟他說這件事，只是那個時刻始終未曾到來。所以，她選擇了此刻，即使這一週他們的情緒已經承受太多劇烈的變化。這個包袱她背負太久，太痛苦了，她想談一談他出櫃的事。林登沒料到會是這件事。他又坐了下來，沒有說話，心跳稍稍加快了。母親緊握雙手，露出畏縮的模樣。有一句話她很想說，但是一直說不出來，那就是她很抱歉，很抱歉十三年前他告訴她時她的反應，很抱歉這麼多年來她再也沒有提起過這個話題，直到認識了薩夏。她讓林登非常失望，她從來沒有原諒過自己。當他說糖糖比她更早知道時，她居然覺得嫉妒，真是太傻了，她怎麼會這麼愚蠢、這麼冷漠呢？所有錯誤的情緒讓她不知所措。坦白說（她想坦白，她希望他們之間現在只有坦白），當他決定去巴黎時，她就猜到了他是同性戀，懷疑在學校受到了霸凌。但她什麼也沒做，什麼也沒說，又是一個可怕的錯誤。她知道為什麼，她現在說得出口，只是以前說不出來。她什麼也沒說，那是因為她害怕，害怕兒子是同性戀，害怕與別人不同，害怕格外引人注目。她害怕自己的孩子與學校其他孩子不一樣，尤其是在那個心胸狹窄的小鎮，因為她的姓氏——馬勒加赫。他們是名門望族，林登是家族唯一的繼承人，最後繼承這個名字的人。她無法向任何人表達內心的恐懼，她沒有人能夠傾訴。她無法讓自己說出「我猜林登是同性戀，我很害怕」。所以，她放手了，任他去巴黎。她至今還記得他當時的模樣，高高瘦瘦，鬱鬱寡歡，到廚房向她告別，他的父親已經上了車，等著送他去蒙特利馬爾搭前往巴黎的火車。在內心深處，她知道姐姐會給林登所需的全部溫柔與安慰，她當時無法給予他的全部東西。她鄙視自己，自認是糟糕透頂的母親。當蒂莉婭離家，然後懷孕，她感到更加孤獨與無用，不知道怎麼跟林登說話，他卻一天天與糖糖越來越親，她讓嫉妒成為阻礙。她可以和姐姐談一談，但是她沒有，又一個錯誤。那麼多的錯誤，她是錯誤大王，不是嗎？林登在他位於布羅卡街的公寓鼓起勇氣的那個春日，她表現得很糟糕，她回想起那天就想大聲尖叫。最糟的時刻是她說不知道他的父親會做何反應，要他自己去告訴保羅。她怎麼有辦法對兒子說這種話？太殘酷了！太無情了！她現在明白了，是她的恐懼又一次讓她說出這種話，擁有一個同性戀兒子的恐懼，害怕跟人說我兒子是同性戀的恐懼。為此，她厭惡自己。她希望兒子像她認識的所有人的兒子一樣，但是她並不是由偏執狂養大的！她的父母儘管守舊，但是很開明，教育女兒要寬容，要仁慈，要公正。究竟是發生了什麼？她花了一段時間才弄明白，其實是花了好幾年。她明白她必須摒棄她認為自己擁有的兒子的形象，也就是完美兒子的典型形象：一個融入社會，娶了一個女人，和她生了孩子的兒子形象。她對別人謊稱兒子的性向，只是因為無法面對他們的反應；她明白她必須停止這麼做。多年來，她不敢向林登詢問他的私生活、他的男友，連在他出櫃之後也一樣，回想到那些年她覺得很痛苦，他一定覺得她冷酷無情吧。時間一天天過去，林登事業開始起飛，在另一個領域比他的父親更加出名，她覺得光榮，真的光榮，只是內心總是有一種揮之不去的感覺。林登過著自己的生活，除了他的攝影作品以外，她毫無所知。她就是不知道該怎麼和他自然地說話，她向蒂莉婭提起這件事，蒂莉婭的反應很不耐，還訓了她一頓。她不能與保羅討論，她從來沒有跟他提起，她不敢，太蠢了。林登的私生活是她從未與丈夫討論過的話題，是保羅不願意嗎？不，她不相信，只是她自己不願意。一年一年過去了，這樣的沉默越來越多。然後，到了二〇一四年，在林登的陪伴下，她見到了薩夏。過去她沒見過兒子的男朋友，連他們的名字都沒聽說過。這頓晚餐讓她好緊張，這個年輕人、這個陌生人讓她一顆心七上八下。林登用電子郵件坦率地告訴她，他戀愛了，他很快要搬去舊金山，他想讓她認識薩夏。二〇一四年四月，蘿倫到波士頓待了一週，參加母親的葬禮，林登也來了。那段日子蘿倫過得很糟糕：兩年前，姐姐自殺，前一年父親去世，如今母親也走了。她答應順道去紐約，保羅則要參加一個重要的樹木學家大會，所以從波士頓直接飛回法國。薩夏和蘿倫見面的那一晚，她看見他們走進餐廳，兒子的臉上洋溢著幸福的光輝。起初，她只看到林登眼中閃著不可思議的光芒，接著看到站在他旁邊的那個男人也有同樣的光芒，同樣的神采。她看到的是兩個相愛的人，她一眼就看出來了。她為什麼始終在害怕呢？她覺得自己解脫了！她再也不說謊了，不需要。提到薩夏時，她永遠會再加一句：是我兒子的男朋友。和保羅說話時，她就只是簡單地說薩夏。保羅從來沒有問過任何關於薩夏的事，但是他絕對知道薩夏是誰，兒子與男人同居，他有什麼看法？她不知道，也從來沒有鼓起勇氣問他。林登說，出於同樣的原因，他也沒有問過。

「也許，你現在能和爸爸談了，終於可以了。」蘿倫說。接著是一陣寂靜，伴隨著各種可能性的嗡嗡聲。蘿倫首先打破沉默，還記得和薩夏的第一次晚餐嗎？他當然記得！他怎麼能忘？俯瞰格拉梅西公園的邁亞里諾餐廳，開胃菜是炸朝鮮薊，普羅賽柯葡萄酒在玻璃杯中冒著氣泡。蘿倫又說，她才認識薩夏，薩夏卻在用餐的頭十分鐘就逗得她笑了，她甚至想不起笑話內容，只記得自己摀著餐巾壓低自己歡樂的笑聲。是他又模仿了誰嗎？薩夏非常擅長模仿名人。

現在蘿倫語氣輕鬆多了，表情也不那麼緊張。她還有一件事要說。偶爾，有人聽到她的兒子是同性戀時，會做出強烈的反應。唔，比如去年夏天吧，她去格里尼昂參加一場女士午宴，這場優雅宴會在洗衣坊古蹟附近的漂亮餐廳舉辦。她平常不參加這類活動，因為出席得盛裝打扮，與人閒聊，不過有個很熟的鄰居朋友要去，她也就去了。涼亭下擺了桌子，裝飾著玫瑰花束，菜餚十分美味。她坐在一個瘦弱女人旁邊，她來自蒙布里松，叫莫林夫人，戴著一串珍珠項鍊。蘿倫聽說莫林夫人在山上有一棟花園宏偉的豪宅，想起莫林家幾年前搬來時保羅去過那裡察看林木。莫林夫人一聽蘿倫是保羅的妻子，非常興奮，她對保羅有著溫馨的記憶，保羅的樹木知識十分淵博，蘿倫太幸運了，嫁給一個這麼了不起的人，她和保羅有孩子嗎？蘿倫點頭說有，一女一男。莫林夫人提不起勁地挑著盤中的食物，對馬勒加赫一家卻似乎十分感興趣，想知道蒂莉婭和林登的事，好特別的名字！他們的父親取的，蘿倫說。那麼，蒂莉婭在倫敦，是藝術家，林登在舊金山，是攝影師？有孫子嗎？有，米絲朵，十七歲，還在讀書。林登呢？結婚了嗎？蘿倫微微一笑。沒有，但正在計畫。莫林夫人的紅唇揚起笑意，一個美國未婚妻？跟他的母親一樣？是一個美國青年，蘿倫告訴她。莫林太太的嘴唇似乎一縮，眉頭也皺起來了。一個青年，她重複道。對，蘿倫爽朗地說，一個青年。莫林夫人似乎完全摸不著頭緒，她又說：「我兒子和一個年輕男人訂了婚。」莫林夫人眨眨眼睛，張開嘴，拿起餐巾輕擦了一下，仍舊沒有說話。（林登忍俊不禁，母親的模仿太好笑了。）蘿倫用清楚的聲音接著說，她的兒子是同性戀，他愛上了一個男人。莫林夫人一副驚慌失措的模樣，直盯著蘿倫，像是在觀察蘿倫有沒有長出鬍鬚或變成藍色。最後，她好不容易牽強地說林登非常勇敢，選擇做同性戀，真的非常勇敢。蘿倫盯著夫人堅定地說，兒子沒有選擇做同性戀，他生來如此，她為他感到驕傲，為他是誰感到驕傲。莫林夫人握住蘿倫的手，她的皮膚乾枯，手指瘦削。蘿倫真有勇氣！這種無條件的愛令人欽佩，就像兒子坐牢的母親，縱然孩子殺了人，她們仍然愛著他們。林登打斷她的話，說無法相信自己聽到的話。蘿倫露出諷刺的微笑。真的，全是真的！另一個密友得知林登的事之後，曾經向她承認他絕對不想有個同性戀孩子，她在他的眼中看到深深的憐憫與厭惡，真想給他一巴掌。又有一個朋友輕聲說：唉，妳好可憐，運氣怎麼這麼不好！最難以入耳的評論也許是那些自以為搞笑的輕率言論。哦，所以她兒子是同性戀？欸，那不是因為媽媽的緣故嗎？蘿倫是太縱容他，還是什麼？不都要怪蘿倫嘛？雖然那些批評有時仍會刺痛她，她學會了與它們保持距離。林登把蘿倫擁入懷中，緊緊抱著她。他從來沒有想到，母親會因為他是同性戀而遭到批評，也必須走上遭受排擠的那條陰鬱狹路，這似乎出乎意料，也不公平。她這番話短暫喚起他邁向自我接受之旅所承受的苦楚，反抗著周圍旁人持續不停的羞辱。蘿倫抽開身子，撫摸著他的臉。

她的眼眶又濕了。

「我非常以你為榮，林登，很抱歉，過了這麼久才告訴你。」

首都這一區已經沒有公共照明。摩托艇在前方的黑暗中等待，手電筒光束給林登和奧瑞爾帶路，他們沿著狹窄金屬通道穿過荒涼的勃艮第街。三名警察向他們打招呼：地區指揮官布魯諾．布瓦西和他的兩名副手。林登看不清他們的臉，但辨認得出他們身上攜帶的武器。指揮官說，據報此區連續兩個晚上發生了結夥搶劫案，第七區傳統上是富裕社區，所以搶劫案特別多。歹徒也把目標對準了第八區，尤其是奢侈精品店林立的聖奧諾雷市郊街，尋找珠寶、皮件、現金，看起來很有組織。他們充分利用了無燈無光的街道，划著立式槳板或獨木舟，無聲無息地溜進來，有時還把木板和板條箱綁一綁，就臨時湊合出一條船來。他們帶了梯子和木槌。如何行動？非常簡單：兩人守船，第三人爬梯上去，打碎沒有拉上遮板的窗戶闖進去，接著把貴重物品用袋子搬下去。只消幾分鐘時間。大部分公寓住戶已經疏散了，不過仍有一些意志堅定的居民留下。沒人聽到歹徒的聲響，即便聽到了，大多數居民也很害怕，加上市內電話故障，手機在此區無法使用，所以報不了警。對付、逮捕盜賊的唯一辦法是不停坐船巡邏街道。但是小艇不夠，人手也不足。布瓦西指揮官說，犯罪率節節攀升，與水位的節奏一致，民眾十分害怕，擔心要如何維持起碼的生活，也操心最後能否得到補償。許多商家遭到洗劫，這種情況在巴黎西北部的南泰爾和根尼維爾越來越嚴重。一個船長冷冷補充道，大家都不團結啊。奧瑞爾說，她討厭這個以自我為中心的世界，自拍統治了這個世界，沒人會費心思去查看鄰居是否安然無恙。坐上洪災援救隊摩托艇時，林登留意到雨停了，這是他週五抵達以來雨勢首度減緩。噢，雨還會回來的，駕船的副手說，這正是問題，雨還會再來。

夜氣冰寒，瀰漫著腐爛與排水溝的臭味。月亮從雲後探出，在淹水街道投下超自然的彩虹般光輝。巴黎宛如一個陰晦又險惡的威尼斯，一個逐漸沉入的大都市，無力反抗，屈服於瘋狂大河遲緩卻致命的暴力。指揮官告訴他們，他這輩子沒見過這樣的事，過去四天非常瘋狂，塞納河的破壞力難以想像。今天早上，他搭直升機飛到大巴黎地區中心地帶的法蘭西島，看到的一切景象都很不真實。河流改變景觀，吞噬碼頭、公園和街道，改變了每一個地方，隨心所欲重新繪製出新地圖。上下游沿岸郊區——從梅倫到芒特拉若利，以及更遠的地方——受創嚴重，即使是巴黎，即使已經做了種種的努力，也有地區未能得到相同的關切。當局第一考慮的是第八區，大水威脅到位於那區的總統府，奧斯曼大道上的春天百貨、拉法葉百貨與老佛爺百貨等大型商場倉促停業。指揮官難過地承認，他們來不及處理犯罪、商店竊案和民眾的恐慌及苦難，他們學會應付恐怖行動，但是面對忽然觸發的大自然瘋狂力量，他們束手無策。他又說，政府其實已經不堪重負，警方、市府、郊區市鎮首長之間陷入了衝突，專家指責氣候變化、過度砍伐和環境退化，可終究沒有人提出解決之道。

馬達輕輕發出軋軋聲，小艇在勃艮第街盡頭左轉，經過孤立無援的波旁宮廣場——帶著頭冠的雕像如今被包圍在池塘中——準備拐入大學街。在左邊更遠的地方，林登看到了巴黎榮軍院大廈，金色圓頂在月色下熠熠生輝，塞納河吞沒了廣場以及在廣場交會的每條街，構成一張漫無邊際的湖。風颳得很大，水拍打著船身，他們駛到另一側，小心翼翼沿著大學街前進，風已經吹不到他們了。這裡的寂靜更加深沉，黑暗也更加深邃，四周高樓大廈彷彿荒廢了，陰陰森森，像是從來沒有人住過。

小船左轉，駛入舒爾庫夫街。為什麼來到了這裡？林登納悶，為什麼回到了這裡？為什麼是這條街？想到其中的諷刺，他差點失笑了。這幾趟為什麼會讓林登想起無數痛苦的憾事呢？先是糖糖，現在是哈德里安；先是聖查理斯街，現在是舒爾庫夫街。由於無光，他看不到門上的門牌號碼，但他知道是二十號。布瓦西指揮官解釋說，與其他街道相比，這裡水位非常高，圖爾毛布爾大道和拉普大道之間的街區比其他地方低窪許多，恰巧位於凹陷的盆地。他說，這裡是全巴黎水淹最深的地方，加上洪水從河邊RER C線的軌道湧到地底，情況更加惡化，住在一樓的巴黎人家，水一直漲到天花板。從窗戶看不見任何燈光，只有到處閃爍的燭光，警察把探照燈打在石壁上，林登的目光隨著壁上的黃光圈移動，但是什麼也沒看見。他回到了十九歲。四樓，門在右邊。哈德里安的皮膚如絲般光滑，嘴裡呼出溫熱的氣息。十八年前的事了，卻仍舊感覺才發生，他什麼也沒有忘記。林登在巴士底廣場附近的攝影工作室工作，一個春天早晨，有個年輕人走了進來，年齡與他相當，有著他見過最可愛的笑容。他似乎很靦腆，一開始無法直視林登的眼睛。他想翻拍幾張黑白照片，還要加上框。林登壓根沒有注意照片，只看到年輕人那雙曬得黝黑的瘦削雙手。從菲力浦以後，他沒有認真與誰交往過，都是玩一玩，沒有誰是重要的。在聖安東尼街租來的小房間中，林登經常覺得孤單，天天過著單調乏味的生活。這個藍眼睛的陌生人，以及他靦腆可愛的笑容，不知怎麼給了他希望。那天，林登離開攝影工作室要返家時，年輕人在羅蓋特路再過去一點的地方等著。就這樣開始了。林登帶哈德里安回到小閣樓房間，他輕撫林登的臉龐，熱烈而緩慢地吻他。在哈德里安的懷抱裡，林登找到了一個覺得安全的祕地。他們再度碰面，一次又一次，總是在林登的住處。他們必須小心，哈德里安和父母同住，沒有讓他們知道他是同性戀，甚至謊稱交了女朋友，讓他們別再問問題。哈德里安在索邦大學讀歷史，是家中獨子，性格溫和，為人熱心又認真。林登記得他的聲音，柔和而悅耳。他們的戀情維持了一年，林登心中升起希望和信心，也不覺得那麼寂寞，哈德里安的愛填補了空虛，他們有時還會聊到未來。哈德里安擔心他父母的反應，還沒準備好要告訴他們，尤其是他的父親，他時時發表反同性戀的言論，說同志應該關起來，不然就是吊死。他認為他的母親可能更能理解，不過也很怕，不敢告訴她。他沒有人可以說，也沒有人可以求助，連朋友都不能講。林登好幸運，可以這麼簡單就告訴了阿姨，阿姨的反應還非常令人感動。

對講機的嘈雜聲打斷了林登的回憶。警察在馬拉街附近將三個惡徒逮個正著，而且是人贓俱獲。他們把搶匪扣上手銬，預備押去梅因大道的警察局。林登點點頭，假裝很高興，但是腦中完全沒在想逮著惡徒的事。他看到門牌二十號了，在右邊，就在餐館隔壁。那是一座樸實無華的淺色樓房，比旁邊雄偉建築樸素得多，沒有一扇窗有燭光。哈德里安的父母還住在這裡嗎？即使只去過兩次，他對那間公寓印象還是很深刻，裡面有點暗，陽光始終透不進來。事發那天早上，哈德里安的父母去了西班牙旅行，他的父親是教師，每次學校放假就和妻子出門。他們自以為很安全，萬萬沒料到他的父母比原計劃提前回來。哈德里安求林登陪他在家裡過夜，一晚就好！他們在大床上睡這麼一次，他會在父母回家前更換床單，他會做一頓好吃的飯菜！林登拒絕不了哈德里安的熱情。他們兩個都沒有聽到鑰匙在鎖裡轉動的聲音，一絲不掛在對方懷中酣睡。林登聽到的第一個聲音是哽咽的喊叫，他睜開眼睛，見到一對中年男女站在那裡似乎氣炸了。事情發生得非常快。刺耳的尖叫，激動得面紅耳赤的父親，他對他們說，他們非常令人討厭，非常下賤，非常噁心；他們是又骯髒又噁心的同性戀。一雙手像爪子一樣又指又點，林登和哈德里安跳下床，毫無招架之力，面對連珠炮的濫罵直往後縮。他們匆忙笨拙穿上衣服，哈德里安已經淚流滿面。他父親的話不可能忘得了，他一句接著一句：這裡不要哈德里安了，他跟他那可惡的男朋友快滾，永遠不要回來，哈德里安聽到了嗎？明白了嗎？聲音十分惡毒，充滿了恨。哈德里安不再是他們的兒子，到此為止！一個同性戀兒子？不可能！他是個廢物，他害全家人丟臉，他的爺爺奶奶會怎麼想？他的叔叔嬸嬸，他的堂兄弟姐妹？他想過嗎？他想過自己的父親嗎？他自己的母親？哈德里安的父親說，他真恨不得妻子當初懷孕時流產了，他不會再給哈德里安提供金錢，永遠不會，一毛也沒有。哈德里安應該為自己感到羞恥，他這種人是變態，他們不正常，應該關在監獄，還有治療他們這種人的醫學，有國家甚至處死同性戀，怕了嗎？也許害怕會讓他們長點腦袋！他們不明白嗎？這個世界容不下他們，他們難道看不出來沒有人需要他們，沒有人同情他們？林登拖著哈德里安下樓，直接搭了地鐵回住處。他們不敢牽手，但是搭乘八號線回家的漫長旅途中，林登好想好想安慰哈德里安。快二十年過去了，林登仍然感受到那刻的沉重，慶幸奧瑞爾因為無光所以看不到他的臉。哈德里安從來沒有怨言，也從來沒有提過那件事，他的心裡好像有什麼東西斷了。他在林登那裡住了一段日子，繼續用功念書。後來，他在一家書店找到工作，搬了出去，他們就斷了聯繫。那是哈德里安所做的選擇。幾年後，林登從臉書發現哈德里安結婚了，與妻子生下一個孩子，上面有一張全家福，哈德里安的父母在後面，臉上掛著驕傲的笑容。這張照片讓林登非常震驚，他拿給朋友看，其中幾個在他們交往時也認識了哈德里安，一個叫馬丁的朋友說，哈德里安看起來像待宰羔羊。二〇〇九年，林登搬去紐約，未來充滿了令人興奮的計劃，想起哈德里安時心也沒那麼痛了。他認識其他男人，四處旅行，發憤工作，但他知道自己永遠不會忘記。一年半前，在他與薩夏的巴黎之旅後，他收到馬丁傳來的簡訊，說哈德里安過世了，詳情馬丁不知道，他是從《費加洛報》訃聞版看到的，哈德里安得年三十五歲。出了什麼事？林登無從得知，他上網搜索，但什麼也沒找到。他一遍又一遍問自己，哈德里安為什麼死了，沒有答案，只有問題與疑惑。他感覺到與糖糖走後一樣令人窒息的折磨，他們同樣都留下了無法撫慰的悲慟。

摩托艇在聖多明尼克街疾馳，經過許多以門閂徒勞抵擋著洪水侵入的店鋪，想必存貨與地下室全泡了湯吧。和聖查理斯街一樣，這裡曾是一條熙來攘往的街道，人多車也多，如今是淒涼積水的荒原，半個人影也沒有。前方艾菲爾鐵塔的輪廓宛如一縷憔悴的灰色幽靈，黑水在周圍蕩漾，水面漂著一抹蒼白的月，如同一張溺死的臉，在墓碑般的寂靜中向上凝視。小隊現在要去察看蘭德里厄巷，平靜的狹巷位於聖多明尼克街與大學街之間，沒有店家，但許多遊客會在這裡租屋暫住數天或一週。據他們所知，公寓現在都空了，需要監視防盜。昨晚，四號發生一起入室盜竊案，案發地點是一間出租舉辦聚會或活動的豪華樓中樓上層，竊賊偷走電腦、音響系統與硬碟。林登抬頭仰望月亮，想驅走有關哈德里安的思緒，卻驅走不了。奧瑞爾喊了一聲，大家都嚇了一跳。

「聽！有人在哭！」

馬達關了，大家豎起耳朵。起初，他們什麼也沒聽到，奧瑞爾都要懷疑是不是自己的想像。一位副手說，許多人家遺棄家中寵物，這是洪水造成的另一個悲哀，前幾天晚上，有一隻絕望的餓貓發出像人的聲音。接著，他們都聽到了：一聲朦朧而遙遠的哀號，是個孩子。他們經過一條條街道，入口皆聳立著現代大樓，費了番功夫才終於找到孩子的位置。他們把探照燈轉向黑漆漆的窗戶，那孩子還在哭，尖細的哀鳴讓他們找到了孩子。孩子也許年紀太小，走不到窗前，他們繼續往前划，停在十號的門前——嗚咽聲就是從這裡傳出來的。四樓有扇窗戶微敞，他們大聲呼喊，把燈光打在玻璃上。沒有回應。於是，兩人負責扶著營救梯讓布瓦西指揮官爬上去，小艇晃來晃去，林登心頭一陣噁心。奧瑞爾對他低聲說，她有不好的預感，她一直在擔心會有這種情形。這時，指揮官推開窗爬了進去，旋即又出現，懷中抱著一個還不大會走路的孩子。他向下對他們大喊，拉開了嗓門。裡面有個死去的女人，他們需要再召集幫手來。林登和奧瑞爾事後獲悉，這是第一起與洪水有直接關聯的傷亡事件，遇難者是一個來自波蘭的二十八歲女子，工作證失效了，非法打工，打掃便宜的日租屋。她陳屍的蘭德里厄巷套房是友人的，朋友答應讓她帶著孩子暫住幾週。十號的門房在幾天前就被迫離開了，在共和國廣場附近的避難所避難，她告訴警察，她從來沒有注意到女人的存在，也沒有留意到有孩子，就算有，也不記得。那間公寓透過網路轉租給不同的房客，來來去去的人太多了，沒人來查看這個女人。警察說她可能是死於流感，週日水位上漲時就病死了。奧瑞爾認為，真正害死這個波蘭女子的其實是缺乏關愛，這個可憐的孩子要怎麼辦呢？另一艘小艇駛來，帶走裹在被單中的女屍，以及蜷縮在一名警官懷裡哭泣的孩子。林登和奧瑞爾半晌不作聲。

午夜了，船長將小艇開向阿爾瑪橋。在天亮以前，小隊在第七區還有更漫長的守夜任務。冰冷的藍黑色天空中，月亮放出光芒，照亮高漲的河道。在康納克傑街盡頭，橋的前方有個較高的地方，他們朝那裡駛去。下船後，冰冷的水立刻淹上小腿，他們咬緊牙關涉水向前。這地方空空蕩蕩，塞納河已經浸濕了左阿夫士兵的肩膀，整座橋用金屬柵欄封死，宛如恰好架於河面上。指揮官解釋說，在一九七四年，由於古老的結構較低，有倒塌風險，阿爾瑪橋曾經重建。新的鋼筋拱橋較高也較寬，因此左阿夫士兵雕像新安放的位置也高了八十公分，因此水位照理應該已經到了左阿夫士兵的脖子。一幅銀色的慘景，林登真希望隨身帶著相機，他小心翼翼拿起手機拍了一張。

他們又上了小艇，轉回大學街，穿過廣場，經過淹水封鎖的奧賽美術館，來到了里爾街。巴黎看來死氣沉沉，陷入沉寂與晦暗，光明之城滅了光，失了生氣，只聽到突突的馬達聲從石頭建築發出的迴響。維爾納伊爾街一團漆黑，指揮官舉起敞亮的泛光燈讓船長看清楚路。在這條小街上，高樓大廈鱗次，給人一種沉悶的印象。林登想到所有空蕩蕩的公寓，想到所有不得不匆忙逃離的人，他們不知該留下什麼，該帶走什麼。在同樣深沉的寂靜中，他們穿過有多間藝廊的雅各街。多少人受到了波及？指揮官說，即使在沒有淹水的巴黎北部地區，氣氛也與這裡無異：無人居住，死寂無聲。夜生活沒有了，餐館越來越空，劇院和電影院的觀眾越來越少，巴黎人不是出城去了，就是待在家中，等待塞納河的洪水退去。首都完全陷入停頓狀態，孕婦、病患與老年人的焦慮更是不用說了。城市只有半數地區勉強有電可用，難怪大家都快瘋了！又冷又濕又餓又憤怒的人有多少？幾百人！幾千人！他當然希望水位高峰快到來，情況已經受不了了，天知道再這樣下去會出什麼事。專家說可能是明天，他們說塞納河水位可能超過一九一〇年的八點六二公尺的水位，達到有記錄以來的最高水準，也就是一六五八年的八點九六公尺，所以第十五區與第七區會再受創，大水會偷偷摸摸流至之前未曾到過的地方，一路漫延到第十七區、瓦格蘭和巴蒂尼奧勒。第三區會淹到塞瓦斯托波爾大道和圖爾比戈街，第五區會淹到比豐街和戈柏林大道。這一切要付出沉重的代價，指揮官痛心地補了一句。一切要恢復正常需要幾個月、甚至幾年的時間，塞納河的怒濤加劇了民眾的普遍不滿，認為當局無法預料也無法應付危機。對於這樣一個脆弱的國家，首度成為恐怖攻擊目標以來仍在療傷，洪水並未形成任何幫助，甚至使法國更加分裂。

林登回到旅館時，門下有張字條，是蘿倫寫的。

明天我想去看你爸爸，我一定要去。我和醫師說了，他說我可以去，請帶我去。

愛你的媽媽　xxx

巴黎淹沒的畫面暫時把林登的注意力從他的父母身上轉移開來。他疲倦地躺在床上，看了一下時間，半夜兩點，所以是舊金山的下午五點，對薩夏來說，今天仍然是週三。他提醒自己，薩夏每天都要和員工開會，稍晚再給他打電話，或者明天打吧，他把月光下淹入水中的左阿夫士兵照片傳給他。他睡得斷斷續續很不安穩，一聽見敲門聲就醒了。剛過八點鐘，天還是黑的；警察說中了，雨又下了起來，啪嗒啪嗒敲著窗子。是米絲朵，說他們準備好了，問他能不能下來。雅嘉特會設法替他們叫輛計程車，蘿倫身體很虛弱，走不到醫院。大家共進早餐，除了他們，旅館現在幾乎沒有人了。林登驚訝的是，科林也在，一副溫文爾雅的模樣，衣著整潔，鬍子也剃了，還散發著佛羅瑞斯牌鬍後水的香氣。他熱絡地向林登打招呼，拍拍他的背，像是什麼也沒發生過。林登常常看到姐夫表現出這種雙重人格，一夜之間，從醉醺醺的野蠻人，變成了優雅的大紳士。蒂莉婭坐視不理，泰然自若喝著咖啡。他們的婚姻是個謎，她怎麼受得了？科林一而再再而三撒謊，說服身邊人相信他正在英勇控制自己的酒癮，卻根本沒有意識到自己是多麼糟糕。林登好奇這兩口子能維持多久。科林百般討好，又是幫蘿倫倒茶，又是跳起來給米絲朵拿新鮮的可頌，一張臉堆滿了笑。

其他人吃著早餐，林登則伸手拿了早報專注讀起新聞來。今天（週四）塞納河將漲到最高峰，在奧斯特利茨橋到達了驚人的八點九九公尺。這個城市承受得住嗎？他讀到大河變成一種兇暴惡臭的黃，流速比平時快了十倍。專家擔心大水沖走危險廢物，擔心大量叫人憂慮的垃圾、腐爛植物與腐臭有機物。由於有毒化學物質及金屬汙染，大水臭氣熏天，城市籠罩在頑強又討厭的瘴氣中。所有報紙標題如出一轍：國難。他們也使用同樣的詞彙：毀滅、破壞、失業、癱瘓。林登沮喪地繼續往下讀，發現哈利維街上的APPLE專賣店在夜間遭洗劫，首都兩間歌劇院——加尼葉歌劇院和巴士底歌劇院——都淹水了（薩夏聽到這個消息會非常難過）。著名的英語書店莎士比亞書店位於蒙提貝羅碼頭附近，同樣也泡在水中，好幾張照片讓林登真希望是他拍的。聖母院縮小變了樣，像頭受傷的動物蹲在河上。杜勒麗花園徹底淹成了一座湖，浸在水中的樹木像絕望手臂伸出。聖米歇爾噴泉正在噴湧汙泥。波拿巴街上的美術學院也淹了。許多電力處理器泡水，大規模斷電使城市的速度放緩下來。新落成的司法部位於奧貝維利爾高地，雄偉的玻璃和鋼鐵建築非常安全。林登發現大家激烈抨擊的是近期搬遷的巴拉六角大廈，這棟位於十五區的碩大建築是國防部辦公大樓，有「法國五角大廈」之稱，為了防洪所以建在高柱上，結果已經受損了，只是沒有人知道損傷有多慘重。大家開始吵吵鬧鬧：當初為什麼要建在會淹水的地方？就像附近那間亂了秩序的龐畢度醫院？

到了考尚醫院後，林登在長廊等待，讓家人能盡情陪伴保羅，病房太窄了，無法讓所有人同時陪著他。蒂莉婭出來時，一副心事重重的樣子，她覺得父親這天早上看起來不大好，臉色更慘白，眼窩也陷得更深。她用她那頤指氣使的大姐口氣問一個護士，他們能不能見見麥哲倫教授，結果得知今天上午病房人手不足，許多新病人從淹水醫院轉來，他們忙不過來。蒂莉婭在弟弟的旁邊坐下。她好討厭在這裡，好討厭和護士說話、等待醫師等等狗屁事。林登沒有應聲，她瞧了他一眼，說從來沒有見過他這麼累的模樣。林登好奇她是否知道自己有多令人抓狂？他抿嘴笑了一笑當作回答。她接著說了一些讓他膽怯的話。她激動地說父親活不成了，她看得出來，她知道。林登整個人炸開了。她究竟在說什麼？她堅定地搖了搖頭。父親快死了，大家心知肚明，根本不敢說出來，他們無法面對，他們必須面對。林登想給她一個耳光。她怎麼敢？她怎麼敢毀了他們的希望？他好想掐住她的脖子。母親流著眼淚走出來，蒂莉婭恢復了冷靜，他也收起憤怒的表情，兩人皆起身安慰蘿倫。林登的眼睛從母親的頭頂上方對上蒂莉婭的眼睛時，眼神露出鋼鐵般的決心，清楚傳給了姐姐一個訊息：告訴我們的母親，他會好起來，告訴她我們都這麼相信。蘿倫低語說她受到很大的打擊，不敢相信他們的父親看上去是這樣的瘦削蒼老，她承受不住。他們費了一番工夫才使她平靜下來。

林登整個早上都會待在這裡陪伴父親，她們可以先走，他會和她們聯繫。他想用這番話要她們安心。他看著她們走遠，在米絲朵身邊的蘿倫猛然腿一軟，米絲朵趕緊攬住她的肩膀。回到病房，他注意到的第一件事是父親今天看起來病得很重，難道蒂莉婭是對的？千萬記得別讓父親看出他的焦慮。他站在窗旁，望著外頭灰濛濛、濕答答的天氣，感覺到父親的目光落在他的身上凝視著他。通風不良的小房間一片寂靜，林登聽到外面走廊上低沉的說話聲與腳步聲。這一刻延展開來，似乎永遠沒有盡頭。雨依舊下著。他聽了半晌父親的呼吸，他可以繼續這麼佇立著，望著濛濛細雨，這麼做很容易。他也可以轉過身去，平生第一次對父親打開心扉，選擇就在他的眼前，像是一個十字街頭。他沒有猶豫很久。

「爸爸，我想告訴你薩夏的事。」

一說出薩夏的名字，林登感覺有一扇門嗖的一聲平穩地打開了，好像有一條小路從面前蜿蜒延伸，一條充滿了希望與可能的小徑，他飛奔跑了上去。薩夏就站在他們的旁邊，他的存在充滿整個房間，就像太陽照亮一堵牆。他說，薩夏是他所愛的人，薩夏是小名，全名是亞歷山卓。他爸爸是舊金山人，媽媽來自洛杉磯。薩夏與他同年，左撇子，喜歡下廚，而且做得一手好菜。這樣會不會聽起來很無聊？林登一邊說，一邊心裡納悶。這樣做對嗎？他急急忙忙緊接著說下去。他們在曼哈頓上西區大都會歌劇院認識，就像保羅熱愛鮑伊，薩夏熱愛歌劇，而且是發自內心的喜愛。薩夏學過小提琴，長大後沒有繼續，但是七歲時他的老師帶他去看了《魔笛》，滑稽的捕鳥人帕帕基諾穿著羽毛衣，唱著迷人的曲調，他為之著迷，回到家後開始扯著嗓子唱詠嘆調，從此以後就對歌劇熱愛不已。後來，他為了《唐．喬望尼》神魂顛倒，尤其是那個脾氣暴躁的男僕雷波雷諾。到了十來歲時，其他小孩聽布蘭蒂、瑪丹娜或德瑞博士，薩夏只想從耳機聽到歌劇。二〇一三年那一晚，林登的經紀人瑞秋．耶蘭邀他上大都會歌劇院，她有《茶花女》的票，用相當跋扈的口吻，堅持要林登到林肯中心與她碰頭。那時林登在紐約已經住了將近四年，明白自己虧欠經紀人許多。為了替他找到起初的幾份工作，以展開攝影生涯，她投入了全副的精神，所以林登不忍心拒絕她。那是首演之夜，瑞秋說他必須打扮漂亮點，千萬別穿牛仔褲、球鞋來！他本來以為會很無聊，沒想到演出十分有趣，儘管他的耳朵沒有受過訓練，仍舊能夠欣賞優美動人的小地方。他從節目單得知，《茶花女》原文 *Traviata* 的意思是「墮落的女人」，交際花薇奧萊塔讓愛情迷得神魂顛倒，可惜命運坎坷，這個角色由一個年輕德國女高音扮演，她的活力令林登驚訝，她穿著鮮紅色衣裳在舞台昂首闊步，時而跨上沙發，時而撲倒在地，將全部情感注入歌聲中。林登以前以為歌劇演員都是長著雙下巴的中年女性，幾乎不動如山。保羅聽了，咯咯發出了輕笑，林登認為這是鼓勵。中場休息時，林登去酒吧給正和朋友聊天的瑞秋拿香檳，先是從後面看見薩夏。他會注意他，是因為他長得很高，和他一樣高，中分黑髮垂肩。當他轉過身時，林登看到長長的黑眉，彎彎的鼻子，一雙淺褐色的眼睛。不是傳統意義上的好看，但很迷人。他聽到他的笑聲，還記得自己當時在想，這笑聲多麼令人愉快。等香檳時，他情不自禁觀察這個引人側目的陌生人。他看著他聽朋友說話，一面點頭，一面又笑了起來。這個男人穿著西裝和白襯衫，沒有打領帶，脖子戴著像是項鍊的東西，但林登不知道貼在他鎖骨上的飾物代表什麼意義。那人跟著朋友走了，林登看著他離開，很想知道他是誰，叫什麼名字。他確信再也見不到他了，不知怎的，心裡一陣悵然。

林登停了下來。為什麼要告訴父親這些呢？因為他想讓保羅知道，他要保羅認識薩夏，也認識他。他要把一切都說出來了，再也沒有什麼好隱瞞。林登鼓起勇氣，清了清嗓子。歌劇的下半部和上半部同樣引人入勝，不可避免的死亡逼近時，年輕女高音的歌聲充滿了激情，她在垂死之際唱著令人心碎的詠歎調，告別她的夢想——〈永別了，往日美夢〉——祈求上帝的憐憫。這是薩夏的最愛。她的歌聲與樂團巧妙結合，縈繞於心頭，意外感動了林登。突然間，他在舞台上看到的不再是那個年輕的女高音，而是一年前無法面對人生而自縊的坎蒂斯。看到這一幕，林登心裡非常難受，音樂有力打動了他的心，他不得不擦擦眼睛。就在這時，他注意到了他，那個高大黝黑的男人，坐在幾排遠的地方靜靜望著他。他無法呼吸，他的目光無法從那個陌生人身上移開。後來，在離去的人群中，瑞秋介紹他們相識，顯然和他很熟。薩夏是一位狂熱的歌劇愛好者，脖子掛著水滴狀的小銀飾，如果在其他人身上會顯得很可笑，但在這個人身上不會。「林登．馬勒加赫，這位是薩夏．羅德，我想你們兩個應該很合得來。」他又停頓下來，比他想像得更不容易，他又開始期期艾艾，一結巴就緊張。你辦得到的，薩夏的聲音在他腦中響起，加油，林登，說吧，爲我說出來吧，爲我們說出來吧。告訴你的父親，告訴他，把一切都告訴他，別害怕。林登努力保持輕快的語調，但是有時情緒一來，就從聲音流露了。也許保羅正在想薩夏有什麼特別之處？為什麼是薩夏呢？為什麼是他、不是別人呢？很簡單，理由大概是這樣的：薩夏是那種會讓別人快樂的人。他想這可以看作是一種天賦吧。薩夏會釋放出特殊的能量，這股能量給人帶來正面的影響。也許是因為他很熱情，薩夏喜歡傾聽別人說話，對人很感興趣。就是這樣他才要創業，他想給那些有超棒想法的人一個機會，他喜歡把人拉到一塊。他喜歡創造、溝通、規劃、想像。林登解釋薩夏的新創公司的業務和運作方式，卻也擔心科技內容會讓父親感到厭煩，樹人先生對矽谷有什麼想法呢？林登盡量不去想父親的反應，要想的話，還不如別說了。薩夏的新創公司分析數位技術對於日常生活的影響，開發新應用軟體，試驗應用軟體，也為應用軟體提供開發資金。林登懷疑保羅知不知道什麼是應用軟體，他連智慧手機也沒有，更別說電腦了。他解釋一下好了，應用軟體涵蓋各種各樣的用途，薩夏的工作是找出有前途的數位發明創意。比方說，有個聰明的傢伙寫了一個應用程式，利用回收的手機來保護雨林，如何？手機安裝在樹枝上，聽到鏈鋸的聲音就會自動報警。有很多概念，有的聽起來非常可笑，薩夏還是會逐一傾聽，只要拿企劃案來找Sparkden.com，薩夏都會關注答理。薩夏永遠向前看，他對過去不太感興趣，他沉迷於未來，不管未來看起來多麼反烏托邦。應用軟體在各個領域都有無窮無盡的可能，可以追蹤情緒、睡眠、夢，改善姿勢，控制預算、體重，監控健康，把最喜歡的影片和照片從手機投射到牆上，將平面變成鍵盤或樂器。父親聽得懂嗎？希望他聽得懂。還有一點：薩夏是一個很棒的老闆，他絕對不會頤指氣使，也不會橫行霸道，在他手下工作的二十個人都崇拜他。哦，跟其他人一樣，他的確也是有缺點的，保羅千萬別以為他是十全十美，他不是！他整天黏著手機，搞得林登很生氣。他有時十二萬分急躁固執，也會突然大發脾氣，再把行為怪到他有四分之一俄羅斯血統的做作母親絲維特拉娜身上。他開車技術很差，遇上堵車時就火冒三丈，綠燈時卻在做白日夢，完全沒聽見後頭汽車的喇叭聲。

他也有點愛惡作劇，偶爾搞得別人很煩。他喜歡耍花招，在電話中裝聲音（他很擅長），林登有時覺得薩夏應該去當演員的。

林登覺得這條小路沒有把他帶到他想去的地方，他必須離開這個陽光明媚、瑣碎無聊的地方，走向更黑暗的方向，那條路更好，但不那麼容易走，他擔心自己又要開始結巴了。林登說，他猜想他可能不是保羅想要的兒子，保羅也許很失望。林登小時候，父親常說他是馬勒加赫家族最後的成員，最後的男性繼承人，最後冠上這個姓氏的人。父親似乎認為這很重要，也許他很傷心兒子永遠不會與女人生孩子。保羅也許不想聽這些關於一個男人的閒聊，關於林登所愛的那個男人。一陣沉默。林登仍舊不敢看父親，他會從父親的臉上看到什麼呢？排斥？怨恨？因而他目不轉睛看著雨水，雨滴像淚珠從窗玻璃滾落。他又看到薩夏，薩夏在支持他，鼓勵他。他給自己的聲音注入更多的力量，聲音反而又越來越微弱，越來越哽咽。不到十歲，林登就察覺自己和別人不一樣，他不知道怎麼表達，那種感覺讓人非常迷惘。起初，學校的孩子用那些字眼喊他時，他感到羞恥，甚至想死，想逃跑。但後來不會了，再也不會了。他會不會講太快了？他脫口而出，說得雜亂無章，該不該慢下來？他深吸一口氣，繼續往下說。他知道薩夏是他想要共度餘生的人，是他想要一塊變老的人。遇到薩夏以前，他從來沒想過要結婚，在薩夏以前，他根本沒有想像過自己會有一個家庭。如今，婚禮與家庭是他們未來的一部分，是他們計劃的一部分。二〇一三年，也就是認識薩夏的那一年，民眾走上法國街頭抗議同性婚姻，保羅可能還記得有小孩子被拖去參加這些集會，身上穿著粉色和藍色的T恤，上頭寫著「一個爸爸，一個媽媽」。儘管上街頭的人不少，絕大多數公民其實是贊同這項法律。保羅一定知道，這項法律已經通過了。林登不為了自己是誰而羞恥，他希望保羅知道這一點，他有很多朋友依然無法向家人承認自己是同性戀，他們說謊，他們假裝，因為他們會害怕。他們編造別的生活、別的愛情，那是他們的選擇，他給予尊重，但他不想表裡不一。也許，在一開始，林登就該和保羅談一談。向父親敞開心扉並不容易，保羅是否曾經感覺到？林登試過，保羅有時全副精力都投入在他的樹木上，他好奇父親是否曾經想看一看真實的世界。或者，簡單地說，對保羅來說，樹就是真實的世界嗎？如果是這樣的話，他可以理解，因為攝影也像披上盔甲，在現實和他自己的想像之間撐起一層保護罩。林登選擇對坎蒂斯出櫃，因為他覺得她能理解，她確實能理解。幾年後，他告訴了蘿倫，她的反應跟她姐姐不同，他覺得受傷。林登今天不確定父親能否理解或是接受真實的他，他只知道他與自己和平相處，父親如果無法忍受他是誰、他的本性，林登也會想辦法接受，他會面對。有了薩夏的愛，他可以做得到。對他來說，最重要的一件事是，不要對父親說謊，他無法假裝成另一個人。現在，保羅知情了，保羅知道了關於兒子的一切。

林登仍然對著窗戶，呼出的氣息讓玻璃凝結出許多水霧。他轉過身。從站立的位置，他看不見父親的眼睛，所以又走近了一些，做足了心理準備，面對他即將在父親眼中看到的回應。如果是排斥或厭惡呢？他要怎麼辦呢？轉身離開嗎？內心的恐懼隱隱約約浮現了，他不由自主回憶起哈德里安的父親所露出的厭惡表情，回想起他惡狠狠說的那些話：**又骯髒又噁心的同性戀**。他伸出顫抖的手去拉父親的手，坐下來直視著保羅。他的發現讓他大吃一驚，那雙藍色眼睛對著他閃爍著光輝，他在眼底看到了令他熱淚盈眶的父愛，強大而平靜的父愛，彷彿父親的大手搭在他的肩膀上，沉沉壓在他的肩上，也彷彿父親的雙臂抱著他，一如他年幼時父親經常給他的短暫大擁抱。保羅想要說話，但是只能發出含混的聲音。林登不在乎，他任由涕淚交流，父親愛他，那份愛的力量，是他唯一知道的，是他唯一看到的。

林登在麥哲倫教授的辦公室前徘徊，希望能見他一面。教授的助理告訴他，教授還在手術室，短時間內不會回來。護士又來照料保羅，林登在外頭等候時，多明尼克從另一個房間出來，手上拿著編織物。他告訴她，父親的病情讓他驚恐，她點了點頭，也注意到他的情況惡化了。她現在去看看保羅，林登會介意嗎？林登說當然不介意，他反正今天大部分時間都會留在這裡。他坐到椅子上，給薩夏傳了簡訊。幾分鐘後，多明尼克又出現了，臉皮似乎泛紅。

「你爸爸要你去替他拿一樣東西。」林登困惑不解，問她什麼意思。她解釋說，保羅希望林登去德龍谷的家拿一樣東西來。什麼東西？她說她不知道，她把他的話記下來了，她把紙交給他。林登一頭霧水讀著：最高的椴樹，舊枯枝堵洞處，爬至樹腰，面對山谷左邊，找范戴勒幫忙。他又問一次是什麼東西，多明尼克搖搖頭，保羅不肯說，只說兒子必須把手伸進洞裡拿出來。林登警戒地看著她，保羅無法說話，她怎麼知道這些呢？她冷靜地回答說，他能說話，他的話很難懂，但是她聽得懂，這就是她的工作，翻譯中風患者的話。她問林登誰是范戴勒。他告訴她，是園丁，在他家工作許多年，是一個英國軍官的後裔，父親很信賴他。護士離開後，他們才進入病房，單獨與保羅作伴。多明尼克又問樹上的東西，保羅慘白的臉似乎皺得更緊，不過確實有一個聲音從嘴裡發出來，林登不知是什麼意思。保羅重複了幾遍，林登還是不解其意。多明尼克點了點頭，說有一個盒子，樹上有個金屬盒。林登問，父親想要他去拿一個藏在樹上的盒子？父親想要他馬上就去辦這件事？他竭力不讓語氣流露出懷疑。保羅又發出難以理解的咯咯聲，多明尼克凝神諦聽，她的翻譯是：對，他希望林登把盒子拿來給他，越快越好，他說這件事很重要。林登說，恐怕無法搭火車，淹水了，大多數火車都停駛了，他要怎麼去薇儂莊呢？那遠在六百多公里之外。多明尼克冷靜地建議，他也許可以開車。林登瞥了父親一眼，在那張蒼白歪斜的臉龐上，藍色眼睛閃著強烈的光芒，縱然他擔心在這種狀況下離開父親身邊，也無法在這雙眼睛前打退堂鼓。他點了點頭，告訴保羅他會向蘿倫拿屋子的鑰匙，租一輛車出發。龜裂的嘴唇彎成微笑的樣子，林登彎身親了親父親的臉頰，好奇會有什麼結果，好奇他會發現什麼。

林登很意外，他在蒙帕納斯車站輕而易舉租到了車。他們告訴他，因為遊客都走光了，生意大受影響，一切都大受影響。很幸運，油箱是滿的，這是個好消息，因為有人提醒他，城裡很難找到汽油，而離開巴黎也需要一段時間。他甚至被升等了，以普通標緻汽車的租金租到一輛時髦的黑色賓士。回到旅館，蘿倫將家裡的鑰匙交給兒子，她完全不知道樹上有盒子，蒂莉婭也不知道。米絲朵想陪他一塊去，林登喜歡這個主意，因為車程超過六個小時，可是蒂莉婭堅稱需要女兒留在身邊。快中午了，如果車子不多，他六點就能抵達薇儂莊。蒂莉婭指出，到時天色已暗，要找到那棵樹很不容易。蘿倫說，他到了以後應該好好睡一覺，明天一早再出發。聽起來不錯，他表示同意。蘿倫也把范戴勒的電話號碼給他，為了以防萬一，也給了他娜汀的電話，也就是幫忙顧房子的那位太太。他上路後，蘿倫會打電話給娜汀，請她把他房間的暖氣打開，在床上放上乾淨的床單，晚餐則會留在冰箱。林登迅速拿了手機、萊卡、幾卷底片和一套換洗的衣服。她們目送他離去，他向她們揮手告別。再次駕駛手排汽車的感覺很奇怪，他需要一點時間來熟悉。堅固的賓士車開起來很舒服，他朝奧爾良門方向前進，毛毛細雨在擋風玻璃上勾勒出羽毛似的紋路。不出所料，A6高速公路十分擁擠，林登轉開收音機，一個語氣煽動的女性聲音說著洪水如何帶來了積極影響力，巴黎人對這個大事非常關心，許多愛情故事在橋上展開。這聲音又提到，巴黎市的拉丁格言是*fluctuat nec mergitur*，意思是「歷盡波浪，永不沉沒」，那不正是大家需要記住的？她打趣地說。亂開這樣的玩笑，林登覺得好厭惡，就切換到其他頻道。一則新聞快報說，巴黎大主教在聖心堂舉行特別彌撒，為洪水災民禱告，大主教憂鬱的語調告誡聽眾互相關愛，以上帝之名拋開自私。林登也切斷了他的談話，接著……是巧合嗎？不會吧！一陣飄渺的原聲吉他撥弦聲在賓士車裡迴盪：錯不了，是〈星人〉的開場。林登把音量調大，不知不覺跟著哼唱了起來，伴著鮑伊頑皮的「低噢噢」和「收音機噢噢」，興致勃勃扯著嗓子高唱空中有個星人正在等待，結果發現隔壁車內的駕駛厚臉皮地盯著他。他禁不住笑了起來，只是有點不好意思。車子終於能夠加快速度，把臭烘烘濕漉漉的巴黎甩在身後。在二〇一六年鮑伊去世後發表的大量文章中，他發現人人心中都有一個獨一無二的鮑伊，他好奇這名歌手對父親的真正意義。一個熱愛樹木的男人，照理應該從夏勒·特雷內或查爾·阿茲納弗的悅耳嗓音得到安慰，或是欣賞與他自己聲音相仿的喬治·巴頌的低啞南方口音，結果令他著迷卻是一個古怪的英國人——瘦削笨拙，留著橘色頭髮，皮膚與粉筆一樣白，還剃掉眉毛化妝！這正是林登驚訝的地方：父親崇拜一個與自己有天壤之別的藝術家。

他突然一陣內疚，他就這麼開車走了，甚至也沒有向麥哲倫教授說一聲，這樣做對嗎？盒子裡面到底有什麼呢？為什麼盒子在樹上？在那裡多久了？平日繁忙的高速公路車輛越來越少，他很納悶原因。離開巴黎三個小時後，他開到了波恩附近，在一家空蕩蕩的自助餐廳停下來吃了個三明治，喝了杯咖啡。

之後，他把手機接上汽車音響系統，以便播放自己的音樂與接聽電話。還要三小時才會抵達薇儂莊，他不敢打家裡的電話，現在舊金山才凌晨，薩夏要一個小時後才會起床。他一會兒再試一試。他打給蒂莉婭，要她提醒麥哲倫他替父親拿東西去了。她說她會去告訴他，米絲朵整天都會陪著外公，林登一聽就放心了。越接近里昂，車流量就越大，雨消失了，他看到了從上週五降落這七天以來的第一個藍色天空，心中充滿了希望，有了前進的動力。緩緩穿過里昂後，交通又變得流暢起來，還有兩個小時。天色漸暗，夕陽西沉，天空泛著粉紅色的霞光，林登覺得累了，脖子後背開始作痛，但是他想繼續開下去。從蒙特利馬爾下高速公路時，夜幕降臨了，天氣很冷，但不如巴黎那麼冷。米絲朵打電話來說保羅睡了，蒂莉婭跟教授說過話了，保羅要換新藥。暫且沒有開刀的需要，醫師說。道路蜿蜒穿過一座又一座的小山，朝著格里尼昂、瑟哈爾、尼永延伸，林登情不自禁感受到了重返童年故土的喜悅。四年沒回來了，他把車子停在房子附近，一下車，涼爽的夜氣就包圍住他。他聞到苔蘚、木頭和肥沃濕土的氣味，貪婪地吸著空氣，伸展疲憊的四肢，滿月的清輝慷慨灑落在他的身上。他打開前門，一陣熟悉的吱嘎聲和喀嚓聲，門推開了，沉甸甸的鐵門把依舊在掌上留下冰冷的印記。

都沒有變。薰衣草與玫瑰的香氣撲鼻而來，還有一絲蜂蠟的氣味，他儼然在一瞬間回到了過去。門口很溫暖，這要感謝娜汀，她也為他留了兩盞燈。廚房餐桌擺好了一人份的餐具，他看了一下冰箱：新鮮的湯、燉菜、米飯與雞肉，還有一片蘋果派呢。桌上有一張娜汀留給他的字條，她的字跡小而工整：她希望他的父親很快就能回家。林登驀地想起（他怎麼可能會忘？），這裡的手機訊號很差，要順利連線只有一個辦法，那就是爬上小山丘，越過游泳池，往更高處走去，還要像自由女神那樣高高舉著手機。但他此刻一點也不想做這種事。他覺得寬敞的客廳好冷，所以等待晚餐加熱時走進了父親的書房。房裡沒有了薰衣草和玫瑰的味道，只有更刺鼻的菸草味，這是保羅專用的房間，沒有人會來打擾他，他每天早上都會進來，坐在老舊的書桌後方，回信、打電話、撰寫研討會論文。保羅面朝山谷坐著，山谷現在看不見，因為窗簾拉上，窗板也關了。牆壁掛著框架，框玻璃底下的葉子來自不同的樹種：銀杏、紫杉、山毛櫸、雪松、梧桐。唯一看得到的照片是林登一九九九年十二月在凡爾賽宮拍的那張暴風雨照。保羅的鮑伊黑膠唱片像寶貝一樣堆在老唱機旁，保羅始終不願接受數位錄音，聲稱類比格式的音質更豐富、更真實。林登翻了一下唱片，選出鮑伊最後一張專輯《黑星》，這一張他不太熟悉。他打開老唱機，從套子抽出唱片，這個動作他有一段日子沒做過，不過經常看到父親這麼做。拿到唱片時，皮膚爆出一陣細瑣的靜電聲，他小心翼翼別碰著了唱片表面，輕輕將它放到轉盤上，再將唱臂擱在唱片外緣。他坐到父親的書桌前，雙手攤放在刮痕累累的老舊桌面。音樂聲響起了，絢爛強烈，和聲大膽，有時令人不安，夾雜著突然爆發的怪異音效、合成器嘶聲與近乎虔誠的吟唱。林登竭力克服茫然之感，足足過了四分鐘後，一個高亢聲音從混亂中竄起，鮑伊的聲音又真實又清晰，林登的脊梁不禁打了個寒顫，簡直是天使降臨了。他全神貫注諦聽，摸著磨損的木頭，記憶隨機浮現在腦海，他沒有把它們推開。保羅教兒子開車；有一次，他大發雷霆，因為林登直接撞上了柵欄，車子撞出一個凹痕。幾個月後，林登拿到了駕照，開車送父親一路到里昂，保羅得意洋洋，林登還記得那種得意，保羅對他們經過的每個陌生人點頭，高喊：「我兒子開車，喂，看，我兒子開車！」保羅跪在壁爐前教他生火，熟練的雙手把報紙揉成小團，將火種堆成格狀，然後讓兩根劈開的木頭在上面保持平衡。保羅要林登用一根長火柴點火，說：「你需要讓火呼吸，不要給它太多燃料，給它時間成長。」保羅也教他游泳，大拇指緊緊扣在他的腋下。保羅不想用其他孩子使用的小浮板，說他的孩子必須和他一樣，不用那種玩意也學得會。他教給他們的第一件事是在水底憋氣，接著不害怕地仰漂。林登把頭靠在保羅的肩上，抬頭望著天空。看看你能瞧見什麼，鳥，雲，也許飛機，還是蝴蝶？把頭往後仰，張開手臂。你看！你浮起來了，完全靠你自己！林登快十歲時，父親帶他去爬薇儂莊後方那座蘭斯山，山巒像一道長弧綿延不絕。父親說要爬六、七個小時，有時路不好走，但是他能做到。蒂莉婭也想跟去，保羅卻堅持這是父子之間的活動，林登還記得那句話：「父子之間的事。」他們在一個清爽的四月天清晨出發，背包裝著食物和水。他們爬過薰衣草田，經過櫻桃果園，甜美的花香撲鼻。接著，他們穿過濃密的樹林。第一個山隘輕易挑戰成功，後面就開始變得有點困難了。林登上氣不接下氣，但強迫自己跟上父親的腳步，把腳放在父親踩過的地方。保羅爬得又穩又快，目標明確。有時，他指出一株老橡樹的殘根，或是廢棄農場的廢墟。過了一會兒，他們跨出森林，來到山頂高原，穿過第二個隘口，停下來吃午飯。一塊扁平的大石頭上，就只有他們兩個人坐著，保羅拿出刀，把麵包、火腿和乳酪切成片遞給兒子。父親沒有說話，但是林登心中雀躍不已，太陽灼傷了鼻尖，他傾聽著風的聲音。越接近山峰，風就颳得越大。他們再次出發，穿過布滿岩石和灌木叢的陡峭草地，草又短又黃，有的地方都乾枯了。林登突然覺得好累，雙腿發疼，有一次踩到一塊不穩的石頭，險些扭傷了腳踝。他打起了退堂鼓，喃喃說他辦不到，父親錯了，他還太小，他絕對爬不到山頂。保羅登時伸手抓住他的手，就像他更年幼的時候。他緊握著父親的手，感覺父親拉著他往上爬，彷彿有一股新的力量從父親的手臂注入他的手臂。終於到了山頂，景色雄偉壯麗，彷彿是給予他的獎賞，林登敬畏地大笑起來。那裡有個古老的石頭十字架，林登還伸手摸了一摸。父親說他們可以遠眺到阿爾卑斯山後方的義大利邊境，林登相信他的話，他覺得自己就站在世界之巔：朦朦朧朧的藍藍綠綠在眼前延伸，一望無際，好像一張鋪滿了洪峰山脊的大地毯，他想如果伸出一根手指，應該就能輕輕撫摩到毯子了吧。那幅壯偉的景象仍然銘刻在腦海裡。父親終於開口了，他說一切看起來都很平靜，很祥和，是吧？林登點點頭。父親接著說了一些他永遠不會忘記的話。當大自然生氣時，保羅說，人類無能為力，什麼都不能做。

林登的手指沿著木頭的紋理與刮痕移動，感覺父親像脈搏跳動一樣存在。桌子有多久的歷史了？可能從曾祖父莫里斯的年代就在這個房間了，雖然那時沒那麼老舊，四角沒這麼圓滑。左邊有自來水筆和吸墨紙，一只罐子插滿鉛筆和原子筆，除了曲柄放大鏡、菸灰缸、打火機，還有林登記得很清楚的雪花玻璃球。他拿起來搖了搖幾下，雪花繞著點綴著紅棕知更鳥的迷你白樺樹旋轉。林登拉動第一層抽屜的銅把手，抽屜嘎嘎吱吱打開了。他看到了因為濕氣而捲起的信紙，還有郵票。老舊黑色皮夾有菸草味道，他在裡面發現一張被遺忘的五十法郎鈔票，還有一張蒂莉婭的學生照，臉圓嘟嘟的，九歲或十歲的年紀吧，他一看就笑了。抽屜後方像是一片墓地，有一些舊銅幣、生銹的剪刀和一堆淘汰不用的鑰匙。桌子右邊的電話旁有一疊紙，還沒拆開的郵件貼著世界各地的郵票，這群愛樹人與保羅聯絡的方式真是太不簡單了，林登知道父親每一封信都會回覆，他沒有電腦，也沒有打字機；他都是親筆手寫。在一張信紙上，林登看到一段很長的文字，有幾個句子和單字槓掉重寫，他猜是父親上週五去巴黎以前正在撰寫的演講草稿，還沒完成。父親的字大而潦草，不難解讀，樹，永遠與樹有關。現在，在最古老的那棵椴樹上，還有個盒子呢。盒子有什麼重要的？為什麼父親希望他到這裡來拿呢？林登走進廚房，找了個托盤把晚餐放上去。這間廚房幾乎沒有給他留下什麼快樂的記憶，這是他們每天吃三餐的地方，蘿倫從不使用大餐廳，認為那裡不夠舒適。林登看到了自己坐在窗邊椅子，十三、十四歲的年紀，正在挨母親的罵，因為他坐得不夠端正。每天在學校裡遭到戲弄奚落，林登壓力很大，卻沒有勇氣說出來，他是那麼孤獨，他是那麼可憐。這就是他很少回來的原因嗎？回來就會想起那些痛苦、那些排擠？難道不該再給薇儂莊一次機會嗎？難道這裡必須永遠留著他青春期的傷疤？

林登坐在父親的書房，飢腸轆轆吃著晚餐。電話鈴響，他嚇了一跳，是母親打來的，想確定他安全抵達。她說她打過電話給范戴勒，他明天一大早會來。保羅平靜地度過了這一天，只是仍然非常疲倦，她很掛心。她說她認為麥哲倫教授看起來也很擔心，但是從他口中問不出任何消息，蒂莉婭跑去兇了他一頓，林登可以想像那個情景，教授仍然出人意表地冷靜，他只告訴她們，他們正在改變療法而已，真是叫人失望。林登竭力安慰她，但是內心也越來越不安。與母親講完話以後，他用市內電話打了薩夏的手機，手機直接轉入語音信箱，這很不尋常，因為薩夏的手機通常都是開著的。他試打了薩夏的專線，結果他的助理蕾貝卡接起。她今天早上還沒見到薩夏，不過她會轉告薩夏林登打過電話。她查了一下行事曆。沒有，薩夏今天沒有外出開會的行程。林登掛上電話，隱隱約約覺得心好煩，他們在一起快五年了，他從來沒有對薩夏不忠過，根本也沒有起過這樣的念頭。他希望並相信薩夏有同樣的感受，他信賴薩夏，一直都非常信賴。然而，一種生疏的脆弱感正在搖晃他的世界根基，他心裡開始滋生疑雲。他知道薩夏對其他男人有一種特別的魅力，他親眼見過，那種魅力瞬間即逝，但是強而有力。薩夏自己不願承認，不過肯定也感受到了。他又打了一次電話，留下電話號碼，請薩夏打到薇儂莊給他，他有好多事想與他分享。他一開始會重述他如何向父親描述薩夏，講著講著，感覺薩夏就在他的身邊，和他們在同一個房間裡。要如何用言語表達他明白了父親愛他時的感受呢？那是最溫暖、最美麗、也最珍貴的感覺，他一想到就會熱淚盈眶，又回到了那個小男孩，跟著保羅在花園走來走去，聽他談論植物與大自然。又有一段記憶浮現：保羅指著黑色大木蜂對幼兒說，雄蜂從不螫人，不會螫人，他甚至可以用手抓，他果然一下就抓了一隻。林登在一旁看著渾身發抖。看，好漂亮，閃亮亮的黑色身體，深紫色翅膀有金屬光澤，即使牠們會發出這麼大的聲音，看起來很嚇人，林登也千萬不要害怕。雌蜂也只有在覺得受到攻擊時才會螫人，林登不要理會牠們就行了。有個夏日，父親將一隻雄木蜂輕輕放到他的手掌上，他覺得又癢又可怕，因為昆蟲在他的小手中似乎很大。但是他感受到了父親的得意，內心燃起了喜悅。

林登把晚餐收拾乾淨，然後上樓去。在這間屋子，他從來不覺得害怕，只是今晚似乎特別寂靜，難得一絲西北風也沒有。他走進以前的臥房，二十一年前他就離開這裡，母親也找人重新裝潢過了，但是一發現自己置身在這空間中，他隨即懷疑自己會拋開老練世故攝影師的專業，再一次體會那個備受騷擾的可憐少年的焦慮。他決定，今晚不要再忍受那種沮喪絕望了，他要把痛苦的記憶拋到腦後。這是一場小小的內心鬥爭，但他毫不費力做到了。他很快洗好澡，溜上了床。他又想起父親，他們還要再多聚聚，再多聊聊，但這怎麼可能呢？他想，保羅中風了，有很長一段時間無法搭飛機，在這種情況下，林登就必須回來薇儂莊。這一次要和薩夏一道，他們一定要騰出時間。他可以清楚地想像：白色的鍛鐵桌，柔和的晚風，搖曳的燭光，太陽從屋子右邊落下，朝山谷發出最後的金色餘暉，一路照到那一排被保羅稱為「摩希根印地安人」的巨柏。他看到蘿倫和薩夏大笑，保羅在一旁看著，目光永遠流連在屋子四周的樹群上：樹幹裂開的老橡樹，兩株參天的篠懸木，楓樹，榆樹，全是林登童年熟悉的地標。保羅和蘿倫走了以後，這棟房子會怎樣呢？誰來照顧土地和林園？這是他首次出現這樣讓人低落的想法，肯定不是蒂莉婭，她對倫敦的生活、女兒、藝術、無藥可救的丈夫似乎都依戀難捨。他思索著父母不在以後必須做出的種種決定，想到賣掉或夷平房子，心裡就一陣的痛，不管十多歲時在這裡過得多麼不開心，這棟房子，這片土地，都是他的一部分。有朝一日，林登和薩夏所收養的孩子會同時繼承他們的名字，而那個孩子——那個他們經常談論的孩子，那個已經編織在他們未來之中的孩子——會認識這塊土地，這一點他很肯定。

林登讓門開著沒關，如果薩夏回電，他就能聽見父母房間裡的電話響起。不過吵醒他的是鑽入睡夢的門鈴聲。發現快九點了，陽光都透進了窗簾，他吃了一驚。響亮的門鈴又一次響起，林登匆匆穿上衣服，打著赤腳下樓，對付門鎖費了他一番力氣。范戴勒站在外頭，雀斑點點的臉龐掛著大大的笑容，林登像小時候一樣笑嘻嘻地迎接他。范戴勒亮紅頭髮漸漸變成了褐灰色，肩膀似乎沒那麼寬廣，不過綠色眼睛仍舊在蒜頭鼻上閃動。一如往常，他喊林登「小酋長」，結實手掌有力地拍拍他的後背。老闆怎麼了？住院，老闆？不可能，快帶他回來。老闆在康復中嗎？一定要好起來，因為少了老闆，薇儂莊就不是薇儂莊。他沙啞粗糙的聲音也許沒以往那樣急躁了。林登帶他到廚房喝咖啡，自己跑上樓拿鞋子。他解釋他回來的目的，范戴勒疑惑地盯著他，什麼？老闆想在老椴樹上挖個洞？那棵椴樹？最老的一棵？林登點頭，他們得立刻動手，誰曉得要花多久的時間，樹上有一個他父親要的盒子。咖啡差點從范戴勒手中掉下。林登是說寶藏一類的東西？林登不禁啞然失笑，這位七十歲園丁的表情，活似一個被帶去看馬戲表演的五歲幼童。林登走到外頭，金色陽光使他目眩神迷，日光太耀眼，他不得不閉上眼，但照在皮膚上的滋味是多麼美妙。過去一週在巴黎的生活宛如住在山洞，他尾隨老人上庫房取工具，向老人家提起這件事。范戴勒說，他這輩子還沒見過巴黎大水這樣的情景，他看了電視，不過好奇那些淹水街區、悽慘地帶的實際情況。跟地獄一樣，林登回答。他們帶著梯子和長柄大鎚往林園走去，林登發現四周無水，只有草木藍天，純淨的冬日空氣穿過肺部，令人神清氣爽，清新芳香撲鼻，感覺遠離了濕答答、臭烘烘的巴黎！到達山頂後，他回首俯瞰身後的山谷，房子坐落在蜿蜒小路盡頭的凹地，天空廣闊無垠，沒有厚重雲層的阻礙。今天沒什麼風，只有山谷頂上的樹梢輕輕搖曳。沒錯，林登想念這塊土地，這塊見證他成長的土地，他對它的思念遠勝於他的想像。

林園的樹木全披著冬衣，黑枝墨幹光禿禿的，半片葉子也看不見。春天還遠著呢，它們清楚知道什麼時候要開花——林登想起小時候保羅對他說過這句話——以絕對精確的速度，開始構築鬱鬱蔥蔥的淺綠色涼亭。爬上小山後，范戴勒的聲音有點喘。老闆小時候喜歡在這裡玩，每天都會來，他在其中一棵樹上蓋了樹屋，林登知道嗎？林登點點頭。范戴勒又說，老闆還是常常上這裡來，有時是一個人，有時和他一塊，他們不大說話，就是看看這裡的土地，瞧瞧大樹長得怎麼樣。最高的那棵椴樹很好辨認，高高聳立在其他椴樹中間，巨大多節的枝幹如粗壯手臂伸展，粗厚扭曲的樹根深深扎入沙礫小丘中。站在父親最愛的大樹下，林登怎麼能不想起他呢？他簡直聽到了保羅的聲音，向他解釋樹木如何貪婪吸走雨水，枝葉像是捧起的手掌，張開接住每一顆雨滴，讓雨沿著樹幹像小河一樣流下來，餵飽乾渴的樹根。范戴勒把梯子靠在椴樹上，撓了撓頭。林登確定他們應該砍開這棵樹嗎？林登說他很確定。范戴勒露出不信的表情。聽起來很誇張，這是老闆最愛的樹。林登說他知道，他就是以它命名的，林登（*Linden*）在英語裡的意思是「椴樹」。范戴勒一聽哈哈大笑，他一點也沒想到！還以為這只是一個花俏的美國名字！不過他知道蒂莉婭（*Tilia*）是椴樹的拉丁語。這麼說來，老闆對椴樹有著特殊的感情，對吧？他和老闆老是為了這棵老樹的樹齡爭執不下，范戴勒認為超過四百，老闆說是三百。砍下去？實在說不通，這棵樹就像皇室一樣，這棵樹是這座森林的主人。范戴勒敬畏地把手放在老樹皮上。真的是老闆的指示？林登大聲朗讀多明尼克的便條，「最高的椴樹，舊枯枝堵洞處，爬至樹腰，面對山谷左邊，找范戴勒幫忙。」老先生聽到自己的名字嚇了一跳，點了點頭。老闆想怎麼做，他就怎麼做。林登說，范戴勒扶好梯子，由他爬上去找洞。他慢慢往上爬，大樹又粗又高，他驚訝不已，完全沒想到它是這麼的巨大。好了，他瞥見了，左邊有一個水泥堵住的傾斜小洞，那裡曾經有根枯死的樹枝。梯子不夠高，他不知該怎麼辦。他轉身思索辦法，梯子開始搖搖晃晃。

「小酋長，別跌下來。」范戴勒在下方提醒。「可不要有兩個馬勒加赫先生住院哦！」

從梯頂往下看，園丁似乎在很遙遠的地方。林登要用大鎚，范戴勒舉高遞給了他。但不管怎麼努力，鎚尖仍舊離堵起來的洞很遠，林登得再往上爬才能構到。他看到了一根可以踩上去的粗枝，便一腳踏上去，再靠著右手慢慢離開梯子，左手則是拿著大鎚。比他猜想得容易，但他無法再往下看，看了頭會暈。站在光禿禿的巨木上，林登不禁意氣風發起來，真希望帶了他的相機來，他怎麼從來沒有想過上這裡拍照呢？在頭頂上方，樹枝盤向天空，他感覺到風拂過頭髮。上頭空氣清新純淨，他可以站在這根樹枝上呼吸很久很久。一隻受驚的啄木鳥在更高的樹枝上偷窺他，范戴勒喊了起來，小酋長到底幹什麼？他欣賞樹木的功夫可是不如他爸爸！林登哈哈笑。是時候繼續了，現在摸得到洞了，他開始一鎚一鎚敲，盡力保持平衡。老舊的水泥一下就敲開，裂成了灰色碎屑粉末，落在他的頭上，掉入他的眼裡。范戴勒大喊，他們現在不會再這樣堵住樹上的裂口；他們不用水泥了，重要的是防止昆蟲或鳥類跑進樹的凹角，如果蟲鳥跑進去，樹木可能會有危險。林登一面咳嗽，一面抹掉眼瞼上的粉末。范戴勒說，他會找另一個園丁，用現代方法——薄薄的金屬片或紗網——把洞再封起來。林登徒手刮掉最後一塊水泥，洞便打開了，大約有一顆西瓜那麼大。他還拿著大鎚，只能小心翼翼沿著樹枝一寸一寸慢慢靠近。他極其小心將手指伸入洞中，但范戴勒對林登大喊，要林登用他放在他外套口袋裡的手套，絕對不能把赤裸裸的手直接伸進去！可能有討厭的意外！蟲啊，鳥啊，誰知道有什麼！林登停下來，把大鎚平放在腿上，戴上了園藝手套。然後，他又試了一次，把拳頭伸入洞裡，然後摸到了潮濕鬆軟的東西，像是苔蘚或雜草。手腕也進去了，他順時針轉動手，指頭並沒有摸到什麼像盒子的東西，不會是父親弄錯吧？盒子還在這裡嗎？也許日子久了移動到了樹木的中央？若是那樣的話，永遠也拿不著。一股失望湧上心頭；他要怎麼告訴保羅呢？他大老遠跑這一趟，什麼也沒找到？他把手再往裡面探去，大樹裡面竟然有這麼深的裂縫，就像一條祕密通道，他好訝異。接著，他摸到了，摸到一個金屬物體的銳角。他大聲呼喊范戴勒，說找到了，他摸到了，只是得想辦法弄出來，那東西好像卡住了。接下來，他開始激烈地拉扯，臉頰緊貼著粗糙的樹皮，指尖卻只能無力地掠過盒子的滑溜邊緣，彷彿大樹不願交出盒子。林登發現自己對著與自己同名的大樹低聲嘀咕，他對著大樹說話，好像它聽得見。「得了吧，椴樹，別這樣對我，放手吧，給我吧。」

他想到一個點子，他把大鎚的一頭推入洞裡，用盡全力將把手頂在盒子的一角。一聲微弱的嘎吱聲後，再把手伸進去，盒子像鬆動的牙齒更容易移動了，稍微用點力氣，就能將它輕輕拉過來，將它帶到陽光下，帶到空氣中，像是一場奇絕的誕生。突然，盒子到手了，林登懷著敬畏的心低頭凝視，范戴勒發出了勝利的呼聲。是一個小小的餅乾盒，生滿苔蘚，爬滿螞蟻，他吹口氣吹開螞蟻。他戰戰兢兢開始往下爬，一陣頭暈眼花，范戴勒跟他要大鎚，他遞給了他。范戴勒又跟他要盒子，讓他騰出雙手使用，但是他不肯放開盒子。梯子感覺遠得要命，林登雙膝發軟無力，靠著范戴勒的聲音為他指路。小酋長現在別急，慢慢來，一步接一步，就是這樣。顫抖的雙腳一踏上梯，林登就恢復了力量，手腳敏捷地爬了下來。范戴勒瞧著盒子，問林登要打開嗎。父親沒說要打開，林登強調：他只說拿去給他，這東西非常重要。范戴勒想知道重不重，林登把它放在那雙歷經風霜的老手上，園丁發出驚訝的叫聲，像羽毛一樣輕！他搖了搖盒子，拿到耳邊，像是想從貝殼聆聽海浪聲的孩子。是錢嗎？林登說他不知道，他很想找出答案，但在范戴勒面前覺得不自在，等回巴黎的路上，等一個人在車上，他再來做這件事吧。他承諾很快就回來，他該上路了。

范戴勒走了以後，林登鎖上前門，也就快十一點了。他用萊卡快速拍了幾張房子與山谷的照片，離開前用市內電話打給米絲朵、蘿倫和蒂莉婭，想告訴她們盒子拿到了，要回去了。結果，統統打不通，他懷疑是不是和淹水以及手機信號無法正常發送有關。他試了試薩夏的手機與家中電話號碼，每一通都轉入語音信箱。林登懷著憂思上路，在蒙布里松停車加油。太陽高升到空中，盒子在一旁的座位上，他時不時瞧上一眼。他往北朝蒙特利馬爾的方向前進，預備開上高速公路，途中經過了格里尼昂，也就是父母邂逅的小鎮，城堡矗立在絕壁上。路上無車，他可以開得又快又穩。他轉開收音機，沮喪得知巴黎經歷了恐怖的一夜。夜幕垂臨後，歹徒成群結隊打劫商家，從香榭麗舍大道與鄰近的維克多雨果大道開始，飽受洪水摧折的首都損失難以估計。接著，數百名拉上衣服帽子的搶劫者，衝入蒙帕納斯由於斷電而燈火不足的暗街黑巷，砸碎窗戶，能拿到的東西，從電器到衣物，無一不偷。暴徒來自邊遠地區，就是要趁亂做惡，衝撞警方。林登聽了驚恐萬分。雷恩街上的精品店接二連三在幾秒鐘遭到洗劫一空。聖日爾曼大道街角附近的超市被人搬空還放火，警察徹夜遭人丟瓶子扔磚頭，他們坦承攻擊規模太大，控制不了，因為許多員警正忙著守衛淹水地區。消防隊與惡火搏鬥了幾個小時。數百人被捕，五十多人受傷。一位淚漣漣的老太太說，從一九六八年五月學運以後，她還沒見過這種場面。林登伸手去拿手機，打算給家人打個電話，看看大家是否安好。但是，他找不到手機。到了最近的休息區，他停下車來找，座位底下，後座，袋子——都找不到。他驚恐發現他忘了帶走，手機還插在臥室插座上。沒有手機，他覺得徬徨無助，他一個家人的電話號碼也不會背，更別說薩夏的電話了。他哀歎自己沒有電話本，甚至沒有找張紙抄下重要的號碼，他怎麼這麼粗心呢？iPad裡有備份，但iPad留在旅館。他一面咒罵，一面繼續上路。他超速行駛，心中隱隱有種不祥的預感。

收音機新聞沒能緩和林登的情緒。塞納河水位開始緩緩下降，但是河水仍然吞沒半個城市，而且不能再稱之為水，記者沮喪地說，更像是一座充滿油膩泥漿的大汙水池。對於巴黎正在發生的一切，只有一句話可以形容——天下大亂。淤泥厚重，又含太多砂礫，水泵吸不起來。惡臭的垃圾或是堆積，或是漂浮，是另一個衛生大問題。居民惱了，決定哪裡能燒垃圾就在哪裡燒，在每一個可以利用的街角燃起營火，又是一個危險。林登不敢相信自己的耳朵，情況還能更糟嗎？巴黎能夠度過難關嗎？收音機裡的聲音繼續令人不安的長篇闊論，他該關了，還是改找音樂聽聽？然而，他對自己說，他必須知道現況，知道回去要面對什麼。他得知紅十字會正在發起規模更大的救災行動，需要更多捐款，讓工作人員協助成千上萬受凍又無家可歸的巴黎人，讓他們有食物果腹，有地方避難，還能獲得情感的支援。巴黎顯然正處於前所未有的危機之中，古老階級、種族分裂和政治分歧等問題已是重重難關，但近日動亂並未促成眾人團結，也未能激發民眾的愛心。政府官員、救援組織與軍隊之間缺乏協調，他們的溝通不良成了全球頭條新聞。媒體看來把矛頭指向總統，指責他沒有能力召集軍隊處理這場大災難，總統的主要對手不停口誅筆伐，批評他的執政團隊倦怠懶散，無法滿足洪患災民的所有需求。然而，在社交媒體上，年輕的總統受到大多數巴黎人的愛戴，他們相信，面對這前所未有的劇變，他正在盡一切努力。

兩小時後，林登開到里昂，在一家自助餐廳停下來加油，順便吃點東西。他從一個破舊的公共電話用信用卡打電話，那具電話好像好幾年沒人用過了。他發現少了網路幾乎無法獲得任何資訊。好不容易，他撥通了查號台，詢問考尚醫院的號碼，還手忙腳亂尋找紙筆，幸虧站在一旁喝咖啡的女士借了他。撥到醫院的電話響了很久很久，接通時，電話線另一頭疲憊不堪的人對他的不耐反應並不好。麥哲倫教授的專線電話響了又響，為什麼沒有人接？他的祕書在哪裡？借給紙筆的女人很同情他，他沒有手機嗎？林登遺憾地承認忘了帶，她微笑著把她的手機遞給他，真是太好心了！太出人意外了！他用手機上網，找到了旅館的號碼，撥了號碼後，得知家人外出了。他猜她們去了醫院，又用女士的電話上網找到醫院的另一支號碼，查出父親病房護理站的電話。又是無止境的鈴聲，終於有個女性聲音接起，聽起來好像很匆忙。她說她聽不見，他能說大聲點嗎？他說他是住在十七號病房的保羅·馬勒加赫的兒子，他只是想告訴家人他已經在路上了，如果交通順暢的話，四個小時內就能趕回去。她說她還是聽不清他說的話，能再說一遍嗎？林登氣炸了，他想大吼，想罵她，用最難聽的話斥責她。但他沒有這麼做，只是氣憤填膺掛斷電話，將手機還給主人。他不能再浪費時間了。女士問他一切都好嗎，她有一張愉快誠懇的臉，他簡短地點了點頭，謝謝她，然後跑回車上。他知道他開得太快了，他應該要小心，卻還是不由自主加速前進，雙手握緊方向盤，不祥的感覺在心中翻騰。接近巴黎時，公路變得越來越擁擠，到了離巴黎只有一個小時車程的內穆爾，車子一輛接著一輛，他不得不停了下來。他坐在漫長靜止的車陣中，一動也不能動，忿怒再次像熾熱的烈火席捲心頭。時間一分一秒過去，隊伍仍然沒有向前移動，他真想用頭去撞方向盤，想像鮮血從受傷的額頭流下來。他努力平撫情緒，緩緩呼吸，放空腦袋。

盒子在漸暗的日光中閃著微光，彷彿在呼喚他。他盯著盒子，父親沒有告訴多明尼克不要打開，對吧？林登伸手去拿，輕輕托起冰冷的金屬，一隻孤零零的螞蟻爬過手掌，他把牠彈開。他現在可以打開，也許塞車正是命運在叫他打開，他困住了，動彈不得，沒有手機，不打開來看看，又能做什麼呢？他緊緊抓住盒子，想把盒蓋撬開，撥弄了半天，心情越來越煩躁，那蓋子感覺像用膠水黏住了。他想起那位女士借他的原子筆，他忘了還，還在外套口袋裡。他急忙把筆摸出來，將筆夾整個往後折，再把筆夾尖端用力塞入盒角。砰，盒子打開了。林登小心翼翼拿開盒蓋，裡面出奇地完好無損，沒有蟲子，只有些微的受潮。他發現一只未彌封的信封，往裡頭一瞧，發現幾張疊得整整齊齊的紙，以及兩篇從報紙剪下的泛黃短篇報導。第一則是一九五二年八月五日。「八月三日，在瑟哈爾附近薇儂莊的私人土地上，發現一具年輕女孩屍體，確認是索萊里厄的十六歲蘇珊娜．瓦萊特，警方懷疑是謀殺。」第二篇報導是一九五二年八月十日。「一名與蘇珊娜．瓦萊特姦殺案有關的男子被拘留在尼永，他來自奧雷勒，三十五歲，以牧羊為生，有犯罪紀錄。」誰是蘇珊娜．瓦萊特？她和保羅是什麼關係？林登迷惑不解，打開了那幾張紙。一聲響亮的喇叭從後面傳來，他的心跳加速，車陣又開始移動了。他緊張地往前開，紙片攤在膝上。車流速度十分緩慢，但沒有慢到能讓他安全閱讀，車潮一路延伸到總算雨歇的巴黎。蔚藍天空在公路的上空閃耀，開到奧爾良門站時，林登停車等紅燈，匆匆讀了首頁的第一段，認出父親熟悉的筆跡。沒有日期。

我要從樹開始講起，因為一切都是從這棵樹開始，從這棵樹結束。這棵樹最高大，比其他樹種得早，我不確定它究竟幾歲了，也許有三、四百年了。它古老強健，承受可怕的大雨，經受狂吹的強風，都不會害怕。

林登好奇別張紙上頭寫了什麼，他會發現什麼？它們為什麼對保羅如此重要？到醫院前，他有時間一讀嗎？恐怕沒辦法。他必須到蒙帕納斯車站還車，還是不如直接開去考尚醫院？但是要把車停在哪裡好呢？該不該先還車，再奔去醫院？正當猶豫不決之際，身後又響起了喇叭，他決定開車到醫院，晚一點再還車。一種絕望的情緒在心中滋長，他右轉拐入高倫多神父街，不料前方竟然有路障，他火冒三丈在車裡等了二十分鐘，慢慢駛近時發現警察攔下所有想駛入伊舒爾之墓街的車輛。林登搖下窗戶，冰冷的夜氣灌入，刺鼻的煙霧令人作嘔。已經沒有雨了，反而有種腐爛的臭雞蛋味，叫他不禁想要作嘔。他要去哪裡？一個員警問。到附近醫院探視父親，林登說。

他被要求出示身分證件與行照。他是遊客嗎？他知不知道，因為大水和最近有人在胡作非為，所以不建議在市區開車。他不是遊客，是法國人，跟家人到這裡，能否行行好讓他過去呢？他的父親在考尚醫院等他，父親病情很嚴重。這些人看來筋疲力竭，眼睛底下有了黑眼圈，想必過了很不容易的一晚，他好同情他們。員警好整以暇，看看證件，再瞧瞧他的臉，最後讓他過去了，但是提醒他，停車格一位難尋。員警說得沒錯，為了在醫院附近找到停車位，林登又花了天長地久的時間，情緒越來越緊繃。他發起脾氣，扯開喉嚨亂罵髒話，聽起來好像蒂莉婭，還憤怒捶打方向盤。最後沒轍了，他乾脆把車留在梅尚街的人行道上，要開罰單就讓他去開吧，沒其他辦法了。四周臭氣薰天又冷極了的城市似乎陌生，而且懷著敵意。他把盒子塞在口袋，以最快的速度奔向聖雅克街正門，一分鐘後抵達了父親所在的那棟樓。

室內燈光刺眼照在身上，扎痛了眼睛。林登等候電梯時，上氣不接下氣，口乾舌燥，一顆心怦怦直跳。為什麼這麼痛苦？保羅就在樓上的十七號病房，米絲朵、蒂莉婭和蘿倫都在，都在等著他。多明尼克也許也和她們在一起。他會歡欣鼓舞把盒子交給父親，他要告訴保羅他和范戴勒搬了梯子去，梯子不夠高，盒子卡在大樹的深處，他費了好一番功夫才把它拉出來，一隻受驚的啄木鳥從頭到尾傻傻看著他。他要講得讓保羅呵呵笑，還要告訴保羅那裡的大地、陽光、空氣多麼可愛，他真想待在樹上，盡興欣賞山谷裡的一切。他領略到了保羅的世界之美，他也屬於那個世界，他要告訴父親這一切。

從眼角餘光，林登瞥到有個人快步從左邊走來。嗶的一聲，電梯門打開了，他向前邁了一步，想走進電梯，但是朝他走來的那個模糊身影變得清晰起來。他轉過頭去，一個黑髮高個子站在他旁邊，離他非常之近，他聞到了那人熟悉的氣味。過了幾秒鐘，林登才明白是誰在朝他伸出雙臂，雀躍得忘了煩惱。他把薩夏拉到身邊，伸出手指，難以置信地撫摸他的黑色長髮。薩夏的雙臂在他的背後交纏，緊緊抱住他。這一週，在過去的一週，高漲洶湧的河水激盪起各種紛擾的原始情感，七天的奇異歷程讓林登變得口訥，想不找出該說的話，只能喃喃喊著「親愛的，我最親愛的」。薩夏打起一陣哆嗦，好似覺得冷，林登感覺一陣又一陣長顫穿過他的全身。薩夏怎麼這麼沉默？他連一個字都還沒說。林登回頭一望，看到醫院入口的髒牆，告示板上的海報，沒有光澤的油氈地板。一個坐在塑膠椅上的女人似乎在打盹，一位護士用輪椅推著病人蹣跚而過。薩夏正在哭嗎？林登困惑不解，想後退一步好好看著他，但是薩夏不讓他退開，死命地摟抱著他，用全身力量抓住他不放，好像他此刻最想做的事是保護林登，不讓他受到前方危險的威脅，替他爭取一點時間，替他築起一面尚不知情的薄弱屏障，因為他知道林登將一輩子記住這週五、這一刻。

林登輕輕抽開身子，鼓起了勇氣，準備面對那雙心愛的眼睛吐露的訊息。他不要薩夏說出那句話，他不想要他說出來。他手掌貼上薩夏的臉頰，驚覺他的手原來抖得那麼厲害。薩夏最後開口了。他們接二連三打電話，猜到林登的手機出了問題，或者是忘記帶，無法連絡上他。是下午三點左右的事，非常平靜，保羅握著蘿倫的手指就走了，只有她在病房，沒有別人。蘿倫跌跌撞撞走出來，臉上一絲血色也沒有，也說不出話。

林登想著母親目睹他最後一下的呼吸，最後一次的胸膛起伏，她一定很痛苦，肯定悲痛欲絕。淚水從林登疲累的眼睛噴湧而出，父親走了，他記得最後一次見到他的情景，他俯身和他吻別，那不過是昨日的事啊。林登感到身體麻木，動彈不得，也無法反應。他想坐下，他想在這裡等一會兒，休息一會兒，什麼也不要說，恢復一下體力，一會兒就好。他知道他不能這麼做，她們正在樓上等他，她們還好嗎？她們承受得住嗎？薩夏說蒂莉婭令人佩服，她把全家人維繫在一塊。蒂莉婭？林登很驚訝，他還以為她會崩潰。沒有，她沒有崩潰，當然沒有，她安慰痛不欲生的蘿倫，以及放聲大哭的米絲朵。手續都是她處理，她和醫師護士溝通，她又冷靜，又有同情心。

林登緊緊握著薩夏的手，搭電梯上樓。十七號病房的門關著，他知道父親的遺體就在門後，他早晚要看到，他必須見死去的父親，就像他必須看著父親的棺材在雷昂德維涅的翠綠小墓園下葬一樣。這是一場等待著他的考驗，他不會逃避。他隨著薩夏再往前走到不遠的等候室，姐姐在裡面，環抱著母親和外甥女。科林坐在她們前面，雙手捧著頭。他們看到他，他們呼喊他的名字，眼淚又流了下來。在這個強烈迷惘的悲傷時刻，就是說話也是語無倫次，不時被哭泣打斷。

後來，能夠更清楚說話後，大家互相安慰了一番，林登才把盒子從口袋拿出來。他告訴他們，這就是保羅希望他從薇儂莊帶回來的東西，裡面收藏著剪報，但他還沒有時間全部讀完，現在他要在這裡念出來。他拿起第一張開始讀，慢慢讀，不著不急，中間也曾停下來喘口氣。有時，他抬頭瞧一眼蘿倫，看一下蒂莉婭，尋求勇氣，尋求支持。

翻到最後一頁後，林登把它交給姐姐。蒂莉婭的聲音充滿了小房間。一開始，她的聲音遲疑不穩，接著有了力量，簡直好像——幾乎就像——保羅在那裡，站在門口，雙手插在口袋，一對藍眼睛對著他們閃爍著光芒。

我聽到它的腳步聲走近了我站的地方。它每走一步，樹葉青草就沙沙作響警告我。它以為它沒有發出一丁點的聲音，可是我聽得非常清楚，我聽到的聲音簡直太過響亮，我全身上下每一個細胞都在竭力傾聽。然後，我聞到了它的臭味，汗臭和酒臭，就像我有時看到的種田工人，他們經常喝醉在農場四周廝混，然後被父親趕走。

我靠著大樹閉著眼，我一點聲音也沒有，像是一根樹枝。怪物靠得非常非常近，但最後還是走了過去，跌跌撞撞，嘴裡咕咕噥噥。

開始下雨了，又粗又猛又綿綿不絕的雨。沒有疾風，沒有打雷，只是傾盆大雨。我聽見怪物一面咒罵，一面跑開了。我想到蘇珊娜被淋濕了，又哭了起來。樹像大傘保護著我。

我把我所有的恐懼都注入了大樹裡，它帶走我的害怕，讓我成為它的一部分。大樹抱著我，它把我鎖在它的裡面，我從來沒有感受到這樣的保護，從來沒有人或任何東西這樣保護過我。我彷彿變成了樹皮，我彷彿鑽進了裂痕縫隙，穿過青苔，穿過地衣，經過在樹幹上爬上爬下的昆蟲。

在那裡，在椴樹的中心，我知道沒有任何怪物、任何恐懼會找到我。

謝詞

感謝Nicolas Jolly、Laure du Pavillon、Catherine Rambaud，以及我可貴的第一批讀者。

感謝Charlotte Jolly de Rosnay、David Atlan、Alexi Lubomirski與Mélanie Rey諸位攝影師。

感謝Laurence Le Falher提供她對紐約的認識。

謝謝你，Laetitia Lachmann。

以下五本書幫助我寫了這本書：

Paris Under Water, Jeffrey H. Jackson（Palgrave Macmillan）

Paris coule-t-il?, Magali Reghezza-Zitt（Fayard）

The Secret Life of Trees, Colin Tudge（Penguin）

The Hidden Life of Trees, Peter Wohlleben（Greystone Books）

On Photography, Susan Sontag（Penguin）

PLP0072

雨的守望者

作　者—塔提娜・德羅尼 Tatiana de Rosnay
譯　者—呂玉嬋
編　輯—黃煜智
協力編輯—陳劭頤
校　對—魏秋綢
行　銷—王小樨
內頁排版—綠貝殼資訊有限公司

董事長—趙政岷
出版者—時報文化出版企業股份有限公司
10803台北市和平西路三段二四〇號七樓
發行專線—（〇二）二三〇六六八四二
讀者服務專線—〇八〇〇二三一七〇五
（〇二）二三〇四七一〇三
讀者服務傳真—（〇二）二三〇四六八五八
郵撥—一九三四四七二四時報文化出版公司
信箱—一〇八九九臺北華江橋郵局第九九信箱
時報悅讀網—http://www.readingtimes.com.tw
思潮線臉書—https://www.facebook.com/trendage
法律顧問—理律法律事務所　陳長文律師、李念祖律師
印　刷—盈昌印刷有限公司
初版一刷—二〇二〇年二月二十七日
定　價—新台幣四〇〇元
（缺頁或破損的書，請寄回更換）

時報文化出版公司成立於一九七五年，
並於一九九九年股票上櫃公開發行，於二〇〇八年脫離中時集團非屬旺中，
以「尊重智慧與創意的文化事業」為信念。

雨的守望者／塔提娜・德羅尼（Tatiana de Rosnay）
著；呂玉嬋譯 . -- 臺北市：時報文化，2020.02
320 面；14.8×21 公分
譯自：Sentinelle de la pluie
ISBN 978-957-13-8072-8（平裝）
876.57　　　　108023345

ISBN 978-957-13-8072-8
Printed in Taiwan